Chères lectrices, avril 2001

Le mois dernier, je vous annonçais la fin des *Héritiers*, et beaucoup d'entre vous, j'en suis sûre, auront éprouvé du regret à l'idée de quitter cette famille si attachante. Mais que les plus fans se rassurent : une nouvelle saga vous attend, tout aussi passionnante. Car votre enthousiasme pour *Les Héritiers* a été tel, que nous avons fait en sorte de lancer dès ce mois-ci *Dynastie*.

Cette nouvelle saga vous introduira dans le monde fermé et fastueux des DeWilde, une célèbre famille de joailliers reconvertie dans le commerce de luxe. Vous y suivrez, d'un livre à l'autre, la passion mouvementée de Grace et Jeffrey, le couple phare qui a su donner son essor à la prestigieuse entreprise, mais aussi les aventures de leurs enfants, parents et amis qui vous feront voyager de Londres à Sydney, de Paris à Monte-Carlo, en passant par New York et San Francisco. Chaque mois, enfin, vous y découvrirez de nouveaux personnages et de nouvelles passions, sur fond de pouvoir et d'ambition, de scandales et de trahisons, d'amour ou de tendresse, le tout compliqué par d'obscurs secrets de famille. Autant d'histoires modernes, palpitantes et follement romanesques dont je vous invite, dès aujourd'hui, à lire le premier tome avec *Mariage privé*, de Jasmine Cresswell (Amours d'Aujourd'hui n° 724).

Bonne lecture !

La responsable de collection

Un bonheur tant espéré

LAURIE CAMPBELL

Un bonheur tant espéré

HARLEQUIN

AMOURS D'AUJOURD'HUI

*Cet ouvrage a été publié en langue anglaise
sous le titre :*
UNEXPECTED FAMILY

Traduction française de
LAURENCE HECKSCHER

HARLEQUIN ®
est une marque déposée du Groupe Harlequin
et Amours d'Aujourd'hui ®
est une marque déposée d'Harlequin S.A.

Originally published by SILHOUETTE BOOKS,
division of Harlequin Enterprises Ltd.
Toronto, Canada

Illustration de couverture
© *Femme :* THE STOCK MARKET / SHARIE KENNEDY / LWA

1.

— A la santé de Linda et du bébé! lança une jeune femme, dans l'assemblée, en levant son verre.

Nicole ferma les yeux et crispa les paupières. Encore deux heures, et elle serait délivrée de ce cauchemar. Une coutume typiquement américaine voulait qu'à l'annonce d'une naissance, les amies de la future mère organisent une petite fête où chacun apportait les cadeaux destinés au bébé.

— Il faut vraiment une occasion comme celle-là pour boire du champagne en plein milieu de l'après-midi! s'exclama la jolie rousse épanouie et exubérante, qui se trouvait à la gauche de Nicole.

Jeanne? Janine? Joanna? Nicole ne se souvenait plus de son nom. En revanche, elle se rappelait parfaitement le nombre de ses enfants: trois.

Le cœur serré, elle afficha un grand sourire et leva à son tour sa coupe en direction de la future mère. Elle avait l'impression de porter un masque, mais nul ne parut remarquer ce que son expression avait de forcé.

— Ne bois pas trop, Nicole! Pense à ton dîner de ce soir! s'écria soudain son amie Susan, avant de se retourner vers le reste de leur petite assemblée. Vous savez que Nicole et son mari célèbrent ce soir leur quatrième anniversaire de mariage ?

Une vague de compliments s'abattit sur Nicole. La convivialité et la sympathie régnaient parmi les professeurs et administrateurs du collège Brady, et Nicole avait toujours apprécié la compagnie de ses collègues.

Simplement, la naissance d'un enfant était pour elle un sujet sensible qui réveillait chaque fois de douloureux regrets.

— Quatre ans, déjà ? demanda la directrice, une alerte grand-mère dont la fille venait de mettre au monde des jumelles. C'est incroyable, Nicole ! Je me souviens de votre mariage comme si c'était hier !

— Où allez-vous dîner ? demanda Susan.

Dieu merci, c'était là une question suffisamment anodine pour que Nicole puisse y répondre sans risque.

— Joe a réservé une table à la Tourelle d'Argent, rétorqua-t-elle en espérant que nul ne remarquerait sa voix tendue. Nous avions pensé un moment attendre le week-end, puis nous avons décidé de fêter cela à la date exacte.

— Quatre ans, répéta le proviseur en secouant la tête. Le temps passe si vite, vous ne trouvez pas ?

Nicole soupira intérieurement, tout en serrant son verre si fort que ses jointures en pâlirent. Si seulement quelqu'un pouvait changer de sujet...

Mais le silence s'éternisait et Nicole pouvait presque entendre la question qui se formait sur les lèvres de chacune des femmes présentes dans l'assemblée. *A quand le bébé ?*

Heureusement, Susan vint une fois de plus à son secours.

— J'espère que Linda va bientôt ouvrir ses cadeaux !

Ce souhait fut unanimement partagé. Nicole respira alors plus à son aise. Nul ne lui poserait plus la question fatidique.

Garder le sourire s'avérait néanmoins plus difficile que prévu. Deux ans plus tôt, lors de la grossesse de sa sœur, elle avait dû passer un après-midi semblable à parler prénoms de bébés, vêtements de bébé, jouets de bébé... Mais, à cette époque, Joe et elle venaient tout juste de consulter un spécialiste de la stérilité, et elle se croyait encore en droit d'espérer.

Elle aurait tout de même dû se rappeler la tristesse qu'elle n'avait pu s'empêcher d'éprouver alors devant l'allégresse de la future mère... et trouver une bonne excuse pour justifier son absence aujourd'hui.

Ce qui leur aurait donné à toutes l'opportunité de s'apitoyer sur le sort de « cette pauvre Nicole ».

— Oh, Nicole ! C'est ravissant !

Elle sursauta, et s'aperçut que Linda venait d'ouvrir le présent qu'elle lui avait choisi : un ensemble de bain blanc et jaune, avec un petit canard et sa cane brodés sur le capuchon du peignoir.

— J'espère que ça plaira au bébé !

Malgré le nœud qui s'était formé dans sa gorge, sa voix sembla résonner normalement. Rassurée, elle laissa de nouveau vagabonder ses pensées.

Un bébé ! Après avoir été longtemps son rêve, cette perspective était presque devenue une angoisse pour elle. Tout se révélait si compliqué ! Les formalités d'adoption, notamment. Une psychologue attachée au centre était venue tout récemment les interroger, son mari et elle, ou plutôt les soumettre à un véritable examen de passage. Elle tremblait encore en y repensant, mais Joe, lui, n'en avait pas été ému le moins du monde. Il appréciait visiblement ce genre de défis.

— Oh! Quelle exquise collerette!

Linda passa la brassière à la ronde. Nicole l'admira le temps qu'il fallait et la donna à sa voisine de gauche, la mère de trois enfants.

Une famille nombreuse... Quelle richesse inestimable! Au début de leur mariage, Joe et elle s'étaient demandé combien d'enfants ils voudraient avoir, et ils s'étaient mis d'accord sur le chiffre de trois ou quatre... Décision qui semblait, avec le recul du temps, incroyablement naïve. Mais Nicole avait toujours aimé bâtir, en pensée, l'avenir auquel elle se croyait destinée. Elle avait rêvé d'une maison pleine de bambins, avec lesquels elle jouerait à la dînette et que Joe emmènerait camper dans les montagnes toutes proches.

Hélas, même cela elle n'avait pu l'offrir à Joe!

Alors qu'Helena, elle, lui aurait donné des enfants, songea-t-elle, le cœur empli d'une soudaine amertume.

Refusant de laisser à cette pensée le temps de s'imposer, elle s'arracha à sa rêverie et reporta son attention sur le cadeau qu'elle était censée admirer. Un quilt cousu main, aux coloris frais, et qui, de l'avis général, constituait plus une nécessité qu'un luxe superflu. Nicole manquait de l'expérience voulue pour contribuer utilement à la conversation. Et puis, malgré tous ses efforts, les affres du chagrin lui obstruaient la gorge.

— Excusez-moi un instant... Je reviens tout de suite.

S'obligeant à marcher d'un pas tranquille, elle se

dirigea vers la salle de bains dans l'intention de s'isoler quelques minutes.

Machinalement, elle se regarda dans le miroir. Ses cheveux blond cuivré lui auréolaient le visage comme à l'accoutumée. Son large col se rabattait sans un faux pli, et ses boucles d'oreilles en argent étaient toujours en place. S'agrippant au rebord du lavabo, elle s'adressa à son image.

— Tu es parfaitement capable de tenir le coup, Nicole O'Connor !

Elle ne s'était pas si mal débrouillée, du reste, jusqu'à présent. Bien sûr, elle se savait stérile, mais Joe et elle étaient maintenant inscrits sur la liste de l'agence d'adoption d'Oakville. Un jour ou l'autre, ils auraient leur bébé. D'ailleurs, il n'y avait pas que les joies de la maternité, dans l'existence.

Elle s'efforça de convaincre le visage incrédule du miroir.

— Allons, songe un peu à toutes les bonnes choses que tu as pu avoir par ailleurs !

Non seulement elle avait fini par épouser l'homme qu'elle aimait, mais elle avait toujours réussi dans les domaines qui lui plaisaient. Elle avait été choisie parmi une bonne douzaine de candidats très qualifiés pour assurer la direction financière du collège privé d'Oakville ; son jardin de roses était réputé dans toute la ville ; et tous les paroissiens de son église juraient n'avoir jamais eu de meilleure organiste...

Mais tant qu'elle ne tiendrait pas un enfant dans ses bras, il lui manquerait un élément vital. Elle n'aurait jamais les talents de son frère, elle ne serait jamais une reine de beauté comme sa sœur et, surtout, elle ne posséderait jamais totalement le cœur de Joe...

Une volée d'applaudissements lui parvint à travers la porte fermée. Il fallait qu'elle reprenne sa place dans la joyeuse assemblée. Elle ne pouvait passer l'après-midi enfermée dans une salle de bains, à s'apitoyer sur elle-même. Elle allait retourner dans le salon, admirer le reste des cadeaux, goûter au gâteau recouvert de sucre glace bleu et rose, et s'abstenir de jeter des coups d'œil trop fréquents en direction de la pendule.

Redressant le cou d'un mouvement résolu, elle accrocha un sourire à ses lèvres et sortit de son refuge.

Linda devait avoir fini d'ouvrir ses cadeaux, car le groupe s'était maintenant déplacé vers la table du buffet. Nicole soupira d'aise. Elle allait pouvoir maintenant converser tranquillement avec Susan qui, au moins, ne lui poserait pas de questions indiscrètes puisqu'elle n'ignorait rien de ses déboires.

Ou du moins de l'essentiel de ses déboires...

— Nicole, que préférez-vous ? Une rose en sucre, ou du massepain ?

— Nicole adore les roses ! lança Susan. C'est grâce à elle que nos bureaux embaument si merveilleusement !

— L'un ou l'autre, répondit Nicole en acceptant un morceau de gâteau surmonté d'une rose en sucre candi.

Elle n'avait pas faim du tout, mais elle allait pouvoir parler de son jardin pendant quelques minutes. Ensuite, dès qu'elle pourrait le faire sans paraître désobligeante, elle remercierait Linda de son hospitalité et prendrait congé.

Les fleurs constituaient un bon sujet de conversation, tout comme la douceur printanière de ce mois

12

d'avril. Les plantes et la météorologie lui permet-
taient généralement d'éviter les récits de vacances,
les recettes de cuisine et les fêtes de famille qui évo-
quaient trop aisément des images d'enfants. Des cris
d'enfants, des photos d'enfants, des odeurs
d'enfants...

— Oh, cette trousse de toilette était ravissante !
disait justement la voisine de Linda. Et l'odeur du
savon pour bébé qu'elle contenait m'a rappelé le parfum qu'avaient les cheveux de ma fille aînée, quand
je la prenais dans mes bras et que je lui chantonnais
des comptines pour l'endormir...

— Il me tarde tant de connaître ces moments-là !
dit Linda. L'heure merveilleuse du câlin... Les
comptines, puis les contes de fées dont on lit une
page chaque soir.

— A propos de lecture, interrompit Susan, est-ce
que l'une d'entre vous a eu le temps de lire le journal
de ce matin ? Il y a un éditorial fantastique à la une.

Tous les visages se tournèrent vers Nicole.

— Je transmettrai tes compliments à Joe, dit-elle
d'une voix légère.

— Fantastique, tu as raison ! Je l'ai lu moi aussi !
s'écria Linda. Je n'achète pas le *Herald* toutes les
semaines — ne répétez pas ça à Joe, Nicole ! — mais
chaque fois que je lis un de ses articles, je suis réellement épatée. C'est d'une telle clarté qu'on a
l'impression de pouvoir tout comprendre sur un
sujet, quand c'est lui qui en parle. Et, en plus, il a
vraiment le don de faire vivre ce qu'il décrit.

Comme chaque fois que l'on parlait de son mari,
Nicole ressentit un grand élan de fierté. Nombreux
étaient, en effet, ceux qui dans ce métier reconnais-
saient ses qualités exceptionnelles.

— Merci. Je le lui dirai. Aucun compliment ne pourrait lui faire davantage plaisir, rétorqua-t-elle, en se retenant pour ne pas jeter un nouveau regard vers la pendule.

Avait-elle deviné ses pensées ? Susan lui offrit aussitôt l'occasion tant attendue de prendre congé.

— A propos de Joe, je te rappelle que tu as un rendez-vous important ce soir, et que tu ferais bien d'aller te préparer. Tu ne voudrais pas que ton mari, en rentrant tout à l'heure, te trouve à moitié habillée !

— Peut-être bien que si ! plaisanta Linda.

Nicole faillit rougir, ce qui aurait été stupide. N'était-elle pas mariée depuis quatre ans ? Et pourtant ! Certaines images de Joe continuaient à lui donner le vertige et à la faire trembler comme au jour de leur première rencontre.

Quinze ans plus tôt, son frère avait ramené Joe chez eux, après une séance d'entraînement de leur équipe de football. Elle les avait découverts tous deux dans le jardin, au beau milieu d'une séance d'entraînement.

Déjà, à l'époque, il émanait de Joe une exceptionnelle aura de chaleur, de force et de passion. Dès le premier regard, elle avait été fascinée par son énergie débordante, sa carrure imposante et sa chevelure embroussaillée, et elle était tombée amoureuse de lui dans les secondes qui avaient suivi. Tellement bien que si on lui avait dit, à l'époque, qu'elle célébrerait un jour son quatrième anniversaire de mariage avec Joe O'Connor, elle se serait considérée comme la femme la plus heureuse de la terre.

— Nicole, tu es en train de rougir, dit Susan gentiment en la prenant par les épaules pour la rac-

14

compagner jusqu'à la porte. Tu ferais mieux de rentrer rapidement chez toi. Et n'oublie pas que nous exigerons, demain matin, la description détaillée de ta soirée à la Tourelle d'Argent !

— Vous aurez tous les détails... du menu, et de rien de plus !

Cette plaisanterie lui permit d'échapper à la fête dans une atmosphère de bonne humeur générale. Et elle se surprit même, une fois dans la rue, à arborer un sourire qui n'avait plus rien de forcé. Il lui suffisait de penser à Joe. Aujourd'hui, c'était leur fête à tous deux, l'anniversaire de leur mariage, et ils allaient passer la soirée en amoureux. Un moment idyllique, en tout point semblable à ceux auxquels elle rêvait quand, à quinze ans, elle remplissait ses cahiers de lycéenne de leurs initiales entrecroisées. A cette époque, Joe ne faisait que rêver, lui, à une carrière de grand reporter. Et ils n'avaient ni l'un ni l'autre entendu parler de Milagua.

Ils ignoraient encore l'existence des camps de prisonniers.

Et celle d'Helena.

Joe exultait.

— C'est le sujet du mois, Phil ! Félicitations !

Le reporter, un jeune homme solidement taillé, jubilait autant que son supérieur hiérarchique.

— Quand l'assistant du commissaire s'est approché, j'ai cru que ma voiture était mal garée et qu'il venait de me verbaliser, ou quelque chose de ce genre... Et puis, il a déposé cette liste sur mon bureau. Vous vous rendez compte ? Tous les appels téléphoniques de son chef au cours des deux derniers mois !

— C'est fantastique, dit Joe en scrutant la liste de numéros, comme si un bon génie allait soudainement en jaillir. Quelque part, là-dedans, se trouve la preuve irréfutable que nous cherchons. Hé! Abby! Gloria! Venez donc par ici!

La réceptionniste et la responsable de la mise en page se joignirent à Phil et à Joe, autour du vieux bureau de métal qui leur servait de Q.G. Abby, la réceptionniste, en profita pour lui tendre une pile de messages. Quand Joe s'investissait dans un grand reportage, nul n'aurait songé à le déranger pour lui transmettre une communication téléphonique.

— C'est intéressant, Joe, dit Abby. Mais il est 4 h 50.

Il lui jeta un regard d'incompréhension qui dura plusieurs secondes.

— Oh, non! s'exclama-t-il.

Il détestait rater l'excitation du limier à l'ouverture de la chasse.

— Bon! reprit-il. Voyons ce que nous pouvons déjà organiser en dix minutes.

— Depuis quand notre chef bien-aimé met-il la clé sous la porte à 5 heures? demanda Phil. J'ai l'impression qu'il y a quelque chose qui m'échappe!

— Ce soir, je sors avec mon épouse, répondit Joe.

Il fourra les messages dans sa poche, et répartit entre les journalistes présents et lui-même les pages fournies par l'assistant du commissaire.

— Même quand nous tenons une histoire pareille? demanda le reporter, incrédule. C'est le genre de tuyau qu'on demande au Père Noël tous les ans!

Joe devait bien admettre qu'il avait raison. Si le *Herald* réussissait à prouver que le directeur de la police était de mèche avec le plus gros trafiquant de drogue de la région, tous les journaux du Minnesota seraient à leurs pieds.

— Je sais, dit Joe, en épluchant la liste de numéros qu'il avait en face de lui. Un véritable scoop.

Gloria releva le nez.

— Alors, pourquoi ne remettez-vous pas votre dîner à demain ? demanda la typographe aux cheveux gris. Nicole comprendra.

Nicole comprenait toujours. C'était précisément la raison pour laquelle Joe ne se sentait pas en droit de lui faire faux bond. En ce jour anniversaire de leur mariage, elle méritait la priorité.

— Non, répondit-il d'une voix résolue, en maîtrisant l'excitation qui lui gonflait la poitrine. D'ailleurs, nous aurons sans doute besoin de plusieurs jours pour lever le lièvre, et rien ne nous dit que l'hallali ne sonnera pas précisément demain soir ! Et puis, vous êtes parfaitement capables de vous débrouiller sans moi.

— N'en soyez pas si sûr, dit Gloria. Si la piste se révèle aussi bonne que nous l'espérons, vous allez être à votre bureau tous les matins à 4 heures ! A corriger les épreuves de nos articles, modifier le cadrage des photos, et peaufiner les gros titres !

Joe ne put dissimuler un sourire. Gloria avait raison. Nul ne travaillait autant pour le journal que le rédacteur en chef.

— Tenez-moi au courant.

— C'est ça ! protesta Abby. En interrompant votre dîner aux chandelles ? Vous pouvez vous offrir une soirée de congé, tout de même ! Mais jetez un coup d'œil sur vos messages. Le maire tient absolument à ce que nous couvrions son discours, et l'assistante sociale viendra ici demain matin.

17

Cette dernière information évoqua un souvenir devenu familier. Nicole et lui avaient vu un nombre impressionnant d'assistantes sociales et de conseillers d'éducation, mais il aurait juré qu'ils en avaient enfin terminé avec toutes les formalités requises.

— Quelle assistante sociale ?

Il n'écoutait que d'une oreille, et se concentrait sur la liste en face de lui. Si seulement il pouvait repérer un détail significatif avant de partir...

— Le Secours catholique. Elle s'occupe des orphelins de Milagua.

Ce devait être la personne qui lui avait adressé un message sibyllin la semaine précédente. Il lui avait fait répondre qu'il serait heureux de la recevoir. Quatre ans après la parution de son livre, Joe se demandait comment son nom pouvait encore être lié si intimement à celui de Milagua. A moins qu'ils n'eussent contacté son éditeur, lequel ne laissait jamais passer une occasion de publicité, même indirecte.

— Nous pourrions organiser un appel de fonds en leur faveur au cours des deux prochaines semaines, en spécifiant qu'il s'agit d'une organisation charitable reconnue d'utilité publique, proposa Gloria. Les gens font plus facilement des donations s'ils peuvent les déduire de leurs déclarations de revenus.

— Nous venons de lancer une souscription pour l'Hôpital des enfants malades. Il vaudrait sans doute mieux attendre un peu. Surtout lorsqu'il s'agit d'un pays d'Amérique du Sud qui a la mauvaise habitude d'assassiner ses présidents les uns après les autres.

Abby intervint gentiment.

— Joe est au courant, Gloria. Il a vécu cinq ans là-bas.

— Quoi ? A Milagua ?

Gloria ne travaillait au journal que depuis quelques mois, mais cela n'empêcha pas Joe de se réjouir de son ignorance. Les habitants d'Oakville avaient une fâcheuse tendance à commenter les moindres faits et gestes de leurs concitoyens.

— C'est sans importance, Gloria. Une histoire du passé.

— Vous couvriez la rébellion ? Pour le *Herald* ? demanda Gloria d'une voix dubitative.

Aucun journal de province ne pouvait s'offrir le luxe d'envoyer un grand reporter à l'étranger. D'ailleurs, dans le cas de Milagua, même les grands titres nationaux avaient sous-estimé l'ampleur du conflit et négligé de couvrir les débuts de la guerre civile.

— Je travaillais comme journaliste indépendant, à l'époque.

Il se leva à regret.

— Je pourrais examiner un feuillet de plus, ajouta-t-il en tendant le bras.

— Il n'est pas question que vous lisiez en conduisant, déclara Abby en couvrant sa pile d'une main possessive.

— Je pensais aux feux rouges.

La secrétaire-réceptionniste resta ferme sur ses positions.

— Je sais que vous aimez vivre dangereusement. Mais, pour une fois, laissez donc les autres faire le travail préparatoire, et profitez de votre soirée.

Joe avait lui-même obtenu d'Abby la promesse de lui faire quitter le bureau à 5 heures. Elle ne faisait, après tout, qu'exécuter ses ordres.

— Je vous vois donc demain, reprit-il. Mais si jamais vous trouvez quelque chose d'intéressant dans l'intervalle, avertissez-moi.

— C'est promis, patron, répondit Phil. Et souhaitez à Nicole un bon anniversaire de notre part à tous.

« Bon anniversaire » ? Joe n'était pas certain que l'expression convînt véritablement à leur situation.

Il enfila sa veste en se demandant où il pourrait trouver des fleurs. Quand il rentrait chez lui à l'heure habituelle, c'est-à-dire beaucoup plus tard, les boutiques étaient fermées depuis longtemps. Mais aujourd'hui, il n'avait que l'embarras du choix. Il s'arrêta dans une boutique de luxe, à proximité de l'hôtel de ville, et imagina la réaction de sa femme.

Ses yeux s'illumineraient. Elle protesterait qu'il n'aurait pas dû faire une folie pareille, mais elle serait ravie.

Il choisit des tulipes jaunes et blanches, ainsi que quelques brins de jasmin, et laissa la vendeuse composer un bouquet gai et traditionnel à la fois qui ferait les délices de Nicole.

— C'est parfait, dit-il quand il vit le résultat.

— Vous voulez une carte ?

— Bien sûr, répondit-il sans réfléchir.

Mais quand il se retrouva un stylo à la main, un sentiment de malaise s'insinua dans sa poitrine et il resta à court d'idées.

« Joyeux anniversaire. Je t'aime. Joe. » Cela manquait d'originalité, mais il ne trouvait rien de mieux. Qu'importait le contenu de la carte ? Rapporter des fleurs le jour d'un anniversaire de mariage était une tradition, comme le champagne le soir de la Saint-Sylvestre.

Il n'y avait pas de quoi ressentir la moindre nervosité.

Il contrôlait parfaitement la situation.

*

Nicole n'avait pas l'habitude de voir la voiture de Joe s'arrêter devant chez eux avant la tombée du jour. Mais elle n'aurait pas dû être surprise. Il lui avait promis de rentrer tôt, et elle avait pu constater, au cours de leurs quatre années de mariage, qu'il tenait toujours ses promesses. N'avait-il pas refusé l'offre prestigieuse d'un emploi qui les aurait forcés à quitter Oakville ?

— Bon anniversaire ! dit-elle en ouvrant la porte avant même qu'il eût sorti sa clé. Des fleurs ! Quelle merveille ! Oh, merci...

Il lui offrit ce sourire en coin qu'elle aimait tant, et l'embrassa.

— Bon anniversaire, Nicky ! Tu es superbe.

Quand elle s'inquiétait de la réserve de son époux, Nicole se réconfortait en songeant aux compliments qu'il ne manquait jamais de lui faire.

— J'ai passé la journée à attendre cet instant, confessa-t-elle en lui offrant ses lèvres.

Joe sentait bon l'encre d'imprimerie... et le jasmin du bouquet.

— Vous en avez de la chance, vous les enseignants, avec ces journées qui se terminent à midi pour vous permettre de faire la fête ! Elles t'ont posé des questions ?

— Elles m'ont demandé où nous fêtions notre anniversaire, et tu imagines leur réaction quand j'ai parlé de la Tourelle d'Argent !

— Vraiment ? Eh bien ! je ferais mieux d'aller me raser de frais ! dit Joe en frottant sa joue contre celle de Nicole.

Sa peau râpeuse lui parut étrangement sensuelle.

— Prends la salle de bains, je finirai de me maquiller devant la coiffeuse de la chambre.

En fait, elle avait fini de se maquiller une demi-heure plus tôt, mais savait qu'il préférait être seul pour se changer. Il n'aimait pas exhiber en pleine lumière les cicatrices qui lui marquaient le corps.

— J'en ai pour une minute, dit-il en se dirigeant vers la salle de bains. Les jours rallongent. Nous aurons le temps de profiter du paysage.

La Tourelle d'Argent se trouvait en pleine campagne, ce qui rendait leur équipée d'autant plus romantique.

— Avec un peu de chance, nous pourrons même admirer en route un beau coucher de soleil, dit Nicole d'une voix rêveuse.

Le bruit de la douche couvrit sa voix. Elle disposa les fleurs dans son plus beau vase de cristal, et rajusta son rouge à lèvres qui s'étalait d'une façon disgracieuse après leur baiser. Puis elle rejoignit Joe qui, déjà tout habillé, se rasait dans la salle de bains. Il lui sourit dans le miroir.

— Tu ne m'as pas raconté ton après-midi. Ce n'était pas trop difficile?

Elle fut si touchée de sa compréhension qu'elle faillit se confier à lui. Mais il aurait été injuste de lui faire porter le poids de ses chagrins personnels, le soir de leur anniversaire de mariage.

— Mais non! dit-elle d'une voix réjouie. Linda a reçu des tas de cadeaux ravissants.

Elle aurait juré avoir parlé de sa voix de tous les jours. Pourtant, Joe se retourna, la regarda avec tendresse et lui caressa doucement la joue.

Sans un mot.

Le silence s'éternisa... et Joe prit une profonde inspiration.

— Tu verras, Nicky, ton tour viendra. Nous

aurons bientôt un bébé, et les gens feront la queue à notre porte avec toutes sortes de présents.

Elle déglutit péniblement.

— Je sais.

C'était « merci » qu'elle aurait voulu dire. Un élan de gratitude la souleva. Pas une seule fois, depuis qu'elle avait eu le désespoir d'apprendre qu'une malformation congénitale l'empêchait de concevoir des enfants, Joe ne lui avait reproché la stérilité de leur couple. Sans jamais s'appesantir sur ses propres sentiments, il l'avait soutenue au cours de ces longs mois durant lesquels son chagrin s'était mêlé de culpabilité. Et il n'avait pas émis la moindre réserve quand elle avait enfin suggéré la possibilité d'une adoption.

Pourtant, la situation devait l'avoir touché au vif. Savoir qu'il n'aurait jamais un enfant de son sang... Bien sûr, la paternité était une question d'amour plus que de biologie, mais la plupart des hommes ne souhaitent-ils pas assurer la pérennité de leurs gènes ?

Joe avait prétendu avec insistance que cela n'avait pas la moindre importance et que, n'ayant lui-même jamais connu son père, il se voyait mal dans la peau d'un patriarche.

— Hé ! dit Joe, qui devait avoir senti le malaise de Nicole. Tu ne veux pas arriver au restaurant couverte de mousse à raser ?

La question était exactement celle qu'il fallait pour alléger la tension ambiante. Nicole ne put s'empêcher de sourire.

— Oh, rends-moi service, s'il te plaît. Choisis-moi une cravate.

Nicole aimait toujours ce genre de requêtes. Ces joies domestiques lui donnaient l'impression d'être

23

vraiment mariée. Elle sélectionna une cravate à rayures grises et roses, et une autre à impression cachemire bleue, ton sur ton, et les lui présenta.

— Une rose et une bleue? demanda Joe en déposant son rasoir sur le rebord du lavabo. On dirait que tu es encore sous le signe des bébés...

Il avait raison, bien sûr.

— Oui, mais la décision finale te revient.

Quoique la conseillère pédagogique les eût prévenus qu'une adoption ressemblait à une naissance, en ce sens qu'on ne choisissait pas le sexe de l'enfant, Nicole rêvait en secret d'une fille. Une petite fille qui partagerait son goût pour la lecture et les roses, et qui porterait des robes à volants. Bien sûr, un garçon serait merveilleux aussi... Tous les bébés n'étaient-ils pas adorables?

— Celle-ci, dit Joe en choisissant la cravate rose, comme s'il avait lu dans ses pensées.

Il la noua devant le miroir et alla enfiler le veston de son costume, qu'il avait laissé sur le lit.

— Alors? demanda-t-il. Prête à célébrer nos quatre ans de mariage?

Quatre ans.

Quatre ans à espérer l'arrivée d'un enfant, qui apporterait cette touche de magie qui manquait si manifestement à leur couple.

Ou à essayer de se convaincre que les choses auxquelles on tient du plus profond de son cœur n'arrivent jamais aussi facilement qu'une lettre par la poste, et que l'attente en vaut la peine.

La Tourelle d'Argent était nichée dans une futaie de noisetiers. Ils y parvinrent par une petite route de campagne sereine. Joe semblait plus détendu qu'il ne l'avait été de toute la semaine, quoique, à la vérité, Nicole ne fût guère en position d'en juger : elle l'avait très peu vu au cours des derniers jours. Elle sentait néanmoins une différence dans son attitude et le ton de sa voix. Plus ils s'éloignaient de la ville, plus s'évaporait la trépidation liée à sa vie professionnelle au *Herald*.

Et quand, au crépuscule, ils aperçurent les lumières scintillant dans la forêt, ils crurent presque qu'il s'agissait d'un château de contes de fées. Les corniches de la toiture faisaient office de tourelles de pierre, et une pelouse au vert velouté servait de douves, mais la magie restait la même que s'il se fût agi d'un véritable château.

— Il ne manque qu'un valet de pied en tunique à galons, plaisanta Nicole.

Elle n'avait pas plus tôt fini sa phrase qu'un chasseur en livrée vint lui ouvrir la portière.

Joe ne manifesta aucune surprise. Laissant non-chalamment les clés dans la voiture, il lui offrit son bras pour remonter l'allée en dalles de granit. Nicole ne s'était pas attendue à un décor aussi grandiose, et elle ressentit une légère appréhension quand un valet de pied en chair et en os vint les accueillir sur le seuil du majestueux portail.

— C'est le summum du luxe, murmura-t-elle à l'oreille de son époux lorsqu'elle aperçut le gigantesque chandelier de cristal qui ornait le hall d'entrée. Cet endroit est destiné aux gens fortunés, non ?

— Mais nous *sommes* fortunés, répondit Joe doucement en lui dédiant un autre de ses sourires en coin. Ou du moins je le suis, puisque j'ai la chance d'avoir une femme comme toi.

La vague de bien-être qui la pénétra n'avait rien à voir avec le feu qui crépitait dans la cheminée au manteau sculpté. Joe avait raison de penser qu'elle était tout à lui. Il avait capturé son cœur dès leur première rencontre, et en resterait possesseur jusqu'au dernier de leurs jours.

Même sans enfant, elle lui appartenait inconditionnellement.

Ce ne fut que quelques instants plus tard, une fois installés près de la croisée qui surplombait le jardin illuminé de lanternes, qu'elle retrouva le sens des réalités.

L'amour qu'elle avait pour lui n'était pas exactement réciproque. Certes, Joe lui avait passé la bague au doigt. Il lui avait donné son nom et l'exubérance de son corps brûlant, mais son cœur...

Son cœur, lui, appartenait toujours à Helena.

Quand elle lui voyait un certain regard, à la fois doux et lointain, elle comprenait qu'elle avait péché par optimisme en espérant que le souvenir de son premier amour s'estomperait peu à peu. Joe avait beau répéter que « le passé était le passé », il y avait un élément de ce passé qui ne s'éteindrait jamais. C'était l'image d'Helena qui l'avait soutenu pendant les trois années d'enfer qu'il avait passées dans un camp de prisonniers. Et cette image s'effacerait d'autant moins qu'aucun geste d'Helena ne pourrait plus jamais l'altérer : la jeune femme avait perdu la vie dans l'horrible conflit qui avait dévasté Milagua.

— Vous désirez prendre quelque chose avant le dîner ?

Nicole sursauta en entendant le sommelier qu'elle n'avait pas vu approcher. Pendant quelques instants, elle avait complètement oublié la raison de leur présence dans ce temple du luxe et de la sérénité. Ils célébraient leur anniversaire de mariage! Joe avait sans doute aimé Helena passionnément, mais c'était elle, Nicole, qu'il avait épousée!

Il commanda un bourbon bien glacé, tandis que Nicole se contentait d'un verre de son vin blanc favori, du pinot gris.

Jamais Joe ne choisissait le même apéritif. Mais Nicole devait porter à son crédit le fait qu'il ne se plaignait pas du manque d'imagination dont elle faisait preuve.

Ni de son insistance à vivre dans un endroit aussi paisible qu'Oakville.

Joe suivit le sommelier du regard en plissant les yeux pour mieux se concentrer. Puis, avec un effort visible, il reporta son attention sur elle.

— Pardonne-moi. Je me disais que j'avais déjà rencontré cet homme-là quelque part.

Le sommelier n'évoquait rien dans l'esprit de Nicole, mais du fait de sa profession, Joe rencontrait un nombre incalculable de personnes chaque année.

— C'est probablement le cas, dit-elle. Un incendie, une inondation de printemps, une grève sur le tas...?

— Ou une vente de charité à l'église locale! Je couvre aussi ce genre d'événements.

Sans doute, songea Nicole, mais pas avec la même énergie qu'il consacrait aux problèmes de drogue ou aux opérations de secours en montagne. Pour quelqu'un qui aurait eu les meilleures raisons du monde de s'abstenir de tout risque inutile, Joe semblait au contraire trouver un indicible plaisir à flirter avec le danger. « On ne peut pas passer son existence à fuir ce que l'on craint », avait-il coutume de dire à

Nicole quand, exceptionnellement, elle l'incitait à davantage de prudence. Si bien qu'elle avait fini par s'habituer à cette peur insidieuse qui la tourmentait chaque fois qu'il se lançait dans un reportage périlleux.

— Et chacun sait que tu es toujours prêt à confier à l'un de tes journalistes les enquêtes les plus risquées, afin d'être en mesure de couvrir personnellement les ventes de charité locales ! dit-elle avec une pointe d'humour. A quand la prochaine ?

Joe avait une mémoire phénoménale. Il n'eut pourtant pas le temps de passer mentalement en revue le programme du mois d'avril, car le sommelier était déjà revenu.

— A quatre ans de bonheur ! déclara-t-il en levant son verre. Et aux quarante ans à venir !

Nicole sentit avec volupté le regard de Joe s'appesantir sur elle.

— Cet après-midi, lui dit-elle, je songeais à la première image que je garde de toi.

Joe avala un peu trop vite sa gorgée de bourbon.

— Une image d'horreur...

Il faisait allusion à son retour de Milagua, quand il ne pesait guère plus de quarante-cinq kilos.

— Non, je pensais à notre première rencontre, quand Paul t'a ramené chez nous après une séance d'entraînement.

L'expression de Joe s'adoucit quelque peu.

— Ah, oui ! Mais tu n'étais qu'une enfant, à l'époque.

Trois ans de différence, cela compte certes beaucoup entre adolescents. Ce qui n'avait pas empêché Nicole de ressentir, à quatorze ans, mille bouffées de désir et d'espoir. Elle avait rêvé nuit et jour à ce jeune homme dont la simple présence lui donnait des battements de cœur frénétiques.

A celui qui, aujourd'hui encore, était capable de la faire trembler avec l'un de ses sourires langoureux ou de ses gestes caressants.

Elle tenait à lui par-dessus tout, comme au premier jour, mais sentait l'impossibilité de lui faire un aveu pareil.

— Si quelqu'un à l'époque m'avait dit qu'un jour je serais ta femme...

Une boule dans la gorge l'empêcha de finir sa phrase. Joe se pencha et lui prit la main.

— Oh, Nicky! murmura-t-il. Comme je voudrais te donner davantage!

Elle se souvint de sa demande en mariage, de sa voix hésitante alors qu'il s'excusait de ne pouvoir lui offrir tout l'amour qu'elle méritait. Au cours de leurs quatre ans de vie commune, elle s'était aussi rendu compte qu'elle ne pouvait pas non plus lui donner tout ce qu'il désirait... même s'il ne s'était jamais permis la moindre récrimination. Elle ravala la boule qui lui obstruait la gorge, et baissa les paupières pour échapper au regard trop intense de Joe.

— C'est moi qui voudrais t'offrir davantage...

— Désirez-vous passer votre commande maintenant? demanda le maître d'hôtel.

Il lui fallut, comme à Joe, quelques secondes pour recouvrer ses esprits. Le maître d'hôtel ne s'était pas matérialisé à leurs côtés par enchantement, mais ils n'avaient eu ni l'un ni l'autre conscience de son approche.

Nicole s'aperçut qu'elle n'avait pas lu une ligne du menu qu'elle tenait entre ses mains. C'était d'ailleurs inutile. Un restaurant pareil offrait sans doute le filet mignon qu'elle commandait invariablement.

— La spécialité du chef, dit-elle d'une voix ferme.

Un peu d'esprit d'aventure ne lui ferait aucun mal. Joe commandait régulièrement le plat du jour. Il prétendait que la fascination de l'inconnu vaut bien les inconvénients d'une bourde occasionnelle.

— Très bien, madame. Notre potage est aujourd'hui une crème d'écrevisses. Et je vous recommande une salade mélangée aux feuilles de chêne, qui accompagnera parfaitement les cuisses de grenouille.

— Je prendrai la même chose, dit Joe tout en faisant signe au maître d'hôtel d'attendre un instant. Nicole, si tu changes d'avis, nous pourrons goûter chacun au plat de l'autre...

Oh! il savait parfaitement dans quel marécage elle s'était aventurée, et il lui offrait avec tact un gracieux échappatoire.

— Tout compte fait..., dit-elle. Je prendrai un filet mignon. Rosé.

— Très bien, madame.

Elle baissa les yeux pour ne pas rencontrer ceux de Joe. Quand elle les releva enfin, elle vit qu'il la contemplait avec un mélange de perplexité et de compassion.

— Nicky, dit-il avec douceur, tu n'as rien à me prouver.

Il n'aurait jamais eu besoin de dire cela à Helena, Nicole en était absolument certaine. Mais Helena, elle, n'avait rien d'une femme qui suit les sentiers battus.

— Il m'arrive d'être audacieuse, moi aussi.

— Bien sûr, mais ne t'y crois pas obligée. Tu me plais telle que tu es.

Malgré sa voix, étonnamment convaincante, Nicole songea qu'il ne faisait que se comporter en bon mari.

— Merci.

Il essayait de la réconforter, elle le savait bien, mais à cet instant elle était prête à se raccrocher à n'importe quelle source de bien-être.

Si seulement elle pouvait oublier Helena... Il fallait qu'elle cesse enfin de se comparer à elle. Souffrir du premier amour de Joe ne leur ferait de bien ni à l'un ni à l'autre. Le passé était le passé. Elle devrait avoir l'intelligence de se tourner vers le futur et de penser à leur famille.

A l'enfant dont elle espérait l'arrivée prochaine.

— Tu sais, déclara-t-elle d'un ton résolu, dès que nous aurons un bébé, nous formerons une véritable famille.

Il resta silencieux un instant. Elle crut percevoir en lui une brusque tension et se demanda si c'était là un effet de son imagination.

— Oui, finit-il par murmurer, je suppose que tu as raison.

2.

En route pour son bureau, le lendemain matin, Joe
se répétait qu'il n'avait aucune raison de se montrer
nerveux. Mais les paroles de Nicole continuaient à lui
trotter dans la tête.

Adopter un enfant ne posait pas de problèmes.
D'ailleurs, un bébé ne présentait guère de risque. Tant
qu'il était bien nourri et cajolé — et ce serait surtout
Nicole qui s'en occuperait, — un bébé n'est guère en
mesure de mettre votre existence sens dessus dessous.

Et Nicole aurait quelqu'un d'autre que lui à aimer
et choyer.

Ce qui n'était que justice.

Il claqua la portière, monta quatre à quatre l'escalier du *Herald* et s'aperçut qu'il n'était pas le premier
arrivé. A 5 heures du matin ! L'un de ses collabora-
teurs faisait du zèle excessif.

— Bonjour ! lança-t-il à la cantonade.

— Bonjour, lui répondit Phil depuis la salle des
archives, située à l'autre bout du corridor. Nous avons
trouvé le numéro, Joe ! Le chef de la police a téléphoné seize fois à Benny. En huit semaines !

Bien qu'il eût toujours réussi à maintenir une
façade de bon père de famille et à passer à travers les

mailles de la justice, Benny était un trafiquant notoire. L'enquête prendrait du temps, mais elle commençait sous les meilleurs auspices. Une vague d'excitation et de plaisir anticipé souleva Joe.

— Maintenant, nous avons de quoi travailler!

— On le dirait. J'ai voulu vous appeler, hier soir, mais Abby a menacé de me fusiller sur place!

Il faudrait décidément, songea Joe, qu'Abby comprît un jour qu'un journaliste digne de ce nom n'avait pas de vie personnelle.

Quand l'équipe fut au complet, leurs plans de bataille étaient bien avancés. Phil se chargerait de vérifier les allées et venues du chef de la police, tandis que Joe s'occuperait du trafiquant de drogue. Dieu seul savait combien de temps il leur faudrait pour obtenir des résultats, mais le jeu en valait la chandelle.

— Tâche de te renseigner discrètement sur ses habitudes, demanda Joe à Phil. Et pour ne pas donner l'éveil, nous devons poursuivre nos activités coutumières. Il faut couvrir le discours du maire. Tu peux t'arrêter en chemin? Ou bien y a-t-il quelqu'un d'autre qui soit libre à ce moment-là?

— Moi, proposa Marlène qui, un pied dans l'administration et l'autre sur le terrain, s'occupait à la fois de la distribution et de la rubrique mondaine.

— Parfait. Dans ce cas, Gloria peut retourner à sa mise en page, et moi je...

— Joe!

C'était Abby qui l'appelait depuis le bureau de la réception.

— L'assistante sociale du Secours catholique est arrivée.

Elle était d'une ponctualité admirable : l'horloge marquait 9 heures précises.

— Je viens tout de suite.

Il s'occuperait lui-même de rédiger l'appel de fonds. Le temps ne lui manquerait pas, durant sa planque à proximité de la demeure dudit Benny. Marlène rendrait compte du discours du maire. Ce ne serait pas la première fois qu'elle passerait des mondanités à la politique. Marc, entre deux messages publicitaires, mettait en forme les notes qu'il avait prises durant le match de basket-ball qui avait opposé la veille les deux meilleures équipes scolaires de la ville. S'il se produisait un événement inattendu, il ferait appel à quelqu'un de la production.

L'assistante sociale semblait épuisée, mais son visage exprimait aussi une étrange douceur. La personne qui lui avait confié la responsabilité des appels de fonds savait ce qu'elle faisait. Il aurait été difficile de dire non à une femme pareille.

Elle accepta sa poignée de main avec un sourire de réconfort. On aurait presque dit que c'était lui qui avait besoin de soutien.

— Je n'étais pas certaine que vous vouliez me rencontrer ici, dit-elle d'un ton d'excuse. Préférez-vous aller ailleurs ? J'ai vu un parc au bout de la rue. Vous savez, loin de...

Elle enveloppa d'un geste l'agitation et les bruits ambiants. Joe reconnaissait aisément que l'atmosphère avait quelque chose de suffocant pour ceux qui n'étaient pas habitués au tohu-bohu d'un journal.

— Le parc me paraît être une très bonne idée.

De là, il se rendrait directement chez Benny. Maintenant que l'enquête était lancée, mieux valait ne pas perdre de temps. L'assistante sociale devait avoir sa propre voiture.

— Vous voulez me rejoindre là-bas ? demanda-t-il.

35

Elle eut l'air soulagée, et s'empressa d'acquiescer.

Joe prit sa veste en regrettant l'absence de son photographe attitré. Cette femme inspirait une confiance totale. Dans le parc, avec quelques enfants en arrière-plan, Randy aurait pris d'elle un cliché idéal.

— Je suis navré que notre photographe ne soit pas là, dit-il en s'effaçant pour qu'elle puisse sortir la première.

Elle lui jeta un regard si surpris qu'il en déduisit qu'elle ignorait tout des subtilités de la mise en page.

— Nos collectes ont toujours plus de succès si elles sont accompagnées d'une bonne photo, lui expliqua-t-il.

— Collectes ? répéta-t-elle d'une voix dubitative. Mais je ne suis pas venue vous voir pour une collecte.

— Ah non ?

Il n'hésitait pas à publier des appels de fonds, mais se montrait beaucoup plus réticent en matière de campagnes politiques destinées à influencer l'opinion publique, ou à lancer des pétitions en vue de tel ou tel changement de législation.

Elle s'était immobilisée sur le seuil et le regardait avec une consternation croissante.

— Vous n'avez donc pas reçu le dossier que je vous ai envoyé ?

Abby n'avait mentionné aucune documentation, simplement une demande de rendez-vous auquel il avait répondu par l'affirmative. Mais un message confus ou un paquet égaré ne suffisait pas à expliquer le désarroi de cette femme.

— Non. Juste une lettre la semaine dernière, et votre appel d'hier confirmant notre rendez-vous.

— Oh, mon Dieu !

L'assistante sociale leva les yeux au ciel et sembla

à court de paroles. Finalement, elle inspira et se jeta à l'eau.

— Monsieur O'Connor, dit-elle en prenant sur elle de refermer la porte, si vous n'avez pas reçu le double du dossier, j'ai quelque chose à vous apprendre.

— J'ai vraiment été surprise, reconnut Nicole en disposant trois roses et quelques brins de jasmin dans un vase posé sur son bureau.

Elle avait laissé chez elle l'essentiel de l'arrangement floral, mais en avait pris un petit échantillon pour égayer sa journée professionnelle.

— Joe ne fait pas précisément partie de ces hommes qui vous offrent des fleurs à tout bout de champ.

— Et votre dîner à la Tourelle d'Argent ? demanda Suzanne en s'approchant pour mieux humer l'odeur du jasmin. Roxanne disait qu'elle aurait bien voulu que Joe ait un frère jumeau !

— Si c'était le cas, je les aurais volontiers présentés l'un à l'autre ! Malheureusement, il est fils unique.

— Ah, les meilleurs époux n'ont pas leurs pareils ! Tu sais ce que Dwight m'a offert, pour notre anniversaire de mariage ? Un tapis de bain !

Nicole savait que le mari de Susan n'était guère romantique, mais il était éperdument amoureux de sa femme.

— Il a sans doute pensé que tu en profiterais tous les jours de l'année.

— N'empêche que je suis très jalouse de tes fleurs !

La cloche sonna 10 heures.

— Déjà la fin de la récréation ? lança Susan. Bon !

Je te vois à l'heure du déjeuner, à moins que mes élèves de sixième ne mettent mon laboratoire sens dessus dessous.

Il y avait fort peu de chance pour qu'un désastre se produise. Certes, les professeurs s'accordaient à dire que cette classe de sixième était la plus exubérante qu'ils aient jamais eue, mais en règle générale, les collégiens de l'externat d'Oakville se conduisaient fort bien, comme le prouvait la réputation du collège et la longueur de la liste d'attente.

Nicole s'attela à la rédaction d'une circulaire destinée à faire appel à la générosité des anciens élèves. Il s'agissait d'augmenter le nombre de bourses offertes aux familles les plus démunies. Elle avait à peine rédigé le premier paragraphe, quand elle entendit la voix de Joe dans le corridor. Il n'entrait pas dans les habitudes de son mari de la rejoindre sur son lieu de travail, surtout pas au beau milieu de la matinée !

— Bonjour, Roxanne. Nicole... Nicole est là ?

Joe ne paraissait pas dans son état habituel. Roxanne devait mourir d'envie de lui demander s'il avait un frère jumeau, mais il y avait toujours des élèves dans son bureau, et elle s'en tint à son rôle de réceptionniste.

— Bien sûr ! Vous connaissez le chemin.

— Merci. Il peut attendre ici ?

Joe semblait avoir les nerfs à vif. Que se passait-il donc qui justifiât une telle tension dans sa voix ? Il apparut brusquement sur le seuil de son bureau.

— Nicole...

Il interrompit sa phrase avant de l'avoir commencée, et prit appui des deux mains sur le chambranle de la porte. Son apparence correspondait en tout point à son élocution. Nicole jaillit de son siège et se précipita vers lui. Jamais elle ne l'avait vu aussi perturbé depuis son retour de Milagua.

— Ecoute, bredouilla-t-il, je...

Il hésitait toujours et ne trouvait pas ses mots.

— Je... Il fallait que je te voie.

La présence de son épouse ne semblait pas lui apporter le calme et le réconfort dont il avait visiblement besoin. Il était tellement rigide, tellement sur la défensive, qu'elle ne franchit pas l'espace qui les séparait. Elle espérait seulement avoir conservé le pouvoir apaisant qu'elle exerçait sur lui à l'époque où il était tourmenté par d'incessants cauchemars.

— Que t'est-il arrivé ? demanda-t-elle avec douceur.

— Il... Il s'est passé quelque chose.

Enfin conscient de l'insuffisance de ses explications, il relâcha le chambranle de la porte et gesticula comme s'il ne savait par où commencer.

— Je ne sais pas comment... Enfin, je...

Nicole comprit avec un frisson glacé qu'il ne s'agissait pas d'un nouveau cauchemar, mais d'un événement bien réel et tout récent.

— Joe, tu me fais peur...

— Je suis désolé, dit-il en la regardant enfin. Oh, mon Dieu, je suis navré ! C'est juste que... je ne sais pas quoi faire !

Nicole oublia sa réserve et se précipita pour l'étreindre avant qu'il ne s'effondre tout à fait. Mais avant qu'elle ait eu le temps de le rejoindre, il leva les mains pour l'arrêter.

— Non !

On aurait dit qu'il la suppliait à la fois de l'abandonner et de le rejoindre.

— Je sais que nous voulions un bébé et... Je...

Les bégaiements de Joe effrayaient Nicole plus encore que l'allusion à leurs efforts d'adoption.

— Mais je ne savais pas... Ça ne m'est jamais venu à l'esprit que... Nicole, je te jure que j'ignorais tout jusqu'à...

— Tu ne savais pas *quoi*?

Il sursauta brusquement et regarda derrière lui comme s'il avait entendu quelqu'un dans le corridor. Il se raidit.

Un garçon aux cheveux noirs qu'elle ne sut pas identifier — il avait l'air bien jeune pour un collégien — passa la tête par l'embrasure.

— Oh, mon Dieu ! murmura Joe.

Avant même qu'elle ait eu le temps de renvoyer l'élève au secrétariat, Joe passa le bras autour des épaules du garçon et le fit entrer dans le bureau.

— Nicole, voici mon fils Tony.

Un instant, elle crut avoir mal compris. Puis, à travers un brouillard dû au choc et à l'incrédulité, elle s'aperçut que le garçon possédait la mâchoire anguleuse et les lourdes paupières de Joe. Un kaléidoscope d'émotions se déploya en elle. Il lui sembla que son existence entière explosait dans toutes les directions. Et un éclair de douleur la transperça.

C'était l'enfant d'Helena.

Elle ne sut jamais comment elle avait réagi, si elle avait eu la présence d'esprit de dire quelque chose, ou si elle s'était contentée de les contempler tous les deux avec stupéfaction. Elle n'avait plus conscience de ses sentiments, ni même de son environnement. Elle eut vaguement l'impression que Joe s'avançait vers elle.

Elle ne voyait que l'enfant. Joe en plus jeune. La ressemblance était hallucinante : la même posture rigide, le même regard de défi. Joe un quart de siècle plus tôt.

Mais il possédait aussi un teint cuivré... un nez aquilin ... des cheveux bruns et bouclés...

Dieu ! Qu'elle devait avoir été belle !

Elle aspira péniblement une bouffée d'air. Joe était en train de parler.

— Tony, voici ma femme.

Les mots de Joe semblaient venir de très loin. Des années-lumière. Mais les yeux du garçon se rétrécirent. Qu'était-elle censée lui dire ? « Je suis ravie de faire ta connaissance » ? Joe s'écarta un peu de son fils. Il se rapprocha d'elle et lui prit la main.

— Il est seul au monde, dit-il à voix basse.

Il la regardait droit dans les yeux, bouleversé par le remords et la panique.

— Cette assistante sociale... Je n'ai pas tous les détails, mais... Nous...

Avant qu'il ait pu achever sa phrase, Tony marmonna quelque chose en espagnol. Joe se tourna aussitôt vers lui et s'adressa à lui en anglais.

— Tout ira bien, Tony. Tu te souviens de ce que je t'ai dit... Nous allons...

Il s'arrêta, à court de mots, l'image même de la frustration et de l'impuissance.

— Nous allons t'emmener à la maison, poursuivit Nicole.

Elle ne mesura ce qu'elle venait de dire qu'après avoir entendu les sons sortir de sa bouche. Mais elle sut aussitôt qu'il n'y avait pas d'autre choix. Et Joe devait l'avoir compris, lui aussi, car il laissa échapper un soupir parfaitement audible.

— Il le faut, murmura-t-elle, malgré le vertige qui menaçait de lui faire perdre l'équilibre.

Que pouvaient-ils faire d'autre ?

Rien de ce qui leur arrivait n'était la faute de cet enfant. Il bouleversait la vie des adultes, mais n'en était nullement responsable.

— Tony, insista-t-elle, que dirais-tu de venir habiter chez nous, avec ton père et moi ?

Comme l'enfant se contentait de fixer sur elle un regard vide, elle se tourna vers Joe.

— Comment dit-on ça en espagnol ?

— Il parle anglais, répondit Joe d'une voix encourageante. N'est-ce pas, Tony ?

Bien sûr, Helena parlait aussi bien l'anglais que l'espagnol, puisqu'elle avait fait ses études de médecine aux Etats-Unis. Mais où l'orphelin avait-il appris une langue étrangère ?

Tony resta silencieux un moment, le regard fixé au plancher.

— Ils ont dit que j'allais vivre avec mon père.

— Tout à fait, confirma Joe sur le même ton.

Seule Nicole perçut le raidissement de ses épaules. Mais Tony poursuivait son idée.

— Avec mon père, répéta-t-il. Pas avec elle.

Il avait désigné Nicole d'un mouvement oblique du menton.

Joe se déplaça si rapidement que les mots n'eurent pas le temps de s'imprimer dans le cerveau de Nicole. Il passa le bras autour des épaules de sa femme et l'attira contre lui.

— Tu vivras avec nous deux, dit-il à Tony d'une voix que Nicole reconnut à peine.

Une voix dure et implorante à la fois. Une voix marquée par la fierté et la douleur. Une voix qui trahissait un désarroi au moins égal à celui de Nicole.

Mais il ne relâcha pas son étreinte pendant qu'il la

conduisait auprès de l'enfant, comme s'il essayait de compenser en même temps le saisissement de son fils et le choc encaissé par sa femme.

— Nous n'avons pas encore songé aux détails, poursuivit-il, mais nous avons une chambre que tu pourras décorer à ta guise.

Pas la chambre du bébé! songea Nicole dans un éclair. Elle avait failli jeter un cri, mais se rappela à temps qu'il faisait allusion à leur chambre d'amis.

— Et nous te trouverons un professeur qui parle espagnol, acheva Joe, si jamais tu as besoin de soutien à l'école.

L'école? Nicole n'avait pas encore pensé à son logement, et il parlait déjà de scolarité?

— L'école communale, précisa Joe. A neuf ans, on est en CM1, je crois. Mais nous verrons ce qu'en dit le directeur.

Le garçon se contenta d'un hochement de tête malheureux.

— Et si tu veux faire partie de la division des Juniors... Il s'agit de base-ball... Tu joues au base-ball? La saison commence bientôt, si ce n'est pas déjà fait. Je me renseignerai.

— Joe..., commença-t-elle en remarquant l'appréhension, voisine de la panique, qui se peignait sur le visage de Tony.

Mais son mari ne paraissait pas avoir remarqué quoi que ce fût, et continuait sur sa lancée.

— Nous allons aussi te choisir des vêtements. Ce que tu portes est parfait, bien sûr, mais il te manque probablement pas mal de choses.

Nul ne possédait un meilleur sens du détail que Joe O'Connor. Mais les détails n'importaient pas toujours, surtout s'ils concernaient un gamin terrorisé de neuf ans.

— Tu auras aussi besoin de livres, je suppose, et d'un sac à dos pour l'école. Et d'un ameublement qui te convienne. Et maintenant, allons voir la maison où tu vas vivre, et peut-être...

— Et peut-être que ce week-end, nous irons faire un pique-nique, l'interrompit Nicole d'une voix posée, puisqu'il fait si beau pour la saison. Mais nous avons tout le temps devant nous, Tony. Rien ne nous oblige à prendre la moindre décision maintenant.

La lueur de soulagement qui traversa le regard de Tony fit aussitôt place à un air d'indifférence stoïque, mais Nicole sut que le message était passé. Elle se demandait ce qu'endurait cet enfant, transplanté soudain dans un pays étranger et confronté à des gens dont il n'avait jamais entendu parler. Il avait les meilleures raisons du monde de se montrer anxieux et taciturne... tout comme Joe et elle avaient les meilleures raisons du monde d'être encore assommés par le choc.

— Bien sûr, reprit Joe en comprenant enfin le message de sa femme. Tu as raison, Nicky. Commençons par voir la maison.

Il ne faudrait pas plus de cinq minutes à Nicole pour mettre des draps propres dans le lit de la chambre d'amis. Elle alla prendre son sac et son regard tomba sur la lettre qu'elle avait commencé à rédiger.

— Je vais trouver quelqu'un pour la finir à ma place, et...

— Mais non, dit soudain Joe. Tu as eu assez d'émotions pour la matinée. Ce n'est pas la peine de bouleverser davantage ton emploi du temps.

Etant donné la tornade qui continuait à faire rage dans son cerveau, elle était de toute façon hors d'état de se concentrer sur la question des futurs boursiers du cours Brady.

Mais elle n'avait pas non plus le courage de passer le reste de la journée avec Joe et Tony.

Et si elle avait ce genre de réaction dès le premier jour, comment diable allait-elle s'en sortir?

Tu es parfaitement capable de tenir le coup, Nicole O'Connor.

Elle s'était dit la même chose la veille, durant la réunion autour de la future maman, et elle y était très bien parvenue. Mais elle n'avait jamais imaginé devoir un jour créer un foyer pour Joe et le fils d'Helena.

— Nous partons, continua Joe qui, de toute évidence, avait pris son silence pour un acquiescement. Je voulais seulement...

Il hésita un instant, comme s'il n'était pas sûr lui-même de ce qu'il voulait, puis pencha rapidement la tête et l'embrassa.

— Nous nous débrouillerons, lui murmura-t-il à l'oreille, je te le promets.

— Bien sûr, lui répondit-elle sur le même ton, bien qu'elle fût incapable de voir comment ils s'en sortiraient. Les draps sont sur la troisième étagère du placard à linge.

Une ombre de sourire passa sur le visage de Joe. Puis il reprit son sérieux.

— Nicky... Merci.

Qu'était-elle censée lui répondre? « Je t'en prie, c'est la moindre des choses »? Elle ne savait pas plus que Joe ce que l'avenir leur réservait. Ils s'engageaient tous les deux dans un tunnel sans visibilité. Mais le destin en avait décidé ainsi.

Elle agrippa le rebord de son bureau tandis qu'ils

sortaient, Tony avec impatience, et Joe d'un pas lourd, comme s'il prenait seulement conscience de l'ampleur de la tâche qui l'attendait. Nicole ne se faisait aucune illusion. Un garçon de neuf ans n'était pas un bébé qui s'intégrerait tout naturellement dans la famille. Un enfant de cet âge-là était d'ores et déjà une personne à part entière.

L'enfant de Joe. Luttant contre le vertige, Nicole retourna lentement à son bureau et se laissa tomber dans son fauteuil. L'enfant de Joe...

Ce qui signifiait qu'il ne lui restait plus rien à espérer de son mariage. Qu'aurait-elle pu offrir à son époux, désormais, puisqu'il avait déjà un enfant?

Et cet enfant était celui d'Helena...

— Je ne comprends pas, répéta Tony pour la troisième fois. Comment as-tu pu l'épouser, elle, si tu aimais ma maman?

Ils s'étaient arrêtés en route pour permettre à Tony de se restaurer. Mais à peine attablé devant un hamburger et des frites, Tony s'était mis à poser les questions les plus personnelles. Joe lui avait déjà expliqué à deux reprises qu'il y avait différentes sortes d'amour, mais l'enfant refusait de se laisser convaincre.

— Parce que je ne savais pas que tu existais, reprit-il. Pas plus que tu ne savais que j'avais survécu, avant que mon livre tombe sous les yeux de cette assistante sociale. Et pendant tout ce temps-là, je croyais que ta mère avait péri dans les combats.

Tony abandonna un instant son plat de frites et lui jeta un regard soupçonneux.

— Elle était vivante jusqu'à l'été dernier.

— L'assistante sociale me l'a appris.

Apparemment, Helena avait changé de résidence pour fuir la police, mais continué à exercer la médecine à sa façon, c'est-à-dire à soigner ses patients durant la journée et à secourir les rebelles durant la nuit. Elle était morte brusquement, d'une rupture d'anévrisme. Son fils avait été recueilli par sœur Maria, la directrice de l'orphelinat local.

Joe répéta encore une fois ses explications.

— Mais quand je suis allé à sa recherche, à ma sortie de captivité, ses voisins m'ont dit qu'elle avait été tuée dans les combats. Ils n'ont pas fait la moindre allusion à l'existence d'un enfant. Soit ils ne savaient pas ce que ta maman était devenue, soit ils craignaient de parler, à cause des mouchards de la police.

Il se souvenait encore de l'angoisse de cette nuit-là. Il avait cru, jusqu'alors, que rien ne pouvait être pire que ce qu'il avait souffert aux mains de ses geôliers, mais il se trompait. C'était à cet instant qu'il avait véritablement touché le fond du désespoir, quand il avait compris qu'il ne verrait plus Helena, qu'il ne la toucherait plus, qu'ils ne riraient plus jamais ensemble. Ah! S'il avait su qu'elle se trouvait avec leur enfant dans un village voisin...

Non! Il ne fallait pas qu'il se mît à reconstruire inutilement le passé. Il lui fallait garder le contrôle de lui-même et de la situation. Il prit une profonde inspiration et continua son récit.

— Tu comprends? Ces gens la croyaient peut-être morte pour de bon, ou bien ils essayaient de se débarrasser de moi le plus vite possible, parce que le simple fait de me parler les mettait eux-mêmes en danger. Malheureusement, l'idée qu'ils puissent me mentir ne m'a pas traversé l'esprit. Je les ai crus, et je suis rentré aux Etats-Unis parce que j'étais convaincu de l'avoir définitivement perdue.

— Elle te croyait mort, elle aussi, dit Tony d'un ton placide.

Un frisson parcourut la colonne vertébrale de Joe. Son fils avait grandi dans un pays où la mort des êtres les plus chers constituait presque un élément de la vie courante.

— Hélas, ça ne m'étonne pas... On m'a dit ici, après mon retour, que les gardes de la prison avaient établi une liste de tous les gens qu'ils avaient exécutés, et que mon nom s'y trouvait.

Sa propre mère avait été informée de son soi-disant décès de cette façon-là, et le seul fait d'y repenser suffisait à lui contracter l'estomac.

« C'est de l'histoire ancienne, se répéta-t-il. Tout cela appartient au passé. »

— Mais ils ne t'avaient pas tué, reprit Tony en trempant une frite dans du ketchup.

Non, c'était bien la seule chose qu'ils n'eussent pas fait, songea Joe. Il avait survécu... accroché à l'unique espoir capable de le maintenir en vie. Même quand il ne parvenait plus à reconstituer les traits du visage d'Helena ni à imaginer ses caresses, il pouvait encore crier son nom.

— Je m'en suis sorti.

Tout le monde, à Milagua, avait entendu parler des camps de prisonniers, et Tony savait de toute évidence à quel point il était exceptionnel pour les « disparus » de réapparaître au grand jour. Il observa Joe un long moment.

— Comment ça se fait ?

Il n'y avait qu'une seule réponse, et son fils méritait de l'entendre de sa bouche.

— Parce que, dit Joe en ravalant la boule familière qui lui obstruait la gorge, je voulais retrouver ta maman.

Les paupières de Tony se rétrécirent. Puis il hocha la tête et énonça à voix haute la conclusion qui lui paraissait s'imposer.

— Tu l'aimais?

Que lui répondre? Joe avait aimé Helena avec une intensité qu'il n'aurait jamais crue possible. Pour la première fois de sa vie, il s'était abandonné à autrui, cœur et âme, avec une joie inexprimable. Et son existence avait pris un tour inattendu... incontrôlable... et funeste.

Mais Joe n'était pas prêt à admettre à haute voix qu'Helena l'avait entraîné dans un tourbillon émotionnel qu'il n'avait pas su maîtriser.

— Eh bien...

— Tu l'aimais, elle! poursuivit Tony d'un ton triomphant. Bien plus que la dame que tu as épousée!

— Ecoute-moi sérieusement, Tony. Je ne veux pas que tu dises des choses pareilles devant Nicole.

Son fils se contenta de tremper une autre frite dans le ketchup.

— Tu m'as compris?

Tony hocha la tête sans le regarder.

Il s'agissait de limiter les dégâts. Nicole ne méritait pas d'être ainsi reléguée au deuxième plan, et il fallait aussi que Tony comprît qu'il devait à Nicole d'avoir encore un père.

— Nicole est une femme merveilleuse avec laquelle tu vas bien t'entendre. Elle est très facile à vivre.

Tony prit une nouvelle frite et lui lança un nouveau défi.

— C'est pour ça que tu l'as épousée?

C'était une manière de présenter les choses, mais qui ne donnait qu'un vague aperçu de la réalité. Joe ferma les yeux et se remémora son premier été avec Nicole.

— Tony... Elle m'a sauvé la vie.

Il n'y avait pas d'autre moyen de décrire la situation de l'époque. Après quatre années de torture et de famine, suivies de la perte d'Helena, il avait repris conscience dans un hôpital d'El Paso, où la chaleur du désert ne lui rappelait que trop les journées passées dans les chaînes, sous un soleil sans merci. Encore épuisé par les fièvres, il était parti pour le Minnesota où, il le savait, sa mère ne serait que trop heureuse de le recueillir et de le soigner. Il avait alors appris qu'elle était morte deux ans plus tôt en croyant avoir perdu son fils unique.

Complètement désemparé, il avait descendu en titubant les marches de la maison maintenant occupée par un peintre, et s'était retrouvé face à face avec son meilleur camarade de lycée, qui l'avait dévisagé avec incrédulité.

— Joe? Joe O'Connor? Mon Dieu! Je te croyais mort!

Paul l'avait invité pour le dîner. Il avait prétendu ne pas remarquer que Joe tremblait au point de pouvoir à peine tenir une fourchette, et lui avait offert de s'installer dans la maison familiale.

— Elle est bien vide, maintenant. Mes parents ont décidé de déménager dans le sud-ouest, en Arizona, et Nicole les aide en ce moment à s'installer à Sun City. Tu te souviens de mon autre sœur, Jacqueline? Elle fait partie d'une troupe de théâtre et se trouve actuellement en tournée. Quant à Nicole, elle a obtenu la direction financière d'un collège d'Oakville, et habitera là-bas dès la fin de l'été.

Nicole. Il se souvenait encore de l'atmosphère réconfortante qui s'était répandue dans la maison dès son retour d'Arizona, quelques jours plus tard. Elle l'avait trouvé endormi et frissonnant sur le divan du salon. Elle l'avait couvert d'un gros édredon, et laissé dormir le reste de l'après-midi... Puis elle l'avait réveillé avec douceur pour qu'il pût prendre un bol de potage aux légumes frais.

— Elle m'a sauvé la vie, répéta Joe.

Tony leva un menton agressif.

— Mais ce n'est pas un vrai docteur, elle !

Il aurait dû se douter que Tony se formaliserait de tout ce qui laissait supposer que les mérites de la femme de son père étaient comparables à ceux de sa mère. D'un autre côté, Joe ne pouvait pas laisser l'enfant prendre l'habitude de dévaloriser Nicole.

— Ta mère avait le don de guérir les gens, et Nicole a le don de donner aux gens le sentiment qu'ils se portent mieux. Elles sont toutes les deux exceptionnelles, chacune à leur façon. Viens, allons voir la maison.

Ils quittèrent le restaurant sans animosité. Tony semblait content à l'idée d'avoir une chambre à lui. Joe imaginait facilement dans quelles conditions il avait vécu depuis la mort d'Helena. A Milagua, même les orphelinats les mieux tenus étaient surpeuplés. Dieu merci, ils avaient chez eux suffisamment de place pour loger Tony.

Joe se remettait difficilement de la stupeur dans laquelle il se trouvait depuis l'apparition soudaine de son fils dans son existence. Il installa Tony devant la télévision, et s'efforça de mettre au point un plan d'action. Il n'avait besoin que d'un peu de temps pour s'organiser...

Il devait reconnaître, au fond de lui-même, que l'effet de surprise ne suffisait guère à expliquer la panique qu'il ressentait. En vérité, il n'avait pas la moindre idée de ce qu'on faisait avec un enfant. L'emmener au restaurant et lui offrir un hamburger et des frites ne nécessitait pas de qualités particulières. L'inscrire à l'école entrait dans ses compétences. Et ensuite ? L'installer devant un poste de télévision pour le reste de la journée ? Non, certainement pas. Mais Joe aurait été bien en peine de dire en quoi consistait au juste le rôle d'un père.

Il ne pouvait pourtant pas se décharger de ses responsabilités sur Nicole. Celle-ci saurait certainement mieux quelles attitudes adopter avec un enfant. Après tout, elle rêvait depuis des années d'en avoir un. Mais elle n'avait pas rêvé d'un garçon de neuf ans qui serait la vivante image de la femme pour laquelle Joe O'Connor avait perdu la tête.

La femme pour laquelle il avait virtuellement abandonné sa carrière de grand reporter. La femme avec laquelle il avait prévu de passer le reste de ses jours. La femme dont le souvenir l'avait poussé à de vaines tentatives d'évasion qui lui avaient valu cinquante mois d'enfer...

— Je peux regarder des dessins animés ? demanda Tony.

— Bien sûr.

Joe passa d'une chaîne à l'autre jusqu'à ce qu'il trouve un programme de Disney qui lui parut sans risques. Puis il décida de profiter du répit que lui offrait cette émission pour appeler le *Herald*.

Il reconnut avec délices les bruits familiers des bureaux du journal.

— Où diable aviez-vous disparu? demanda Abby. Il semble que le commissaire passe le week-end dans sa belle-famille, en Californie. Phil avait peur que vous ne soyez déjà en planque près de la maison de Benny.

— Non, non. Il s'est produit un événement imprévu...

Son cerveau fonctionnait déjà à toute allure. Il ne se passerait rien jusqu'au retour du policier. Ce qui lui laissait deux jours pour recouvrer ses esprits. Jusque-là, il n'avait pas besoin de donner de détails sur sa vie privée, surtout dans l'état d'incertitude où il se trouvait.

— Faites-moi une faveur, Abby, et prévenez les autres que je serai absent jusqu'à lundi.

— Vous... Quoi?

— Demandez à Gloria de s'occuper de mettre en page le discours du maire, et d'oublier l'appel de fonds en faveur des enfants de Milagua. Dites à Marlène qu'il nous manque encore six cents mots, et envoyez Randy prendre une photo pour la une. L'article de Mark peut être publié tel quel. Et appelez-moi s'il y a un problème.

Il se sentit un peu mieux en s'entendant assumer ses responsabilités de rédacteur en chef avec tant de précision et de facilité. Au *Herald* du moins, il tenait la situation bien en main.

Ce qui n'était pas le cas chez lui. Rien de ce qui arrivait n'était la faute de Nicole, ni celle de Tony, ni celle d'Helena, ni même la sienne propre. Mais il portait certainement la responsabilité de leur avenir à trois, non seulement pour la sauvegarde de son fils, mais aussi pour celle de son épouse.

Et il ne savait pas par où commencer.

Il ne pouvait en aucun cas renvoyer l'enfant à Milagua. Même s'il ne ressentait aucun de ces tressaillements que les gens sont censés éprouver à l'apparition d'un enfant jusque-là inconnu, il était soucieux du sort de son fils. Or personne, dans la zone des combats, ne voudrait adopter un garçon de neuf ans, surtout de père américain. Et d'ailleurs, Tony avait déjà assez souffert.

Mais Nicole aussi, après tout! Et même s'il la savait incapable de rejeter un enfant dans le besoin, il aurait préféré que l'enfant en question ne fût pas le sien. Elle avait désiré de toute son âme offrir à son époux une descendance, et avait dû renoncer à ce rêve. Voilà qu'elle se trouvait, brusquement, en présence d'un fils que son mari avait eu d'une autre femme...

En entendant les pas de Nicole sur les graviers de l'allée, il s'aperçut qu'il venait de passer plus d'une heure devant le poste de télévision à ressasser la situation, sans avoir la moindre idée de ce qu'il regardait. Laissant Tony à ses dessins animés, il se hâta de sortir à la rencontre de Nicole, et s'aperçut avec consternation qu'elle avait les yeux rouges.

— Nicky, je n'ai encore rien dit à personne!

Elle jeta un regard consterné en direction de la maison, comme si elle avait espéré que la présence de Tony ne fût qu'un mauvais rêve.

— Moi non plus. Je ne sais pas pourquoi, mais j'en ai été incapable.

Elle serra convulsivement les bras, comme elle le faisait toujours quand elle avait froid. Elle ne résista pas quand Joe l'attira au chaud à l'intérieur. Tony jeta à peine un coup d'œil dans leur direction au moment où ils passaient devant le salon. Ils se réfugièrent dans la cuisine, et refermèrent la porte sur eux.

— Je n'ai pas pu, répéta Nicole. C'est stupide, puisqu'il va vivre ici, de toute façon.

Joe la regardait se déplacer de façon saccadée, comme les personnes victimes d'un traumatisme.

— Tu es sûre ? demanda-t-il avec douceur.

Nicole rougit de colère.

— Comment peux-tu penser un seul instant que je veuille le renvoyer à Milagua ?

— Non, je sais bien que tu ne suggérerais jamais une chose pareille. Mais je ne veux pas t'imposer...

Elle lui coupa brusquement la parole.

— C'est déjà fait ! dit-elle en se débarrassant de son manteau. Nous devons le garder.

Elle avait raison, bien sûr, mais Joe se demandait quel serait le prix à payer.

— Ecoute, nous allons nous arranger, dit-il pour la réconforter.

Elle le regarda droit dans les yeux, comme si elle le soupçonnait de vouloir travestir la réalité.

— J'ai réfléchi et j'ai pris un jour de congé, demain, déclara-t-elle. Si tu pouvais te libérer toi aussi, cela faciliterait les choses. Nous avons beaucoup de problèmes à régler.

Joe apprécia le défi qu'il entendit dans sa voix. Il préférait de loin les complications à l'impuissance. Et Nicole, de son côté, ne perdait pas de temps à s'apitoyer sur elle-même. Elle avait sans doute pleuré à chaudes larmes, mais déjà elle avait rassemblé les forces qu'il admirait tant en elle.

Elle n'était peut-être pas une combattante, mais elle était plus courageuse et résolue que beaucoup de soldats qu'il avait connus.

— J'ai déjà téléphoné au journal pour dire que je ne serai pas au bureau demain, dit Joe en prenant une chaise et en s'y asseyant à califourchon.

Nicole agrippa une autre chaise mais ne fit pas mine de s'y asseoir.

— Je serai une mère pour lui, tu verras, dit-elle avec passion. Je vais être la meilleure mère — je veux dire « belle-mère » — que cet enfant puisse avoir.

Il n'avait pas le moindre doute à ce sujet. Quand il s'agissait de nourrir et de choyer autrui, Nicole était absolument parfaite.

— Mais il a aussi besoin d'un père, poursuivit-elle. Un père qui l'écoute, qui lui apprenne des choses, et qui soit présent dans son existence.

Ce n'était pas parce qu'il n'avait jamais eu de père qu'il ne pouvait pas en devenir un. D'ailleurs, Joe se voyait mal laissant à Nicole toutes les responsabilités parentales.

— Oui, j'ai déjà pensé que je pourrais le déposer à l'école le matin, et aller le chercher l'après-midi.

Elle parut un peu surprise. N'avaient-ils pas prévu qu'à l'arrivée d'un bébé, elle resterait à la maison, tandis qu'il poursuivrait sa carrière professionnelle?

— L'idée est excellente, mais est-ce que ça ne va pas interrompre ta journée de travail?

Cela allait diviser par deux le temps qu'il passait au bureau, mais il n'avait guère le choix. Tony était son fils. Il devait assumer ses responsabilités.

— Oh! dit-il avec légèreté, comme si la décision ne lui coûtait guère. Ils me disent tous que j'en fais beaucoup trop.

Il réalisa soudain qu'il n'avait plus toute l'attention de Nicole.

— On va faire un pique-nique, demain? demanda Tony qui venait d'entrer dans la pièce.

Ce fut Nicole qui répondit. Elle semblait l'image même de la décontraction et de la sérénité, comme elle l'avait été cinq ans plus tôt quand Joe souffrait de cauchemars constants. Pour la première fois, il se demanda ce que lui coûtait cette apparente quiétude.

— Certainement, si ça te tente toujours.

Le regard de Tony passa deux ou trois fois de son père à Nicole.

— D'accord, dit-il.

Et il repartit vers le salon et son émission de télévision.

Nicole le suivit du regard avant de se retourner vers Joe.

— Eh bien, voilà résolue la question de notre emploi du temps pour demain ! lança-t-elle avec une ombre de sourire.

3.

Il savait qu'il ne s'agissait que d'un répit, et que ses geôliers allaient de nouveau s'acharner sur lui, mais il ne pouvait rien faire qu'attendre, le corps tordu par la souffrance et l'angoisse.

Une douleur fulgurante le transperça, puis une autre, et encore une autre. Il sentit qu'il perdait contact avec la réalité et plongeait dans les abîmes sans fond de la folie.

Non, il n'abandonnerait pas la lutte! Ils briseraient son corps, mais non sa volonté. Joe s'accrocha, avec l'énergie du désespoir, aux derniers vestiges de raison qui subsistaient encore en lui.

— He... le... na!

Nicole se réveilla brusquement. Le cri venait de loin, de trop loin, d'un univers qu'elle ne pouvait atteindre. Et pourtant, elle entreprit une fois de plus d'arracher Joe à l'emprise monstrueuse de ses cauchemars.

— Joe..., dit-elle en tendant le bras pour lui toucher l'épaule.

Elle n'osait pas s'approcher davantage. Joe risquait de s'en prendre à elle plutôt qu'aux bourreaux de son cauchemar.

— Joe, réveille-toi. Tout va bien. Tu es en sécurité...

Il poussa un cri rauque, puis perdit le souffle et se plia en deux.

— Joe, répéta-t-elle en s'efforçant de conserver une voix parfaitement calme. Tu es à la maison. Nul ne te veut plus de mal. Tu n'as rien à craindre.

Des tremblements convulsifs le secouèrent. Il lutta pour se rasseoir, ouvrit les yeux et la dévisagea avec un mélange de terreur, d'espoir et d'incrédulité.

— Tout va bien, dit Nicole en lui caressant doucement le visage. Ce n'était qu'un rêve.

Les mots pénétrèrent enfin jusqu'à sa conscience. Il inspira une bouffée d'air, étreignit Nicole avec force et se laissa retomber sur le dos. Elle se mit à lui caresser doucement la poitrine.

— Nicole ?

Elle sentait les battements violents de son cœur sous la peau détrempée de sueur.

— Je suis là, murmura-t-elle en l'enveloppant de ses bras. Tu es en sécurité.

Il fallut à Joe une bonne minute avant de reprendre la parole.

— J'étais...

— Je sais.

La mémoire de ce qui s'était passé dans les camps de Milagua ne s'effacerait jamais tout à fait. Elle lui caressa le front en prenant bien soin d'éviter les bourrelets de sa tempe.

— Je suis désolé, dit-il en arrondissant le bras pour qu'elle pose la tête au creux de son épaule. Je ne voulais pas...

— Ne t'inquiète pas.

Elle lui avait dit et répété que cela ne la gênait pas

du tout de le réveiller en douceur quand il était en proie à ses terribles visions. Comme il ne se souvenait jamais de leur contenu, et ne savait même pas qu'il avait crié le nom d'Helena, Nicole considérait qu'il n'avait aucune raison de s'excuser.

Il poussa un soupir embarrassé.

— Je croyais... J'espérais que c'en était fini de ces cauchemars. Je suppose que l'arrivée de Tony a réveillé quelque chose dans ma mémoire.

— Probablement, dit Nicole avec la même douceur de ton.

Elle s'étonnait toujours de son optimisme. Même si les crises s'étaient beaucoup espacées au cours des dernières années, elles revenaient toujours dans les périodes de grande tension. Joe détestait ce qu'il considérait comme un signe de faiblesse. Sans bouger la tête, Nicole tendit le bras et remonta la couverture qu'il avait rejetée dans sa lutte contre les ombres du passé.

Le rythme cardiaque de Joe se ralentissait enfin. La paix nocturne retrouvait ses droits. Il leur restait plusieurs heures avant l'aube. Ils allaient se rendormir paisiblement, en bons compagnons. Joe ne lui ferait pas l'amour, cette nuit-là. Il ne faisait jamais l'amour lorsque l'odeur de l'angoisse et de la peur planait sur sa peau. Mais Nicole appréciait ces moments d'intimité profonde.

Pendant de longues minutes, ils restèrent enveloppés dans le silence, la chaleur et l'obscurité. Et puis, comme Nicole glissait doucement dans le sommeil, Joe reprit la parole.

— Nicky, je suis vraiment désolé.

Il parlait si bas qu'elle mit un moment à comprendre ce qu'il venait de dire. Il ne s'excusait pas de l'avoir réveillée. Il y avait quelque chose de beaucoup plus douloureux et de plus intense dans sa contrition.

L'incompréhension de Nicole ne dura qu'un instant.

— D'avoir un fils, tu veux dire ?

Il ne répondit que par un silence révélateur. Joe avait beau avoir aimé Helena de toute son âme, il avait beau se réjouir d'avoir un fils, il ne manquait pas pour autant de sensibilité. Et il comprenait fort bien ce qu'elle ressentait.

Mais il n'y avait rien qu'ils puissent faire pour changer leur situation. Il avait aimé une autre femme longtemps avant d'épouser Nicole, cette femme lui avait donné un enfant, et cet enfant dormait en ce moment dans une chambre voisine.

Elle se souleva sur un coude pour mieux le regarder.

— Ecoute, ce n'est pas ce que nous avions prévu, mais ce n'est pas ta faute.

Il ne protesta pas, mais n'acquiesça pas non plus.

— Je pensais la même chose cet après-midi, Nicky, mais à ton sujet. Ce n'est certainement pas ta faute à toi.

C'était sans doute vrai, mais ça ne faisait aucune différence. Même si elle avait pu concevoir des enfants, il leur aurait fallu inclure Tony dans leur cercle familial.

Ils n'avaient pas le choix.

— Nous avons reçu un cadeau-surprise, et je vais être une mère fantastique, Joe. Tu verras.

— Je le sais.

Il y avait une note de soulagement mêlé de gratitude dans la voix de Joe. Il l'attira de nouveau contre lui et lui caressa lentement la joue.

Des souvenirs de leur premier été revinrent aussitôt à l'esprit de Nicole. Paul dormait à l'autre bout de la maison. Presque chaque nuit, elle entendait Joe hurler de terreur, de colère et de douleur. Elle se levait et titubait jusqu'à son lit, encore à moitié endormie. Elle s'asseyait à côté de lui et s'efforçait de lui communiquer sa sérénité sans laisser s'y mêler la chaleur du désir. Et pourtant, à mesure que l'été passait, les sentiments l'avaient emporté sur son apparente tranquillité.

Nicole ne se souvenait plus de l'époque exacte où il lui avait caressé la joue pour la première fois, mais elle se rappelait qu'il faisait plein jour. Ils se trouvaient alors sous la véranda. Joe venait de passer plusieurs heures à taper à la machine les notes qui prendraient plus tard la forme d'un livre. Ils buvaient une citronnade fraîche, et elle lui parlait des roses du jardin. D'abord, il s'était contenté de la contempler, puis il s'était penché vers elle. Lentement, avec une grande douceur, il lui avait caressé la joue du bout des doigts.

Alors, elle avait su... Pas dans son esprit, certes, encore trop préoccupé des lois de l'hospitalité et de la bienséance, mais dans son cœur et dans son corps. Son pouls s'était brusquement accéléré, un espoir fou lui avait donné le vertige. Elle avait su qu'elle le désirait et qu'il la désirait tout autant.

Il avait fallu à Joe quelques semaines d'incertitude et d'attente pour admettre à son tour ce qu'elle savait déjà. Paul ne se souciait guère de ce que sa sœur et son ami faisaient de leurs nuits. Dans le secret de son âme, Nicole comprenait que la situation n'était guère idéale, mais qu'elle le serait un jour. L'amour résoudrait tous les problèmes, la vie réparerait peu à peu les ravages de Milagua, et les cicatrices effroyables de Joe s'estomperaient avec le souvenir de la femme qu'il avait aimée là-bas. Il suffisait de s'armer de patience.

Cinq ans plus tard, elle attendait toujours.

La lueur au bout du tunnel diminuait inexorablement, mais elle continuait à espérer qu'un jour Joe l'aimerait comme il avait aimé Helena.

D'abord, elle avait cru que le temps détruirait la carapace affective qui avait permis à Joe de survivre aux pires moments de son existence. Ensuite, elle avait fondé ses espoirs sur le mariage, sur la construction d'un foyer paisible et solide, et sur un métier stimulant qui permettrait à Joe d'exercer ses dons et son énergie.

Mais il n'y avait pas eu d'effet magique. Le temps avait passé. Ils s'étaient mariés. Ils vivaient sous le même toit depuis quatre ans. Joe adorait son métier...

Il ne leur manquait plus qu'une famille.

Nicole glissait doucement dans le sommeil. Oui, une famille ferait toute la différence. L'autre soir, à la Tourelle d'Argent, Joe avait reconnu qu'un bébé transformerait leur couple en « vraie famille ».

Certes, elle ne possédait pas l'énergie et le courage admirables d'Helena, mais Joe allait enfin apprécier les qualités maternelles de son épouse. Dès le lendemain, elle lui ferait découvrir les joies de la vie familiale. Elle tâcherait d'être une mère idéale, non seulement pour le fils de Joe, mais aussi pour le bébé qui leur appartiendrait à tous les deux. Dès le lendemain, pour plus de sécurité, elle téléphonerait à l'agence d'adoption pour confirmer qu'en dépit de l'arrivée imprévue d'un fils, les O'Connor attendaient toujours avec impatience le moment d'accueillir un nouveau-né dans leur foyer.

Leur partie de campagne commença sous les meilleurs auspices. Le soleil et l'air frais créaient les conditions idéales d'une sortie en famille. Nicole avait rempli le panier d'osier, inutilisé depuis des années, de sandwichs variés et d'œufs mimosa que Joe aimait tout particulièrement, ainsi que de bâtonnets de fromage et de pommes. Ils s'arrêtèrent en pleine campagne pour décharger la voiture. La grande prairie bordée de chênes était splendide, et le ciel sans nuages. La seule ombre au tableau, c'était Tony lui-même.

Ce n'était pas sa faute s'il restait d'humeur sombre, Nicole en était bien consciente. Comment un enfant de neuf ans qui avait vécu de tels événements aurait-il pu se sentir à l'aise avec des étrangers ? A vrai dire, il ne semblait pas considérer Joe comme un étranger. Il avait même commencé à l'appeler « papà », à la façon espagnole, en mettant l'accent sur la seconde syllabe. Mais quand par hasard il s'adressait à Nicole, il n'y avait pas à se méprendre sur ses intonations revêches.

— « Papà » dit de sortir de la voiture le ballon qu'il a acheté ce matin. On va jouer au foot !

Joe remarqua son ton agressif et parut prêt à intervenir, mais Nicole lui fit signe de garder le silence. Elle n'appréciait pas de se voir réduite au rôle de la méchante belle-mère, mais elle considérait qu'il était plus sage de feindre d'ignorer l'attitude de Tony. Quand il constaterait que l'épouse de son père ne menaçait en aucune façon leurs relations filiales, il finirait bien par se détendre un peu. Il ne lui donnerait sans doute jamais le nom tant convoité de « maman », mais il prendrait peut-être à son compte la suggestion de Joe.

— Je sais que Nicole n'est pas précisément ta tante, mais tu pourrais l'appeler *Tià*. Qu'en dis-tu ?

Tony avait marmonné une réponse inintelligible, et pris grand soin de ne pas l'appeler du tout. Quand il avait quelque chose à dire à son père, il faisait comme si elle n'existait pas.

Le paysage du Minnesota constituait pour Tony une source de fascination constante. Sans y être jamais allée, Nicole avait entendu parler du relief et du climat de Milagua. Elle comprenait donc qu'il s'extasie devant les prairies herbeuses parsemées de fleurs des champs. Elle suggéra que Joe et Tony aillent explorer les environs, tandis qu'elle déploierait la couverture et déballerait le contenu du panier.

Quand ils revinrent, Joe tenait à la main une jolie fleur sauvage en forme de cœur, qu'il lui accrocha dans les cheveux d'un geste adroit.

Une onde de chaleur bienfaisante la parcourut. Il se pencha pour l'embrasser. Il ne s'agissait pas d'une étreinte torride, mais d'un baiser affectueux. Pourtant, quand elle se retourna, elle vit Tony qui les observait d'un regard noir et plein de soupçons.

— Tu es prêt pour le déjeuner ? lui demanda-t-elle de son ton le plus cordial.

Il haussa les épaules, ce qu'elle considéra comme une réponse suffisante. S'assiéraient-ils un jour pour pique-niquer avec le naturel qu'elle avait connu dans sa propre famille ? Nicole cessa de se poser des questions, et fit passer sandwichs et bouteilles d'eau à la ronde. Puis elle tendit à Joe la boîte contenant les œufs mimosa.

— Oh ! mes œufs favoris ! dit-il en la remerciant

d'un sourire. Tu n'aurais pas dû te donner tout ce mal, mais je suis bien content que tu l'aies fait.

Préparer des œufs mimosa ne présentait guère de difficulté. Faire la conversation à un garçon maussade de neuf ans était infiniment plus laborieux. Mais Joe avait le don de faire sortir les gens de leur réserve, et ce don leur permit d'éviter un déjeuner entrecoupé de longs silences embarrassants. Ce fut seulement quand elle exhiba le cake au chocolat — surprise qui lui valut un autre baiser de Joe — que Tony se montra carrément hargneux.

— Je déteste ces trucs-là !

— C'est parfait, dit Joe en prenant une seconde tranche. Je mangerai ta part ! *Tià* confectionne les meilleurs gâteaux de la terre.

Ayant refusé de goûter au dessert, Tony n'était pas en mesure de le contredire. Mais il ne se tint pas pour battu.

— Je ne suis pas habitué. Ma mère avait à faire des choses plus importantes que des gâteaux ! C'était un docteur. Elle sauvait la vie des gens.

Nicole vit que Joe avait la bouche trop pleine pour répondre.

— Tu dois être très fier d'elle, Tony.

— Elle a sauvé la vie de mon père, dit-il en la regardant pour une fois droit dans les yeux. Il avait reçu une balle de fusil, et c'est elle qui l'a opéré.

Si Joe n'avait pas brièvement fermé les yeux, Nicole aurait cru qu'il inventait des histoires. Mais la réaction de Joe suffisait à confirmer les propos de son fils. Helena lui avait bel et bien sauvé la vie.

Joe avala précipitamment sa bouchée.

— C'est comme ça que nous nous sommes rencontrés, dit-il avec brusquerie. Et maintenant, si nous allions voir la rivière de plus près ?

La rivière n'était pas très loin, mais cela donnerait à Nicole une excuse pour prendre de l'exercice et ne pas avoir à regarder son époux tandis qu'elle retrouvait son calme. En dépit de tous ses discours élogieux sur Helena, Joe n'avait jamais mentionné cet épisode de leur existence.

Joe laissa Tony leur montrer le chemin et prit la main de Nicole.

— Papà, regarde ! Nous pouvons traverser ?

Un chêne abattu par la tempête formait un pont, sept ou huit mètres au-dessus de la rivière profondément encaissée. La tentation était forte pour un gamin de neuf ans, et Nicole jugea préférable de laisser Joe lui expliquer le danger. Un refus venant de son père serait plus acceptable.

Mais elle n'était pas au bout de ses surprises. Joe s'en fut tâter du bout du pied le tronc, puis le rebord du ravin. Une fois convaincu de leur solidité, il donna son accord.

— Entendu. Allons voir ce qu'il y a de l'autre côté.

Nicole ne put s'empêcher de protester.

— Vous n'allez pas traverser là-dessus !

— C'est bien assez solide. On y va ?

— Oui ! cria Tony avant que Nicole ait eu le loisir de répondre.

Joe posa la main sur son épaule afin de le calmer, et se retourna vers Nicole.

— Qu'en dis-tu ?

— Une chute d'une hauteur pareille...

Elle chercha ses mots, mais Tony avait lu dans ses pensées.

— Elle a la trouille ! claironna-t-il.

— Elle s'inquiète pour nous, Tony, dit Joe.

Prenant son fils par la main, il s'avança sur le pont improvisé.

— Tout ira bien.

Risquer sa vie dans un grand reportage, c'était une chose, mais dans un pique-nique en famille ? Nicole imaginait déjà le tronc cédant sur leur poids, et les équipes de sauvetage que Joe avait si souvent accompagnées se précipitant à leur secours. Incapable de détourner le regard, elle les vit traverser, et entendit la voix pleine de suffisance de Tony.

— Ma mère, elle, n'avait peur de rien !

La moutarde commença à monter au nez de Nicole. Tony n'avait pas le droit de la comparer à Helena alors qu'elle ne se souciait que de leur sécurité ! Elle se maîtrisa suffisamment pour ne pas le reprendre d'une phrase acerbe. Et la réponse de Joe ne la rasséréna qu'à moitié.

— Tout le monde a peur, quand il s'agit de la vie de ceux qu'on aime.

Elle s'inquiétait pour Tony, certes, mais ce n'était pas l'amour qui la guidait. Elle était prête à s'occuper de lui, parce que c'était une façon de déployer ses dons maternels, mais elle s'imaginait mal remplie d'amour pour le fils d'Helena.

Pourtant, elle savait bien qu'elle était capable d'aimer de toute son âme l'enfant d'une autre femme lorsqu'ils auraient adopté un bébé. Mais cet enfant-là ne lui rappellerait pas constamment une femme qu'elle ne réussirait jamais à imiter, et encore moins à égaler.

La traversée se passa sans accident.

— Allons explorer cette rive, dit Joe.

Nicole revint en direction de la prairie pour ranger les reliefs de leur pique-nique et retrouver son calme intérieur. Elle s'en tiendrait à sa décision de la veille. Elle aimerait le fils de Joe comme le sien propre.

Joe et Tony semblaient étonnamment décontractés lorsqu'ils la rejoignirent une dizaine de minutes plus tard. Ils traversèrent la prairie d'un pas guilleret, indifférents au fait qu'ils avaient failli se rompre le cou sur un pont de fortune. Ils avaient la même façon nonchalante de se déplacer, et l'énergie à fleur de peau que Nicole avait toujours admirée chez Joe se reflétait avec une égale intensité chez son fils.

— Je suis contente de vous retrouver sains et saufs ! lança-t-elle en prenant soin de les inclure tous deux dans la même phrase. On joue au ballon ?

Elle avait fait assez de parties avec son frère aîné pour être capable de se défendre.

Tony l'aida à finir de ranger. Il semblait soudain un peu plus amical.

— Au football, on n'utilise que les pieds, bien sûr, dit Tony avec une légère condescendance, mais puisqu'on est seulement trois, on peut juste se renvoyer le ballon.

Joe se plaça face au soleil. Nicole et Tony formèrent les deux autres points d'un grand triangle. Joe lança une balle facile que Nicole eut le plaisir de rattraper sans effort. Elle fit une passe à Tony qui sauta en l'air comme un gardien de but lors d'une finale de coupe du monde.

Il avait visiblement des dons, comme Nicole put s'en apercevoir quand il lui renvoya le ballon avec une redoutable dextérité. Elle réussit à le bloquer, mais son pouce gauche en fut quelque peu endolori. Elle se rappela à temps qu'elle était organiste de son église, et qu'elle ferait mieux de s'abstenir de ce genre de sport si elle voulait jouer, dimanche, le grand « Alléluia ». Elle fit donc signe aux deux autres de continuer sans elle.

Il n'y avait rien dont Joe ne fût capable ! Non seulement il résistait haut la main aux passes fulgurantes et aux feintes de Tony, mais il prenait le temps de le défier de faire mieux encore, ce qui mettait l'enfant au comble du bonheur.

— Voyons un peu si tu es capable de rattraper celle-ci !

Nicole se réjouissait de la gaieté enfantine de son époux. Le père et le fils, tout fiers, exhibaient leurs talents respectifs.

— Ha, ha ! Celle-là, c'est la passe de l'année !

Le ballon monta dans le ciel. Tony recula, sans le perdre un instant des yeux. Nicole, gagnée par l'excitation du jeu, se leva et se rapprocha pour mieux voir. Tony, sûr de la trajectoire, s'était mis en position et rattrapa le ballon à la perfection.

Content de lui, il se mit à tournoyer sur lui-même en riant de bonheur. Joe contemplait son fils avec un mélange d'émerveillement et de désolation.

— Dieu ! que tu lui ressembles ! l'entendit-elle murmurer.

Il parlait à Tony sans même s'être aperçu que Nicole se trouvait à portée de voix. Elle fixa le visage lumineux de l'enfant, ses yeux brillants, ses lèvres pleines qui irradiaient le bonheur de vivre, et comprit pour la première fois ce qu'Helena avait pu représenter pour Joe.

— Alors, papa, c'était le plus grand arrêt de but de l'année, non ?

Le cri de Tony arracha Joe à sa rêverie.

— Le plus grand de tous les temps !

Il se retourna et vit Nicole.

— Qu'en dis-tu? Nous clôturons la partie sur cette note de triomphe?

Il ne vit rien d'anormal dans le sourire avec lequel elle lui répondit, et pourtant, elle avait soudain l'impression de porter un masque. Tony galopait pour les rejoindre.

— Quel champion! s'exclama Nicole. Il ne manquait que le public des grands jours! Les gens auraient volontiers payé pour voir ça.

— Tu as été fantastique, confirma Joe en ébouriffant les cheveux de Tony.

C'était le premier geste d'affection de Joe envers son fils. Nicole eut l'impression qu'ils venaient de franchir un obstacle autrement plus difficile à négocier qu'un pont improvisé au-dessus d'un précipice. L'émotion du moment suffisait certainement à expliquer la boule qui lui obstruait la gorge.

Le grand vide intérieur qu'elle ressentait ne se dissipa nullement durant le trajet du retour. Tony dormait à poings fermés sur la banquette arrière, et elle luttait en vain contre le sentiment d'infériorité qui ombrageait son existence.

Elle s'éclaircit la voix, et dit alors:

— Je ne savais pas qu'on avait tiré sur toi, et qu'Helena avait extrait la balle.

Joe lui jeta un regard surpris.

— C'était il y a dix ans.

Sans doute, mais le souvenir restait vivace dans son esprit.

Nicole baissa les yeux.

— Que s'était-il passé?

Il ne répondit pas tout de suite. Il détestait évoquer Milagua. Après la publication, sous forme de livre, de sa série d'articles consacrés à la guerre civile, il avait considéré que cet épisode de sa vie était clos.

— J'accompagnais un groupe de rebelles dans une opération de reconnaissance, et nous sommes malencontreusement tombés sur une patrouille. Nous avons couru nous dissimuler dans la jungle, mais une balle m'a atteint à l'épaule. Malgré tout, ça s'est bien terminé.

— Grâce à Helena, conclut Nicole.

Il remarqua la tension dans sa voix.

— Tout cela, c'est le passé, Nicky, et ça ne vaut pas la peine d'en parler.

Il avait beau dire et répéter que le passé était le passé, sa réaction d'émerveillement et de douleur à la vue de Tony prouvait qu'Helena représentait une part de lui-même beaucoup plus importante que ce que Nicole avait imaginé.

— Je me demandais juste à quoi elle ressemblait..., murmura-t-elle.

Joe lui jeta de nouveau un regard de côté.

— Je t'ai déjà parlé d'elle, tu ne t'en souviens pas ?

Bien sûr qu'elle se souvenait. Il ne parlait guère que de cela, durant les premières semaines de sa convalescence. Mais c'était avant que leurs relations ne prennent un tour intime. Après, il avait évité d'aborder le sujet.

— Je sais effectivement que c'était une femme exceptionnelle, qu'elle sortait de l'ordinaire par son dévouement, son intelligence et sa beauté, dit Nicole. Elle possédait courage et persévérance, et tu l'aurais épousée sur l'heure si la guerre n'avait pas fait rage.

Joe semblait quelque peu abasourdi par la tirade de Nicole. Il tendit le bras et lui prit la main.

— Oui, mais c'est une très vieille histoire. Aujourd'hui, je suis heureux parce que je t'ai épousée, toi.

Qu'aurait-il pu dire d'autre ? se dit-elle. Dans ces conditions, les mots n'avaient plus aucune valeur. Nicole glissait inexorablement dans le désespoir, en dépit de la douce pression des doigts de Joe.

— Tu n'es pas jalouse, au moins ? demanda-t-il avec maladresse. Il n'y a aucune raison de l'être. Helena est morte.

— Mais tu l'aimais et...

Elle n'alla pas plus loin, incapable de prononcer les mots qui résonnaient clairement dans son cerveau : « Et tu l'aimes encore, même si tu n'en as pas conscience ! »

— Oui, je l'aimais, dit Joe sans lâcher la main de Nicole. Mais le passé n'a pas de prise sur le présent.

Sauf qu'il n'oublierait jamais tout ce qu'il avait aimé en Helena, tout ce que Nicole ne posséderait jamais. Sa beauté exceptionnelle. Son courage indomptable. Son goût étourdissant de l'aventure.

— Tu ne souhaites jamais... que je ressemble davantage à Helena ? murmura Nicole d'une voix à peine audible. Que je sois moins... moins ordinaire ?

Il secoua la tête et poussa un soupir d'impatience.

— Tu es toi-même, Nicky.

Puis il lui leva la main et la porta à ses lèvres.

— Tu es fantastique telle que tu es, ajouta-t-il en lui adressant un bref sourire.

Tony dormait toujours à poings fermés sur la banquette arrière.

Ces simples mots avaient-ils suffi à la rassurer ? Il l'espérait car il ne savait pas ce qu'il aurait pu lui dire d'autre. Elle avait mis la fleur des champs qu'il lui avait offerte à sécher entre les pages de son livre de chevet. Elle avait donc apprécié leur pique-nique autant que lui. Et maintenant, elle souriait à Tony qui mesurait la quantité de farine d'après ses indications.

Joe était content qu'elle se fût tout à fait remise de ces instants d'incertitude, et qu'elle eût recouvré son état normal.

— Il nous faut sept tasses de farine. Tu comptes, et tu me dis quand nous en aurons assez.

Tony était fasciné à l'idée de cuire le pain comme un vrai boulanger.

— Je pourrai en manger, quand il sortira du four ?

— Bien sûr ! Et demain, nous nous en servirons pour faire les sandwichs que tu emporteras à l'école.

Joe n'avait toujours pas rempli les fiches d'inscription, et il savait qu'il aurait dû se concentrer sur cette tâche, mais il continuait à baigner dans le bonheur à la fois serein et revigorant des trois derniers jours qu'il venait de passer, loin de son bureau, dans la compagnie constante de Tony et de Nicole.

— Quatre tasses ! annonça Tony.

— Parfait. Continuons.

Joe reporta avec difficulté son attention sur la page posée devant lui. La première question expliquait ses tergiversations. Quel nom devait-il donner à son fils ?

— Attends ! dit Tony. Cette tasse déborde.

— Tu as raison. Nous remplirons moins la prochaine.

Il pourrait, bien sûr, écrire « Antonio Carlos Montoya », et passer à la question suivante. Mais bientôt, ils devraient substituer O'Connor à Montoya, et il semblait plus simple de ne pas attendre les trois mois réglementaires. L'assistante sociale lui avait expliqué que la procédure formelle d'adoption ne pouvait commencer qu'après cette période obligatoire. Et puis,

Tony voudrait peut-être conserver le nom de sa mère...

Il était trop tôt pour prendre une décision. Joe inscrivit donc « Tony Montoya » sur la première ligne.

— Papà, dépêche-toi. Tu avais dit que tu nous aiderais à pétrir le pain !

Joe jeta un coup d'œil en direction du comptoir.

— Dans un instant.

Les yeux de Nicole pétillèrent de malice.

— Je me demande vraiment pourquoi cette réponse me rappelle « La petite poule rousse » !

Joe se mit à rire, et remplit les lignes suivantes : adresse, téléphone personnel, numéros où joindre les parents durant la journée...

— C'est quoi, la petite poule rousse ? demanda Tony.

— Une histoire, expliqua Nicole. La poule moissonne le blé, le moud en farine, prépare le pain et le fait cuire, et pendant tout ce temps-là, aucun des animaux de la ferme ne veut lui prêter main-forte. Mais quand le pain sort du four, ils veulent tous en manger.

— Et il se passe quoi, à ce moment-là ?

— Je crois que ça dépend de la personne qui raconte l'histoire. Et maintenant, on en arrive au moment le plus amusant de l'opération : pétrir la pâte !

Joe avait toujours apprécié l'odeur de pain frais qui, de temps à autre, l'accueillait à son retour du bureau, mais il ne se rappelait pas avoir jamais assisté aux préparatifs. Perdu dans la contemplation de sa femme et de son fils, dans la pâte jusqu'aux coudes, il en oubliait ses formulaires.

Impossible de se concentrer, décidément. Ces journées de loisir avaient interrompu son rythme habituel.

En rentrant de leur pique-nique, le vendredi, ils étaient allés acheter des vêtements pour Tony, avant de s'installer à la terrasse d'un café pour déguster des glaces. Le samedi, ils avaient pris le chemin des montagnes, et ils avaient même découvert assez de neige pour construire un bonhomme de neige... ainsi qu'une bonne femme et un enfant de neige, d'ailleurs ! Ce qui avait donné à Joe l'occasion de découvrir chez Nicole des dons qu'il ne lui connaissait pas.

— L'opportunité ne s'était jamais présentée, lui avait-elle dit, le visage rougi par le froid de l'altitude. Mais Paul, Jacqueline et moi avions l'habitude d'en truffer le jardin !

Tony, enthousiasmé par leur expédition, avait voulu retourner dans les sommets le lendemain, dimanche, mais Nicole avait insisté pour qu'ils aillent à l'église.

Joe n'avait jamais mis les pieds à Sainte-Cécile, mais il avait promis à l'assistante sociale de respecter la foi catholique dans laquelle Tony avait été élevé. Nicole s'était donc rendue seule au temple, la musique de son « Alléluia » sous le bras, tandis que Joe emmenait son fils à la messe.

On lui avait posé des questions, bien sûr, et tout Oakville avait dû savoir, une demi-heure après la fin du service, que les O'Connor allaient adopter un garçon de Milagua.

Joe, le stylo en suspens, continuait à douter de ses dons paternels. Nicole avait endossé le rôle de mère de famille avec une aisance déconcertante. Durant ces trois jours, elle avait su se montrer à la fois rassurante et encourageante, tonifiante et apaisante. Sans même s'en apercevoir, elle apprenait à l'enfant ce que cela signifiait, que de faire partie d'une famille.

— Mais ça ne ressemble pas à du pain !

— Attends un peu qu'il sorte du four ! répondit Nicole avec le sourire. En ce moment, nous pétrissons la pâte, et c'est ce qui va la faire lever.

Joe s'arracha à regret à cette scène domestique et se replongea dans les formulaires. Il dut laisser plusieurs blancs, faute de renseignements sur les activités préscolaires de son fils ou l'existence éventuelle d'allergies. La seule chose qu'il savait, après leur partie de campagne, c'était que Tony ne souffrait pas du rhume des foins. Quand il eut signé tous les feuillets, il les rassembla en une pile bien nette et les glissa dans une grande enveloppe. Il la déposerait au secrétariat de l'école après avoir présenté Tony au directeur.

Son esprit glissa alors vers les tâches qui l'attendaient au *Herald* le lendemain.

Non ! Il ne penserait pas au *Herald* ce soir. Posant les coudes sur la table, il se mit à observer ses petits boulangers enfarinés. Ce soir, il profiterait pleinement des dernières heures du week-end. Il se remémorerait la joyeuse excitation de Tony lorsqu'il avait découvert la neige... l'expression ravie de Nicole lorsqu'il lui avait parlé du chœur de Sainte-Cécile... l'appétit avec lequel ils avaient tous trois dévoré leurs esquimaux. Mais aussi le pépiement des moineaux pendant le pique-nique. Le plaisir de Nicole quand il lui avait offert une simple fleur des champs. Le bonheur d'aller embrasser Tony au lit, le soir précédent. L'aisance avec laquelle ils s'étaient comportés dans le magasin de vêtements, comme s'ils avaient déjà renouvelé vingt fois la garde-robe d'un enfant.

— Ce coup-ci, ça y est ! dit Nicole avec un soupir de satisfaction. Maintenant, il ne nous reste plus qu'à laisser la pâte lever toute seule... et à nous laver les mains !

78

Tony se frotta consciencieusement les paumes et les jointures, puis s'écarta pour laisser à Nicole sa place devant l'évier.

— Tu ressembles à la petite poule blanche! remarqua-t-il au passage.

Nicole se mit à rire. Elle repoussa une mèche qui lui retombait sur les yeux, ce qui laissa une longue traînée laiteuse en travers de son front. L'élan de tendresse que ressentit Joe lui coupa quasiment le souffle.

Nicole...

Par un pur effort de volonté, il reprit le contrôle de lui-même. Avec un peu plus de lenteur qu'il n'était nécessaire, il alla poser les documents près de ses clés de voiture, sur la table de l'entrée, et s'en fut dans le salon téléphoner à Phil, qui était de garde au *Herald*, ce soir-là.

Son fidèle second ne parut nullement surpris d'entendre la voix de son patron un dimanche soir.

— Notre oiseau revient demain par le vol de 11 h 40, lui dit-il. Quant à Benny, il n'a pas bougé du week-end. Je parie qu'il va se passer quelque chose incessamment!

— Sans doute, répliqua Joe d'une voix encore plus calme qu'à l'ordinaire. Je sens l'odeur de la poudre, moi aussi. On est bien d'accord? Tu t'occupes du shérif, et moi de Benny.

Il y eut un silence bizarre à l'autre bout du fil.

— Je ne sais pas si... C'est-à-dire que... La voisine de Gloria affirme que vous allez adopter un enfant. Alors, avec la responsabilité d'une famille... Si vous vouliez que l'un d'entre nous se charge de surveiller la maison de Benny, ça ne poserait pas de problèmes.

La main de Joe se crispa sur le récepteur.

— Non, j'en suis convaincu. Mais vous savez parfaitement, les uns et les autres, que je ne demande à personne de se charger d'une enquête que je n'effectuerais pas moi-même !

— Je sais, je sais, dit Phil hâtivement. Mais avec un enfant... Marlène avait peur d'un accident, d'une balle perdue...

— Peur ? gronda soudain Joe. Si on écoutait ses peurs, on ne ferait jamais rien, dans l'existence ! Tu peux le dire à Marlène de ma part !

— Alors, dit Phil d'une voix hésitante, la réunion générale du lundi matin tient toujours ?

Il y avait trop de questions à l'ordre du jour pour différer la réunion du lundi. Joe savait pertinemment qu'il n'aurait jamais dû prendre ces trois jours de complètes vacances. Mais le mal était fait. Il s'agissait maintenant d'éviter que la situation ne se détériore davantage.

— Evidemment ! répondit-il. Demain, nous reprenons notre emploi du temps habituel.

4.

— Alors, comment vont les affaires ? demanda Paul.

Suivant une tradition maintenant bien établie, le frère et la sœur de Nicole les avaient rejoints pour le week-end de Pâques. Nicole soupira imperceptiblement. Elle avait espéré que Joe ralentirait un peu ses activités à l'occasion des fêtes. Si Paul se mettait à poser ce genre de questions, ils pouvaient dire adieu à leur repas de détente.

A peine descendue de voiture, Jacqueline s'était précipitée avec sa fille de deux ans dans la salle de bains. A présent, la petite Rebecca, toute rose et fraîche, ne portait plus traces du long voyage en voiture.

Joe parut sincèrement heureux d'accueillir sa belle-sœur et sa nièce. Il traversa la pièce en trois enjambées et les serra toutes deux contre son cœur.

— Jacqueline, tu es superbe !

Nicole se glissa entre eux et commença à jouer avec Rebecca. Elle se réjouissait de recevoir ses frère et sœur, mais au fond d'elle-même, elle devait bien reconnaître que ce qu'elle préférait dans leur visite, c'était l'opportunité de tenir sa nièce dans ses bras.

Même du temps de son adolescence, Jacqueline

avait toujours choisi ses vêtements avec le goût le plus sûr. Elle agrémentait les robes devenues trop petites pour Nicole d'un colifichet, et les transformait en tenues haut de gamme. Depuis son divorce, l'année précédente, elle s'était fait faire quelques mèches qui éclairaient sa chevelure blond cendré, et avait perdu juste assez de poids pour retrouver sa ligne de mannequin.

— Merci, dit-elle en riant.

Elle regarda sa fille, parfaitement à l'aise dans les bras de Nicole, avant de reporter son attention sur Joe.

— En revanche, ajouta-t-elle avec un brin d'humour, tu as l'air surmené, toi. Ça ne change pas !

Paul fronça les sourcils, comme toujours quand sa sœur frisait les limites de la bienséance. Mais il en fallait plus pour faire taire Jacqueline.

— Nicole ? lança cette dernière. Quand avez-vous passé une soirée tranquille, tous les deux, pour la dernière fois ?

Nicole dut réfléchir un instant. Rebecca l'absorbait totalement. Elle ne se lassait pas d'admirer sa chevelure soyeuse et de caresser sa douce peau de bébé.

— Nous avons fêté notre anniversaire de mariage à la Tourelle d'Argent, ce mois-ci.

Ce mois-ci ? songea-t-elle en prononçant ces mots. Cela lui semblait à peine croyable...

— Nicole, attention ! dit alors Jacqueline.

Mais il était trop tard. Rebecca venait de profiter de la distraction momentanée de sa tante pour s'emparer d'une poignée de cheveux et les tirer vigoureusement. Nicole ne put réprimer une grimace de douleur. Jacqueline vola à sa rescousse, ouvrit les petits doigts encore accrochés à la boucle, et donna l'enfant à Paul.

— Tiens, occupe-toi d'elle un moment. Tu ne

risques rien, avec ta calvitie qui gagne du terrain ! Et moi, je voudrais bien embrasser tranquillement ma sœur.

Les baisers de Jacqueline ne valaient sans doute pas ceux de Rebecca, mais Nicole y répondit chaleureusement. Il aurait été injuste de négliger le reste de sa famille parce qu'elle avait une préférence marquée pour sa nièce.

Paul ressemblait chaque année davantage au professeur Tournesol. Tout en jouant avec sa nièce, il continuait sa conversation avec Joe. Il était difficile de croire qu'ils aient pu jouer au football ensemble. En dépit de ses cicatrices et de son surmenage, Joe avait l'air d'avoir dix ans de moins que son camarade de classe. D'un autre côté, Jacqueline avait raison : Joe en faisait beaucoup trop. Mais Nicole savait qu'il était inutile de lui demander de ralentir le rythme de ses activités ; du moins, pas avant que son enquête sur le trafic de drogue n'ait abouti. Durant toute la semaine, il avait quitté la maison à 4 heures du matin. Il avait tenu parole, et faisait deux fois par jour l'aller et retour pour conduire Tony à l'école et l'en ramener. Le soir, il retournait au *Herald* et n'en revenait que tard dans la nuit. Et Nicole se demandait combien de temps Joe pourrait continuer à mener cette double vie de père et de journaliste.

D'un autre côté, si quelqu'un avait la capacité de se dédoubler, c'était bien Joe O'Connor.

— Alors, dit Jacqueline après avoir inspecté les environs du regard, où est Tony ? Je serai ravie de faire sa connaissance.

La demande discrète de sa sœur fit sourire Nicole. A la vérité, Jacqueline mourait d'envie de rencontrer le fils de son beau-frère. Elle avait demandé par téléphone si elle devait prendre des cours accélérés d'espagnol pour rafraîchir ses souvenirs de lycée, et elle avait paru déçue d'apprendre que Tony parlait l'anglais presque aussi bien que sa langue maternelle, et qu'il comblait ses lacunes à pas de géant. Quand les explications de ses camarades d'école ne lui suffisaient pas, il rentrait à la maison avec une liste de questions.

Questions qu'il posait d'ailleurs exclusivement à Joe.

— Il est trop occupé à cacher des œufs dans le jardin, dit Joe. Nicole a pensé que Rebecca adorerait une chasse au trésor.

— Oh, quelle bonne idée! Elle est un peu jeune, mais nous pouvons faire l'essai.

— J'ai dit à Tony qu'il ferait mieux de se souvenir de ses cachettes, poursuivit Joe en riant, au cas où elle aurait besoin d'aide!

Tony s'était laissé convaincre sans trop d'enthousiasme, et uniquement parce que la requête était venue de son père. L'éclaircie de ses relations avec Nicole n'avait pas duré, en effet. On aurait juré qu'il regrettait de s'être laissé aller durant leur premier week-end. Au cours de la semaine qui venait de s'écouler, il avait multiplié les provocations envers la jeune femme, sans aller pourtant jusqu'à la défier ouvertement. La veille, il avait maugréé lorsqu'elle lui avait demandé de l'aide pour décharger la voiture et ranger les provisions dans les placards. Et aujourd'hui, seule la présence de Joe le maintenait dans les limites de la civilité.

Mais Nicole n'avait aucunement l'intention de se fâcher en présence d'invités à la maison. Elle finirait par gagner le cœur de Tony, même si cela devait lui prendre des semaines et des mois.

— Le risque n'est pas trop grand, dit Paul, qui la

tira de ses pensées. Au pire, vous trouverez du chocolat blanchi par l'âge dans tous les coins du jardin, pendant les cinq années à venir. Oh, à propos... Fiona me charge de vous dire qu'elle est décidée à passer Pâques ici l'année prochaine.

La compagne attitrée de Paul participait rarement aux fêtes familiales. Elle était hôtesse de l'air sur des longs courriers, et son emploi du temps la retenait souvent à l'étranger.

— Elle est toujours la bienvenue! déclara Nicole, renonçant momentanément à trouver le remède miracle pour améliorer ses relations avec Tony.

Rappelé à ses devoirs d'hôte, Joe demanda à Paul et à Jacqueline s'ils désiraient un apéritif, du café, ou une poule en chocolat.

Au mot de chocolat, les yeux de Rebecca s'illuminèrent, et Jacqueline étouffa un rire.

— Tu viens de prononcer le mot interdit! Joe s'est trompé, Becca. Il te proposait du jus de pomme.

Nicole s'absenta quelques instants pour achever les derniers préparatifs du repas. Quand elle revint, elle les trouva confortablement installés, en train de bavarder dans le salon. Rebecca finissait son jus de pomme. Nicole, attirée vers la petite fille comme par un aimant, vint s'asseoir en face d'elle pour mieux profiter de sa présence. Rebecca s'approcha d'elle d'un pas encore incertain et lui tendit son berlingot vide.

— Merci, ma toute belle. Tu veux t'asseoir sur mes genoux?

La petite se blottit contre elle avec un air de contentement qui alla tout droit au cœur de Nicole.

— Tu veux que je prenne ta place devant les casseroles? proposa Jacqueline.

— Tout est prêt, ou presque. Nous pourrons passer

à table dans un petit quart d'heure, répondit Nicole d'une voix distraite.

— Tu es fantastique ! s'exclama Jacqueline avec une sincère conviction. Il ne me viendrait jamais à l'idée d'inviter qui que ce soit, pour un déjeuner de Pâques, sans le soutien stratégique d'une armée de traiteurs. Mais à te regarder, il semble qu'il n'y ait rien de plus aisé !

Un déjeuner pour six ne présentait aucune difficulté, songea Nicole. C'était le repas à trois qui posait des problèmes ! Durant toute la semaine, Tony n'avait cessé de s'adresser à son père en espagnol, et Joe avait dû insister pour qu'il eût la courtoisie de parler anglais.

— Il ne s'agit que de cuisine, répondit-elle machinalement à sa sœur.

Paul leva les sourcils au ciel.

— Comme si tout le monde savait cuisiner ! Vous connaissez l'histoire de Fiona, quand elle a failli faire flamber toute la maison avec un four à micro-ondes ?

Nicole était sûre que Paul exagérait, et se demandait même s'il n'avait pas inventé l'incident de toutes pièces. Mais il racontait si bien qu'elle se surprit à rire de bon cœur. Joe la regarda avec un mélange de plaisir et de soulagement.

S'inquiétait-il de l'état de ses nerfs, alors qu'elle avait passé la semaine à s'inquiéter des siens ?

A ce propos...

Elle se leva, Rebecca toujours dans ses bras.

— Je vais voir ce que devient Tony.

— Ce n'est pas la peine, dit Joe hâtivement.

Il se rendait compte, aussi bien qu'elle, qu'un garçon de neuf ans n'avait pas besoin de trois quarts d'heure pour dissimuler dans les herbes une douzaine d'œufs en plastique colorés.

— J'ai jeté un coup d'œil tout à l'heure, et je peux vous annoncer que Rebecca n'est pas près de trouver ses chocolats !

— C'est peut-être le souhait secret de Tony, dit Paul avec un sourire en coin.

Il se tourna vers Nicole.

— Alors, comment cela se passe-t-il ?

Pendant une fraction de seconde, Nicole se demanda si la réputation de Tony Montoya était déjà parvenue à ses oreilles. Tony était rentré de l'école le premier jour bouillonnant de rancœur parce que son institutrice avait commis l'erreur de parler de Nicole comme de sa mère. Depuis lors, elle perdait l'espoir de l'entendre jamais s'adresser à elle par le petit nom de « Tià ». Mais en ce jour de fête, son frère n'avait nul besoin d'entendre la liste de ses frustrations.

D'ailleurs, cela prendrait le temps qu'il faudrait, mais elle finirait par conquérir le cœur de Tony.

— Plutôt bien, répondit-elle sans quitter Rebecca du regard. Il a obtenu dix sur dix à sa dictée de mots, vendredi. Il est vrai que Joe l'avait aidé à faire ses devoirs.

— L'orthographe, ça va, dit Joe comme s'il désirait lui éviter d'avoir à fournir d'autres explications. La grammaire pendant l'année scolaire, quelques rédactions pendant les vacances d'été, je me suis dit que ça entrait dans mes compétences. Je suis journaliste, après tout ! L'arithmétique, ça va encore. Mais les maths modernes !

Jacqueline se mit à rire, mais Paul leva les yeux au ciel sans cacher son incrédulité.

— Ecoutez un peu les récriminations du Premier Prix de Maths de la classe !

— C'était il y a bien longtemps, protesta Joe.

— Il a représenté le lycée au concours général, insista Paul en se tournant vers Nicole et Jacqueline.

Nicole ne se souvenait pas avoir mentionné cette information dans son journal d'adolescente, mais il se pouvait fort bien que Paul eût oublié de parler, à la maison, de l'honneur échu à son meilleur ami.

Jacqueline fit la moue.

— Je suis jalouse ! Comment se fait-il que tu ne sois pas en train de diriger une banque, à l'heure qu'il est ?

— Je préfère de beaucoup diriger un journal !

— A ce propos, dit Paul, tu n'as plus reçu de nouvelle offre ?

— Pas depuis celle de Noël. De toute façon, nous ne déménageons pas.

Décidément, cette conversation apprenait à Nicole beaucoup de choses qu'elle ignorait. Joe ne lui avait pas parlé de cette offre d'emploi. Sans doute parce qu'ils avaient discuté de la question avant leur mariage, et elle savait que Joe tiendrait la parole qu'il lui avait donnée. Il devait parfois regretter l'excitation de la vie des grandes métropoles, mais Nicole considérait Oakville comme l'endroit idéal pour élever des enfants en toute sérénité, et restait ferme sur sa décision de ne pas imposer au bébé qu'ils adopteraient la frénésie d'une grande ville.

— Je n'arrive toujours pas à croire que tu aies refusé d'entrer au *Quotidien* de Chicago ! J'étais convaincu qu'une offre pareille était de taille à te faire quitter Oakville.

Le *Quotidien* de Chicago ? Nicole savait que Joe leur avait vendu plusieurs articles dans le passé, et qu'ils avaient été impressionnés au point de l'inviter à donner une conférence lors d'un prochain colloque de journalistes... Mais de là à lui offrir un poste à plein temps ! Elle était étonnée qu'il ne s'en fût jamais vanté.

— N'est-ce pas adorable ? roucoula Jacqueline. Ah ! Si seulement Andrew s'était préoccupé — ne serait-ce qu'un tout petit peu — de l'endroit où je voulais vivre, nous serions encore mari et femme !

Nicole se raidit. Il ne s'agissait pas seulement d'elle.

— Nous avons pris la décision tous les deux, dit-elle. Une ville comme celle-ci convient beaucoup mieux à l'éducation de jeunes enfants.

L'assistante sociale de l'agence d'adoption, à laquelle elle avait téléphoné dès l'arrivée de Tony, lui avait assuré que la présence au foyer d'un frère aîné, loin d'être un handicap, constituait au contraire un avantage. Dans ces conditions, ils n'auraient plus à attendre longtemps l'arrivée de leur bébé.

— A propos de famille, dit Paul, on dirait bien que Tony en a terminé avec l'organisation de la chasse aux œufs de Pâques. Il arrive.

Nicole pria le ciel que Tony se présentât sous son meilleur jour.

— Viens faire la connaissance de ta cousine Rebecca, dit Joe.

C'était apparemment la chose à dire, car l'expression de Tony s'adoucit à la vue de la fillette sur les genoux de Nicole.

— Elle est mignonne, dit-il, mais drôlement petite.

— Et voici ta tante Jacqueline...

Une minuterie se déclencha dans la cuisine juste à ce moment-là. Nicole se leva et rendit l'enfant à sa sœur. Laissant Joe achever les présentations, elle alla sortir le rôti du four. Jacqueline la rejoignit deux minutes plus tard dans la salle à manger.

— Je serais ravie d'avoir Rebecca sur mes genoux dit Nicole en déposant le gobelet de lait de sa nièce à côté de son propre couvert.

Jacqueline lui jeta un regard surpris.

— J'avais apporté sa chaise haute, mais si ça te fait plaisir, grand bien te fasse !

Rien ne valait le bonheur de tenir une fillette sur ses genoux, en lui faisant grignoter des grains de raisin et des petits bouts d'un pain cuit à la maison. Nicole se promit de le faire tous les jours avec son propre enfant. Ils auraient une chaise haute, bien sûr, mais qu'il était merveilleux de sentir contre soi un petit corps doux et chaud !

Elle suivait la conversation d'une oreille distante, et même y prenait part de temps à autre, mais il lui semblait que la personne qui répondait aux questions, riait aux plaisanteries, et proposait aux convives de se resservir, n'était qu'une coquille vide, et que la véritable Nicole se livrait tout entière au plaisir tranquille de nourrir un enfant.

N'était-ce pas sa récompense, après l'inépuisable patience qu'il lui avait fallu pour ignorer l'attitude revêche de Tony tous les jours de la semaine ? Elle avait parfois eu envie de crier, mais elle s'était rappelé à temps que Tony n'était qu'un enfant, qu'il avait lui aussi des problèmes d'accoutumance, et que Joe faisait tout ce qu'il pouvait pour arrondir les angles. Mais elle supportait mal l'hostilité de Tony, surtout après les espoirs suscités par leur premier week-end idyllique.

Elle avait alors imaginé un cercle de famille agrandi. Joe réduirait ses activités pour être plus souvent avec ses enfants. Tony s'épanouirait dans son rôle de frère aîné. Elle inventerait pour lui de nouvelles activités, ce qui ne les empêcherait pas de cuire du pain frais tous les dimanches soir...

Au cours de la semaine, elle s'était aperçue que ses rêves étaient pour le moins prématurés, et sans doute d'une extraordinaire naïveté. Joe passait un peu plus de temps à la maison, certes, mais son attention restait rivée sur le *Herald*. Ou sur Tony, avec lequel il avait développé des relations d'intimité qu'elle admirait et enviait tout à la fois. Quand elle rentrait du bureau, elle les trouvait en train de bavarder en espagnol, et quand ils passaient à l'anglais, elle s'apercevait que Joe lui racontait des épisodes de sa vie qu'il n'avait jamais éprouvé le besoin de confier à sa femme.

Sans doute ne fallait-il pas prendre les choses au tragique. Joe avait promis de passer le dimanche de Pâques à la maison, et il n'avait pas encore décroché le téléphone pour appeler le journal. Il se montrait un hôte attentionné et soutenait la conversation avec brio, ce qui laissait Nicole libre de se consacrer à Rebecca. A la fin du repas, Joe enrôla Paul pour desservir la table et ranger la cuisine, afin de permettre à Jacqueline et Nicole de bavarder tranquillement.

Nicole enfouit le visage dans la chevelure d'or de sa nièce. Elle aurait dû apprendre à apprécier les merveilleux côtés de Joe, au lieu de se plaindre de ce qu'il n'était pas en mesure de lui offrir.

— Tu es mon précieux rayon de soleil, murmurat-elle à l'oreille de Rebecca, qui ne comprit sans doute pas la comparaison mais gloussa tout de même de plaisir.

Jacqueline secoua la tête de stupéfaction.

— J'aurais juré qu'elle était incapable de rester tranquille pendant un repas entier ! Ta mère est fantastique avec les enfants, ajouta-t-elle en se tournant vers Tony qui finissait d'avaler sa troisième portion de dessert.

Tony la foudroya du regard, et Nicole se hâta de corriger sa sœur.

— La mère de Tony était une femme absolument remarquable, et un grand médecin.

— Oui, bien sûr, balbutia Jacqueline. Je voulais seulement dire...

Tony ne la laissa même pas terminer sa phrase. Il repoussa brusquement sa chaise, marmonna quelque chose à propos de devoirs à faire, et quitta la pièce d'un pas rageur.

Jacqueline, sidérée, le regarda disparaître.

— La situation n'est pas facile pour lui, dit Nicole pour l'excuser. Dès qu'il se sentira vraiment en sécurité, les choses iront mieux.

Elle l'espérait, du moins, parce qu'elle avait du mal à s'imaginer élevant un bébé équilibré dans une maison à l'atmosphère si chargée d'électricité.

— Alors, où en es-tu avec le théâtre ? ajouta-t-elle pour changer de sujet de conversation.

Jacqueline réagit avec l'enthousiasme que Nicole avait prévu.

— Nous avons eu une expérience sensationnelle durant le stage professionnel auquel j'ai participé, la semaine dernière.

Elle s'interrompit, jeta un coup d'œil en direction de la cuisine où s'affairaient les deux hommes, et décida d'agrandir le cercle de son public.

— Hé ! venez par ici. J'ai quelque chose à dire.

Joe passa la tête par l'embrasure de la porte.

— L'une de vous veut du café ?

— Mais non ! Viens juste écouter mon histoire. Paul, toi aussi ! Je vous donne une occasion en or d'échapper à la corvée de vaisselle !

Cette perspective parut plaire aux deux hommes qui, pourtant, hésitaient encore sur le seuil.

— Allez, venez ! s'exclama Nicole. La vaisselle

peut attendre, et Jacqueline a une histoire à nous raconter.

Jacqueline se lança dans son récit sans même attendre que les deux hommes se soient rassis à la table presque desservie.

— Voilà! C'est jour de relâche, et nous sommes réunis sur la scène du théâtre. Un psychiatre arrive, et commence à nous expliquer qu'il n'existe au fond que trois sortes d'individus.

— Trois sortes? répéta Joe, qui prit un air comiquement intrigué. Rouge, blanc et bleu?

Paul eut un sourire en coin.

— Ou bien : oui, non, et peut-être? ajouta-t-il.

Nicole se rappelait leurs assauts d'esprit, du temps où elle était encore élève au collège et qu'ils s'apprêtaient à entrer à l'université. Mais il en aurait fallu davantage pour désarçonner Jacqueline une fois qu'elle avait une idée en tête.

— Non, gros malin! Il s'agit des gens gouvernés par leur tête, par leur corps ou par leur cœur. Nous sommes censés trouver l'équilibre entre les trois, mais en fait, l'énorme majorité des gens ne vivent qu'au tiers, ou aux deux tiers de leurs possibilités. Les gens de tête ont l'art de penser. Ils raisonnent, ils se laissent guider par leur cerveau, ils vivent dans leurs petites cellules grises. Paul, c'est tout toi, ça.

Avant même qu'il n'eût passé son doctorat, Paul était considéré comme le cerveau de la famille. Ou même, ainsi que le répétait leur père avec fierté, comme le cerveau du Minnesota tout entier!

— Etre envoyé au concours général, est-ce que ça ne classe pas Joe parmi les « gens de tête »? demanda-t-il.

— Moi, je parierais qu'il est Tête et Corps, répondit

Jacqueline. Les gens du corps fonctionnent dans l'ici et le maintenant. Et ils préfèrent accomplir des choses réelles plutôt que de fonctionner sur le registre émotionnel ou intellectuel.

Joe hocha la tête comme s'il était d'accord avec l'analyse de Jacqueline.

— Moi, je suis plutôt Corps, conclut Jacqueline qui avait été élue reine de beauté dans leur ville natale. Et toi, Nicole, tu es de toute évidence Cœur.

Paul étouffa un petit rire. Leurs parents avaient toujours présenté Nicole comme celle qui avait du cœur.

— Nul ne te contredira !

— Les gens du Cœur sont ceux qui se préoccupent avant tout de sentiments. Maintenant, pour en arriver au moment le plus intéressant de l'exposé, le psychiatre a dit que nous épousons le plus souvent ceux qui possèdent ce que nous n'avons pas. Par exemple, Paul, tu fais la paire avec Fiona parce qu'elle n'a pas deux sous de cervelle !

Jacqueline était bien la seule qui pût lâcher de telles énormités sans en payer les conséquences, songea Nicole. Leur jeune sœur disait tout ce qui lui passait par la tête avec une telle ingénuité que nul n'en prenait ombrage.

— Enfin quelqu'un qui nous explique pourquoi Fiona et moi sommes si satisfaits de notre vie commune ! s'exclama Paul. Et comme elle a assez de cervelle pour en rire, je ne manquerai pas de le lui dire !

— Quant à Nicole...

Jacqueline ne termina jamais sa phrase. Joe regarda Nicole droit dans les yeux.

— Nicole est mon cœur, dit-il à mi-voix.

Elle déglutit pour réprimer l'émotion qui lui nouait la gorge, et serra Rebecca un peu plus fort.

— Tu as du cœur, toi aussi, protesta-t-elle.

Le regard de Joe vacilla. Il baissa les paupières.

— Je n'en ai plus.

Le silence s'abattit soudain sur la pièce. Ils seraient restés pétrifiés autour de la table si Tony n'avait pas crié depuis sa chambre du premier étage.

— Papà, j'ai besoin que tu m'aides !

Joe leva la tête avec un drôle de sursaut, s'excusa et monta rejoindre son fils.

Jacqueline s'éclaircit la voix.

— A propos d'aide, dit-elle d'une voix enjouée, tu ne voudrais pas sortir de la voiture le berceau pliant de Becca, Paul, s'il te plaît ? Il est grand temps qu'elle fasse sa sieste. C'est celui que tu m'as offert, Nicole, et je ne sais pas ce que je ferais sans lui. Je m'en sers même à la maison.

Nicole sortit de son engourdissement.

— Tu peux l'installer dans notre chambre. Tony occupe celle qui était réservée autrefois aux amis.

Ses frère et sœur ne posèrent plus de questions. Tandis qu'ils installaient Rebecca, Nicole finit de remplir la machine à laver la vaisselle avec des gestes mécaniques. L'écho de la voix de Joe n'en finissait pas de résonner dans sa tête.

Je n'en ai plus.

Son cœur était-il mort avec Helena ? Etait-ce cela qu'il avait voulu dire ?

Nicole remarqua avec une sorte de détachement amer que Paul avait empilé les assiettes avec soin, par ordre de taille. Un homme de tête, effectivement...

La poitrine nouée dans un étau, elle comprit qu'Helena avait été à la fois une femme de tête, de corps et de cœur. Joe l'avait aimée pour les trois aspects de sa personnalité, et c'était à elle qu'il avait donné son cœur.

Et il n'en avait jamais retrouvé la jouissance.

Nicole ferma les yeux et poussa un profond soupir.

— Petite sœur, ça va?

On pouvait faire confiance à Paul pour aller droit au but. Jacqueline pouvait bavarder avec brio durant les moments les plus difficiles. Paul, malgré son manque apparent d'aptitudes sociales, savait entrer tranquillement dans le vif du sujet.

— Mais oui, ça va, dit Nicole en lui dédiant son plus beau sourire. Vraiment.

Paul ne parut guère convaincu. Il casa un verre de plus dans le lave-vaisselle.

— Joe t'aime, tu sais.

C'était sans doute vrai, en un sens. Il avait promis de l'aimer et de la chérir le jour de leur mariage. Il lui faisait l'amour avec toute la passion d'un amoureux fervent. Il écrivait « Je t'aime » sur les cartes d'anniversaire qu'il lui adressait, mais pas une seule fois, en quatre ans de mariage, il n'avait prononcé ces mots-là à haute voix.

Paul avait dû lire ses doutes dans son regard, car il insista.

— Nicole, je t'assure qu'il t'aime. Il a peut-être dû se barricader le cœur pour conserver sa raison. Mais s'il n'en avait plus, je ne l'aurais jamais laissé t'épouser.

Nicole ne put s'empêcher de sourire à l'idée de son frère faisant un esclandre en pleine église pour interrompre la cérémonie de mariage.

— Je ne vois guère quel argument tu aurais pu employer pour nous arrêter!

A sa grande surprise, Paul lui répondit le plus sérieusement du monde:

— Je lui aurais dit que tu méritais mieux. Et il m'aurait écouté... parce qu'il t'aime!

96

Elle n'imaginait que trop bien la réaction de Joe. Il aurait donné raison à Paul sans même discuter. En fait, il l'avait prévenue, avant même qu'elle n'eût accepté sa demande en mariage, qu'il n'était pas en mesure de lui donner tout l'amour qu'elle méritait. Alors, si son frère était intervenu...

— Je ne l'aurais pas laissé t'écouter! s'exclamat-elle. Je l'aurais épousé quand même, parce que c'était lui que je voulais, et que je veux encore.

Joe et Tony descendirent peu après, Jacqueline sur leurs talons.

— Les devoirs sont finis! annonça Joe. Tony peut emmener Becca dans le jardin.

— Oh, non! soupira Jacqueline. Je viens tout juste de l'endormir.

Tony parut si déçu que Nicole se réjouit d'avoir préparé un sac de friandises, pour lui tout seul. C'était l'occasion idéale de le lui offrir. Vu qu'à neuf ans, il était un peu vieux pour croire aux cloches de Pâques, elle ne se cacha pas pour sortir du garde-manger un petit panier d'osier rempli de bonbons et de chocolat.

— Il ne faut pas que la sieste de Rebecca t'empêche de profiter de la fête! lui dit-elle.

Il écarquilla les yeux de plaisir.

Joe aussi. Il se glissa auprès de Nicole.

— Tu es merveilleuse, dit-il en l'embrassant tendrement.

Leur étreinte ne dura qu'un instant, mais cela suffit à déclencher la tempête. Tony jeta le panier à toute volée contre le mur.

— Ma mère à moi, lança-t-il à la cantonade, ne m'a jamais traité comme si j'étais un bébé!

Jacqueline eut un haut-le-corps. Paul resta bouche bée, et Nicole crut être transformée en statue de sel.

Joe seul avait conservé sa capacité de mouvement, et il réagit avec une rapidité inattendue. Il agrippa Tony par l'épaule, le fit sortir de la pièce par la porte qui donnait sur le jardin, et la referma d'un claquement sec.

— Mon Dieu ! dit Jacqueline. Il est toujours comme ça ?

Il fallut quelques secondes à Nicole pour retrouver l'usage de sa voix.

— Plus ou moins, répondit-elle avec lenteur. Je me dis toujours que ça va s'améliorer, mais... je commence à me poser des questions.

— Tu fais tant d'efforts ! dit Paul. Ce n'est pas juste.

Non, ce n'était pas juste, et en cet instant, grâce à la présence rassurante de ses frère et sœur, elle admettait qu'au fond d'elle-même elle souhaitait que Tony Montoya ne fût jamais né. Mais elle ne pouvait laisser libre cours ni à son désespoir ni à la rage qui bouillonnait en elle, car cela n'aurait rien arrangé à leur situation.

— Non, ce n'est pas juste, répéta Nicole en ravalant sa frustration. Mais j'ai toujours voulu être mère, et maintenant...

— Tu voudrais sans doute ressentir de la reconnaissance ? demanda Jacqueline en se rapprochant de sa sœur.

Paul et Jacqueline étaient merveilleux. Ils l'entouraient et la protégeaient, physiquement et moralement.

— Pour un sale môme comme lui ? Il a de la chance que tu ne le prennes pas par la peau du cou pour le jeter dehors.

L'image lui parut si drôle qu'elle voulut rire, mais son rire se transforma vite en sanglot.

— Vas-y, murmura Paul. Tu peux pleurer devant nous.

Elle n'avait jamais fondu en larmes en public, contrairement à Jacqueline qui ne reculait pas devant les scènes dramatiques. Mais elle fut incapable de se contrôler. Un sanglot lui échappa, puis un second et un troisième. Alors elle cessa de lutter. Entourée de Paul et de Jacqueline, elle pleura de chagrin, de découragement, mais aussi de peur que la situation ne s'améliore jamais.

Ses larmes introduisaient une note discordante en ce jour de fête. Mais, malgré son embarras, Nicole ressentait un immense soulagement en abandonnant la façade impassible qu'elle avait maintenue durant dix jours. Elle savait en effet que Paul et Jacqueline la comprenaient et la soutenaient de toute leur affection. Peu à peu, les sanglots firent place aux reniflements... et elle fut enfin en mesure de considérer la situation avec réalisme.

— J'ai un frère et une sœur merveilleux, expliqua-t-elle d'une voix encore un peu tremblante. Mais Tony n'a personne, à l'exception de Joe. Alors, il éclate chaque fois que...

La porte du jardin se rouvrit, et Joe entra en poussant son fils devant lui.

— Tony a quelque chose à dire, annonça-t-il d'une voix sombre.

Tony n'avait pas l'air plus heureux que Joe, mais il se planta face à Nicole et récita son couplet d'un trait.

— Je suis désolé, et merci pour le panier de Pâques.

Avant qu'elle eût le temps de répondre, Joe mit la main sur l'épaule de Tony et lui indiqua le chemin de l'escalier.

— Si tu décides que tu aimes les friandises, tu pourras venir les rechercher plus tard. En attendant, monte dans ta chambre.

Tony obtempéra. Paul et Jacqueline murmurèrent quelque chose à propos de la voiture et disparurent à leur tour.

Nicole resta seule avec son mari.

Joe, tout raide, tourna vers elle un regard empreint de découragement.

— Oh, Nicole ! Je suis navré.

— Ce n'était pas ta faute.

Joe abattit son poing sur le comptoir.

— C'est ce que nous n'arrêtons pas de dire !

Il contrôlait sa voix mieux que sa posture. La raideur de ses épaules trahissait son désarroi.

— Eh bien, moi, ajouta-t-il, je vais te dire autre chose. Je n'accepterai plus aucune des remarques agressives de Tony. Il est temps qu'il cesse de brandir le nom de sa mère de cette façon-là !

Savoir que Joe se tenait aussi fermement à ses côtés que Paul et Jacqueline rendit Nicole plus compatissante envers l'enfant.

— Il l'aimait, dit-elle. Et quand on aime quelqu'un, ce n'est pas facile d'accepter sa perte.

Joe devait le comprendre mieux que personne.

— Il faudra bien l'admettre, dit-il. Elle est morte.

Il avait parlé d'une façon si rude et si crue que Nicole eut soudain peur pour Tony.

— Tu ne lui as pas parlé de cette façon-là, j'espère ?

Il secoua la tête. Après tout, Helena ne lui avait pas pris tout son cœur. Il lui en restait assez pour comprendre qu'un enfant ne saurait oublier sa mère.

— Je lui ai dit que, dans cette maison, les gens se respectaient les uns les autres. Qu'il ne suffisait pas de me respecter, moi. Que toi et moi le respections, lui. Et que lui et moi devions tous les deux te témoigner le plus grand respect. Point final.

Nicole comprit, à ce moment-là, la grande différence qui la séparait d'Helena. Joe et Tony la respecteraient, sans aucun doute. Mais ce n'était pas le sentiment qu'Helena leur inspirait.

Ils l'aimaient, elle !

Elle devait néanmoins apprécier les efforts de Joe, même si le respect n'était pas précisément ce qu'elle attendait de lui.

Le respect n'était pas l'amour, mais il facilitait certainement la vie en commun. Durant les semaines qui suivirent, Tony suivit scrupuleusement les règles de la courtoisie, et accomplit sans murmurer les tâches qui lui furent attribuées. Joe mettait son point d'honneur à remercier Nicole à haute voix des repas qu'elle leur préparait. Tony, lui, filait dans sa chambre, sous prétexte de devoirs à faire, sitôt la dernière bouchée avalée. Il ne s'adressait pour ainsi dire jamais à elle directement, et il se raidissait chaque fois qu'elle s'approchait d'un peu trop près. Heureusement, il avait découvert la cave et le grenier. Sitôt ses devoirs achevés, il disparaissait sous les combles ou dans les profondeurs du sous-sol.

Nicole se contenta de cette bonne volonté purement apparente, jusqu'à ce qu'un soir, Joe revînt en exultant : les articles du *Herald* avaient provoqué l'intervention du procureur, la révocation du chef de la police et le démantèlement du réseau de drogue de Benny. Elle considéra que le moment était venu d'amorcer un changement d'attitude.

Elle le félicita chaudement, puis entra dans le vif du sujet.

— Et maintenant, nous pouvons nous concentrer sur la situation familiale.

Joe ne chercha pas à tergiverser.

— J'ai remarqué que tu avais rempli plus que ta part de contrat, ces derniers temps. Ecoute ! Pourquoi ne m'accompagneriez-vous pas à Chicago ?

— Chicago ? demanda Nicole sans cacher sa surprise.

— Le colloque a lieu le week-end prochain. Si nous y allions tous, ce serait en quelque sorte des vacances en famille.

— Mais tu devras travailler...

L'idée de vacances familiales la séduisait beaucoup plus que la perspective d'avoir à lutter, au milieu d'un hôtel plein de journalistes, pour obtenir l'attention de Joe.

— Je dois donner une conférence, et aussi participer à une table ronde dimanche après-midi, dit-il, les yeux déjà brillants d'énergie. Ce qui nous donne amplement le temps de nous divertir tous les trois ensemble, dans l'intervalle.

Ce serait idéal, songea Nicole, s'ils pouvaient faire voler en éclats les barrières d'une fausse cordialité, et retrouver la joie de vivre de leurs premiers jours avec Tony. Ce voyage à Chicago était peut-être précisément ce dont la famille avait besoin.

— Tu donnes ta conférence vendredi soir, n'est-ce pas ?

Elle abandonna la préparation du dîner, s'essuya les mains soigneusement et se rapprocha du calendrier suspendu dans la cuisine.

— A quelle heure est ton vol ?

— 6 h 40, vendredi matin. On ne doit pas se bousculer, à l'aube, et nous obtiendrons sûrement des places pour Tony et toi.

Il parlait d'une voix si assurée que Nicole se demanda s'il avait remarqué la faille dans son projet.

— Tu ne vois pas d'inconvénient à lui faire rater un jour d'école?

Les résultats de Tony n'étaient guère brillants, et son institutrice avait envoyé plusieurs avertissements. Non seulement il ne comprenait rien aux problèmes de calcul en dollars, mais il rêvassait au lieu de travailler. Et il avait plusieurs fois été mêlé à des bagarres dans la cour de récréation.

— Hum! Ça ne paraît guère une bonne idée, reconnut Joe en se rapprochant à son tour du calendrier, comme s'il contenait la solution miracle. Et si tu me rejoignais avec lui dans l'après-midi, après la sortie des classes?

Nicole acquiesça aussitôt, d'autant plus que la perspective de ce week-end inciterait sans doute Tony à se montrer moins agressif envers ses camarades.

— Je viendrai vous chercher à l'aéroport, et nous aurons certainement le temps de dîner avant la conférence. Samedi, nous pourrions retourner, toi et moi, à ce restaurant en bordure du lac. Tu t'en souviens?

Le visage de Nicole s'illumina. Ils n'avaient visité Chicago ensemble qu'une seule fois, mais elle gardait un souvenir attendri des rives du lac. Cette soirée restait dans son esprit comme un merveilleux moment de sérénité, au cours d'un séjour dans une ville dont le rythme frénétique l'accablait autant qu'il fascinait Joe. Mais les choses seraient différentes, cette fois-ci. Avec un enfant à leurs côtés, ils seraient bien contraints de ralentir le pas.

— Bien sûr, que je m'en souviens! Notre voyage de noces!

Les lumières se reflétaient dans les eaux sombres du lac. Le calme ambiant la reposait, et aucun musée ou gratte-ciel ne détournait d'elle l'attention de Joe.

— Eh bien, disons que ce sera notre second voyage de noces !

— Avec un enfant de neuf ans, es-tu bien sûr que le terme convienne ?

— Peut-être pas, répondit-il avec une voix lourde de sensualité. Mais j'ai l'intention de téléphoner aux réservations de l'hôtel pour demander une suite. Nous aurons une chambre bien à nous.

L'atmosphère se chargeait d'une chaude électricité, mais un Tony affamé émergea de la cave à ce moment-là et les empêcha de poursuivre leur conversation.

Il était ridicule de se réjouir autant à la simple perspective d'un week-end à Chicago, mais Nicole n'en frémissait pas moins d'excitation, à l'idée de combiner une nuit romantique avec un voyage en famille. Elle changea trois fois d'avis quant au contenu de son sac de voyage. Comme elle ne pouvait se décider entre la longue chemise de nuit en mousseline blanche, son pyjama de soie couleur lavande et son négligé rose, elle décida finalement d'emporter les trois et se mit à compter les jours qui les séparaient du départ.

Le lundi, elle s'assura que Susan viendrait arroser son jardin de plantes vivaces. Le mardi, elle téléphona à l'hôtel afin de demander les services d'une baby-sitter pour toute la soirée du samedi. Le mercredi, elle alla acheter un Lego pour que Tony ne s'ennuie pas dans l'avion. Le jeudi, elle fit leurs bagages à tous trois avant de s'enfermer dans la salle de bains, où elle s'épila les jambes avec un soin tout particulier. Et le vendredi, elle passa beaucoup plus de temps à regarder sa montre, alors qu'elle aurait dû comparer les devis des magasins d'ordinateurs, et compulser la liste des anciens élèves en cherchant les noms de ceux qui avaient fait fortune et ne refuseraient pas de contribuer financièrement à l'informatisation de l'école. Susan passa dans son bureau pendant la récréation et se mit à rire en voyant son air rêveur.

— Je suis tellement contente que vous ayez décidé de vous offrir ce petit voyage ! Je tenais à te souhaiter le meilleur week-end du monde !

Susan était la seule de ses amies à laquelle elle eût confié les tensions des dernières semaines, et encore, elle s'était bien gardée d'entrer dans les détails. Il suffisait de voir Joe en compagnie de Tony pour deviner que Nicole n'était pas la mère de l'enfant. Mais il était inutile de révéler à la terre entière que la politesse forcée de Tony rappelait constamment à Nicole l'immense différence qui séparait le respect de l'amour.

— J'espère que ce voyage aura sur nous tous un effet thérapeutique. Joe a raison. Nous avons besoin de souffler un peu.

Même si ce voyage n'abattait pas toutes les barrières qui s'étaient édifiées entre eux depuis le malencontreux incident de Pâques, Nicole espérait qu'il leur fournirait au moins quelques heureux souvenirs communs.

Susan s'installa confortablement dans un fauteuil de l'autre côté du bureau de Nicole, avec la ferme intention de profiter pleinement de son quart d'heure de liberté.

— Tu n'es pas retournée à Chicago depuis votre voyage de noces ?

Nicole n'osa pas avouer qu'elle avait délibérément évité la grande cité. L'atmosphère y était trop vibrante, trop harcelante... ce qui était exactement la raison pour laquelle elle plaisait tant à Joe. Pourtant, maintenant que Joe avait montré la fermeté de ses engagements, elle n'avait plus aucune raison de s'inquiéter de l'attrait que la métropole exerçait sur son journaliste de mari.

— Ce sera amusant de faire visiter la ville à Tony, mais je me réjouis surtout de passer une longue soirée seule avec Joe.

— L'hôtel t'a donc trouvé la baby-sitter que tu avais demandée ?

La rumeur publique s'était répandue dans le Cours Brady que les O'Connor s'offraient un second voyage de noces. Roxanne lui avait donné l'adresse d'une lingerie de luxe. Linda avait recommandé une touche de parfum au creux du coude... et du genou. Et même la directrice avait dit que nul ne s'offusquerait si Nicole avait quelques minutes de retard le lundi suivant.

— C'est une femme de chambre de l'hôtel, répondit Nicole. Elle me semble parfaite. Je lui ai longuement parlé au téléphone, hier soir.

— J'espère que tu l'as prévenue que tu comptais rentrer le plus tard possible !

Rentrer tard n'était pas exactement ce que Nicole avait en tête. Elle rosit comme une pivoine.

— Je n'en crois pas mes yeux ! s'exclama Susan. Après quatre ans, tu te comportes encore comme une jeune mariée !

La sonnerie du téléphone évita à Nicole d'avoir à se justifier.

— Madame O'Connor ? J'ai déjà téléphoné à votre mari, mais on m'a répondu qu'il était en déplacement. Je suis Anna Hagen, l'infirmière de l'école de Tony.

Dieu du ciel ! Tony était-il blessé ? Une bagarre dans la cour de récréation avait-elle dégénéré ?

— Oui, je vous écoute..., murmura Nicole d'une voix blanche. Il n'y a rien de grave?

L'infirmière semblait parfaitement à son aise.

— Il prétend qu'il va très bien, mais à mon avis, c'est parce qu'il ne veut pas manquer les festivités de ce week-end. Je le comprends, mais je ne pense pas que le médecin le laissera...

Le médecin? C'était donc plus sérieux qu'un rhume ou une écorchure! Avait-il le bras cassé? Un œil abîmé?

— Que s'est-il passé?

De mauvais pressentiments l'assaillirent. Le week-end ne se passerait certainement pas comme elle l'avait prévu.

L'infirmière poussa un soupir compatissant.

— Madame O'Connor, vous feriez mieux de venir le plus tôt possible. Tony a la varicelle.

5.

— La varicelle ? répéta Joe sans bien comprendre.
Tu en es sûre ?

— Le docteur a conseillé de le garder à la maison
pendant quelques jours. Comme je lui avais acheté des
jouets pour se distraire dans l'avion, nous sommes
parés, de ce côté. Mais je suis vraiment désolée de
manquer le week-end prévu...

Lui aussi l'était ! Le colloque perdait soudain de son
intérêt. Quant à la suite luxueuse dans laquelle il se
trouvait en cet instant, elle paraissait ridiculement
grande, d'un seul coup.

— Ecoute, suggéra-t-il, je vais me faire remplacer
pour la table ronde de dimanche, et rentrer tout de suite
après ma conférence de ce soir.

— Tu es un ange ! Mais la varicelle est une maladie
des plus bénignes, et je sais qu'ils comptent sur toi
pour animer cette table ronde sur l'influence des
médias.

Si sa femme et son fils avaient besoin de lui, que lui
importait le rôle de la presse écrite ou audiovisuelle ? Il
ressentait un vide étrange au plus profond de lui-
même.

— Mais ça ne m'ennuie pas du tout de rentrer ce soir, je t'assure...

— Ne t'inquiète de rien, Joe. Je voulais juste que tu saches pourquoi nous n'avons pas pris l'avion, et je voulais aussi te dire que je penserai beaucoup à toi à l'heure de ta conférence.

— Merci.

Le texte de sa conférence lui semblait désormais dépourvu de signification, mais il savait qu'à l'heure dite, il retrouverait tous ses moyens. En grimpant sur l'estrade, il oublierait ce sentiment de vide, et ne penserait plus qu'à son sujet et à son audience de professionnels.

— Je t'appellerai pour te raconter comment les choses se sont passées.

La conférence s'était fort bien déroulée, s'il devait en croire toutes les personnes qui vinrent le féliciter. Il appréciait leurs commentaires élogieux, mais n'en devait pas moins accomplir un effort pour rester concentré sur les différents thèmes abordés. C'était, après tout, la raison profonde de sa présence : l'opportunité de débattre du rôle de la presse dans la vie publique.

Et aussi, l'opportunité de rencontrer d'autres journalistes.

Il aurait dû être heureux de ne pas manquer le grand dîner du vendredi.

Il fut satisfait, en effet, de prendre sa place dans la grande salle de banquet. Il avait rarement l'occasion de rencontrer des confrères de cette envergure. Des confrères qui connaissaient les contraintes et l'excitation d'une salle de presse, ainsi que les défis et le prix d'une information de qualité.

Ces défis constants étaient précisément l'élément qui comptait le plus à ses yeux, ce qui avait déterminé sa vocation à une époque où il suivait sa mère, serveuse de restaurant, d'une petite ville à l'autre, et où il avait appris à observer l'humanité de son poste de guet, en lisière de la société. Il avait développé un don pour saisir l'essentiel sans avoir à participer à l'action. Il ne répondait pas aux questions : c'était lui qui les posait.

Ce week-end-là, à Chicago, les gens qui l'entouraient partageaient sa passion. Bien sûr, il y avait quelques parasites qui considéraient le journalisme comme un gagne-pain. Ils auraient tout aussi bien pu être enseignants, comédiens ou marchands de bonbons. Mais ce congrès réunissait les chroniqueurs véritables, qui formaient leur propre communauté. Ceux qui allaient des salons aux buanderies, et des conseils municipaux aux champs de bataille, sans autres armes qu'un calepin et le souci d'observer. De décrire. De montrer les réalités de la vie à tous ceux qui vivaient dans le cocon de leurs demeures, et ne feraient jamais partie des témoins de ce monde.

Oui, il était heureux d'être libre de ses mouvements, se répétait-il quand, une fois le banquet terminé, le noyau des passionnés s'en fut à la recherche des bars de nuit qu'affectionnent les amoureux du jazz. Les concierges d'hôtel ne mentionnaient jamais ces sous-sols enfumés où se produisaient pourtant quelques-uns des meilleurs musiciens de l'époque. Mais le groupe dont Joe faisait partie savait comment partir à l'aventure et dénicher ici un éblouissant solo de saxophone, et là une conversation instructive autour d'un pichet de bière. Ils rentrèrent aux petites heures du matin, ayant profité jusqu'à la fermeture du dernier bar d'une ambiance chaude et conviviale. Ce ne fut qu'après avoir regagné sa suite qu'un brusque serrement de poitrine fit écho à la déception que Joe avait ressentie, dans l'après-midi, en apprenant que Nicole ne le rejoindrait pas.

— Elle ne le pouvait vraiment pas, dit-il à haute voix.

Qu'est-ce qui lui prenait donc, de se parler ainsi à lui-même? A la maison, bien sûr, il aurait bavardé avec Nicole. Il lui aurait raconté sa soirée. Mais Tony et elle devaient dormir depuis longtemps. Il aurait été stupide de la réveiller à une heure pareille avec un coup de téléphone qui n'avait rien d'urgent.

Il vida ses poches sur la commode gigantesque. C'était sans doute la taille de la suite qui lui donnait ce sentiment de solitude, car il avait déjà participé à d'autres colloques et n'avait jamais rien ressenti de pareil. Et aussi la taille du lit. Dès le lendemain, il demanderait une chambre individuelle où l'absence de Nicole ne s'infiltrerait pas dans son âme de cette façon-là, où elle ne lui semblerait pas à la fois si essentielle et si lointaine.

Il se débarrassa de ses chaussures de deux coups de pied impatients, et laissa tomber le reste de ses vêtements sur une chaise. Après une bonne douche, il s'endormirait sans problèmes.

Mais la douche n'eut pas l'effet escompté. La révision des notes qu'il avait prises dans les différents groupes de travail non plus. Il alluma la télévision, prit un film en cours de projection et finit par glisser dans un demi-sommeil alors que le générique défilait sur l'écran.

Au matin, il accusa la fatigue de l'avoir mis dans un état aussi inhabituel. Normalement, quand il se trouvait en déplacement, il se contentait aisément de quelques heures de repos volées ici et là, et dormait comme un loir. Cette sensation de vide ne pouvait néanmoins provenir que de son manque de sommeil.

Il commanda un pot de café. Ensuite, il composa le numéro de la réception pour demander une autre chambre, mais il laissa aussitôt retomber l'appareil. Ce n'était pas une bonne idée. Une chambre individuelle serait certes moins onéreuse, mais un changement de cadre ne constituerait qu'une manière de fuir le problème. La fuite en avant était un signe de peur.

Et il refusait de céder à la peur.

D'ailleurs, il n'avait aucune raison de fuir ou même de ressentir un malaise. Bien sûr, il avait souffert de l'absence de Nicole au cours de la nuit, mais c'était certainement parce qu'ils ne s'étaient pas séparés depuis l'arrivée de Tony.

Sa femme lui manquait. Il n'y avait rien de répréhensible dans cette réaction-là. Pourtant, avant de lui téléphoner pour demander des nouvelles du petit malade, il s'obligea à patienter jusqu'à ce qu'il eût fini la lecture du *Quotidien* de Chicago, qui lui avait été apporté sur le plateau du petit déjeuner.

Nicole lui répondit avec la bonne humeur et la quiétude dont elle ne se départait jamais. Avait-elle conscience, elle-même, de ce que cette sérénité avait d'exceptionnel ?

— Tony a passé une assez bonne nuit. Il fait de son mieux pour résister à l'envie de se gratter, mais je l'enduis tout de même d'une lotion calmante toutes les demi-heures.

Joe ferma les yeux et se laissa bercer par sa voix.

— Comment s'est passée ta conférence ? poursuivit Nicole. J'ai pensé à toi toute la journée.

— Vraiment?

Pourquoi avait-il soudain le cœur léger et les sens en émoi?

— Très bien, je crois, répondit-il. Quelques personnes sont venues me dire à quel point le sujet les avait intéressées.

— Ils l'ont aimée, c'est évident! Oh! J'aurais tant voulu être là pour t'écouter!

Nicole avait toujours eu foi en ses capacités.

— Je la referai à la maison, si ça te fait plaisir. Mais ce ne sera pas tout à fait la même chose, sans le podium de la salle de congrès.

— Je sais. Tout est mieux à Chicago, et...

Il pouvait presque la voir sourire.

— ... c'est curieux, mais il me semble que ce n'est pas la première fois que j'entends ce refrain-là.

Elle n'avait pas tort. Il avait passé beaucoup de temps à essayer de la convaincre que des enfants pouvaient grandir dans la joie et la sécurité ailleurs que dans une petite ville.

— Je te le prouverai durant un week-end de l'été, lui promit-il, espérant que Tony ne se fâcherait pas, s'ils retournaient visiter les sites qu'ils avaient aimés durant leur voyage de noces.

— Oh! quelle bonne idée!

— Il me semblait que tu n'aimais pas trop les grandes cités.

— Mais si. Je me réjouis déjà de ce week-end-là!

Joe aussi. Il raccrocha le téléphone, et vida ce qui restait de café dans sa tasse. Certaines personnes refusent de croire qu'un bon café a le pouvoir de vous remettre de bonne humeur, mais elles ne savent pas ce qu'elles disent, songea Joe. Il se sentait prêt à affronter le monde entier. Ce sentiment d'invulnérabilité dura toute la matinée. A l'heure du déjeuner, le rédacteur en chef du *Quotidien* de Chicago lui proposa de le retrouver pour un tête-à-tête tranquille.

— Vos articles sur la protection dont bénéficiait ce trafiquant de drogue étaient remarquables, dit Warren, tandis qu'ils entraient dans un petit bistrot situé à quelques centaines de mètres de l'hôtel. Et je vois que l'instruction est d'ores et déjà en cours.

Cela fit plaisir à Joe de constater qu'un journaliste qu'il avait toujours admiré suivait ses articles de si près. Le *Herald* n'avait même pas essayé de vendre au *Quotidien* sa série sur l'association formée par le gangster et le chef de la police. Ce qui intéressait les lecteurs du Minnesota n'avait pas forcément d'importance aux yeux des habitants de l'Illinois.

— Oui, confirma Joe, et il semble que le procès aura lieu dès l'automne. Je viens d'engager un jeune journaliste qui a très envie de couvrir les débats, et j'ai l'intention de lui confier le soin de clôturer la série.

— Ce qui veut dire que vous avez mâché le travail du juge d'instruction ! s'exclama Warren. Et qu'il n'y a pas grand risque à passer ses journées dans une salle d'audience ! Mieux vaut se tenir aux aguets, au cas où une affaire intéressante se présenterait.

Un sourire flotta sur les lèvres de Joe. Warren méritait bien le respect dont on l'entourait dans la profession. Peu de gens comprenaient cette préférence de Joe O'Connor pour les reportages à haut risque. Warren avait acheté les articles de Joe sur les victimes parmi les combattants du feu lors du grand incendie de l'été précédent, et sur le rôle respectif des piquets et des briseurs de grève lors des conflits sociaux de novembre.

Warren attendit qu'ils aient été servis avant d'en venir à la raison de son invitation.

— Ai-je raison de penser que vous vous intéressez davantage aux séries d'articles de fond qu'aux nouvelles du jour ?

Joe faillit avaler sa bouchée de travers. Le *Quotidien* ne publiait de séries d'articles que lorsqu'une question particulièrement brûlante justifiait une analyse en profondeur. C'est-à-dire tous les jours en période de crise, et une ou deux fois par mois en dehors de ces périodes.

— Sans aucun doute, répondit-il. Mais c'est le travail de la rédaction, et non des free-lance.

— C'est exact, et je sais que vous vous êtes engagé vis-à-vis du *Herald*, dit le rédacteur en chef, faisant allusion à la raison invoquée par Joe pour refuser le poste qui lui avait été offert l'année précédente. Mais si vous étiez disposé à reconsidérer votre position, j'aimerais recommander votre candidature, la prochaine fois qu'il y aura une ouverture au sein de notre équipe de grands reporters.

Il n'y avait rien au monde que Joe désirât davantage ! C'était son rêve. A ceci près qu'il ne pouvait faire abstraction de la promesse faite à Nicole avant leur mariage : celle d'élever leurs enfants à Oakville.

Il y avait pourtant une lueur d'espoir. Nicole ne lui avait-elle pas dit, le matin même, qu'elle n'avait plus de préjugés à l'encontre de Chicago, désormais ? Bien sûr, elle ne pensait alors qu'à de courtes vacances, mais elle avait tout de suite donné son accord lorsqu'il avait parlé d'emmener Tony avec eux, ce qui indiquait un léger changement d'attitude. Elle commençait sans doute à comprendre qu'il y avait une grande différence entre un bébé fragile et un gamin déluré de neuf ans.

— Je ne prévois pas de départs dans l'année qui vient, poursuivit Warren. Mais on ne sait jamais ce qui se passera dans deux ou trois ans, et j'aime avoir sous la main une liste de quelques personnes à contacter. Alors ? Vous seriez intéressé ?

Des espoirs insensés dansaient dans le cerveau de Joe. Il se décida brusquement.

— Oui. Je le serais.

— Mais ça me démange ! se plaignit Tony une nouvelle fois.

— Je sais. Sois patient, et souviens-toi de ce qu'a dit le médecin. Si tu ne te grattes pas, ça passera beaucoup plus vite.

L'enfant lui jeta un regard dubitatif, tout en enfournant la dernière bouchée de sa compote bien sucrée.

— Parole d'honneur ?

Comme Joe et Nicole l'avaient constaté au cours des semaines précédentes, Tony prenait très au sérieux la notion de parole d'honneur. Une promesse ne pouvait jamais être rétractée, ni même modifiée le moins du monde. Quelles que soient les circonstances, une chose promise était une chose due.

— Non, reconnut Nicole avec honnêteté. Mais en revanche, je sais que tu auras des cicatrices si jamais tu touches à tes boutons.

Non seulement Tony était descendu dans la cuisine pour le déjeuner, mais il avait conservé son goût de la discussion. Il posa le coude sur la table, le menton dans le creux de la main, et réfléchit un instant à la situation.

— Comme celles de papà ?

Nicole faillit laisser tomber sa cuillère. Joe faisait toujours si attention à les couvrir, qu'elle était surprise que Tony les eût aperçues.

— Non ! se hâta-t-elle de répondre. Pas du tout les

mêmes! Et papa n'aimerait certainement pas que tu sois tout vérolé.

— Tout quoi?

— Que tu aies des tas de vilaines petites cicatrices.

— Qu'est-ce que tu en sais?

Son ton agressif prouvait qu'il se sentait déjà beaucoup mieux. Mais Nicole se sentait parfaitement capable de relever ce défi-là, parce que personne au monde, elle en était convaincue, ne connaissait Joe O'Connor mieux qu'elle.

— Je le sais, parce qu'il n'aime pas qu'on voie les siennes.

Tony hésita un moment avant de se résigner.

— Bon, mais n'empêche que ça me démange, dit-il en lui jetant un regard noir, comme si elle était responsable de sa varicelle.

Nicole se leva et alla déposer leurs deux assiettes dans l'évier.

— Dans ces conditions, il n'y a pas de meilleur remède que de penser à autre chose. Que dirais-tu d'une partie de canasta?

Ils avaient joué aux dominos, aux dames, au valet de pique et au nain jaune un nombre incalculable de fois. Grâce aux anti-inflammatoires, la fièvre de Tony baissait, et il devenait de plus en plus difficile de le distraire. Sur le coup de 10 heures, ce dimanche matin, Nicole fut tentée de l'envelopper chaudement et de l'emmener à l'église, ce qui lui donnerait une heure de paix et de tranquillité. Mais elle ne céda pas à la tentation. Le directeur de la musique lui avait déjà trouvé un remplaçant qui se chargerait de l'orgue durant le service.

Elle n'allait pas risquer de répandre la varicelle dans tout le quartier, simplement pour s'offrir un moment de répit!

C'était néanmoins tentant. Les manières de Tony restaient correctes, étant donné que Joe l'avait exigé, mais il s'agissait d'un simple respect de façade. Elle avait espéré que cette maladie bénigne lui donnerait l'occasion de gagner la confiance de l'enfant, mais ses espoirs avaient été déçus, et la frustration menaçait de l'emporter sur ses bonnes résolutions.

La nuit de vendredi s'était plutôt bien passée, se dit Nicole pour se consoler, tout en regardant Tony distribuer laborieusement les cartes. Fiévreux, il avait cherché du réconfort auprès d'elle, et elle avait été heureuse de le lui fournir. Il lui avait même demandé de lui caresser le dos — requête si enfantine qu'elle avait ressenti pour lui un grand élan de tendresse. Quand il avait murmuré : « Ma maman faisait ça », elle avait été plus émue que froissée.

Dans ce domaine du moins, elle pouvait rendre des points à la mémoire d'Helena.

Mais la journée du samedi n'avait été qu'une suite de contrariétés. Tony était irascible, agité... comme n'importe quel enfant avec la varicelle. Lorsqu'elle l'avait enfin mis au lit, en lui demandant s'il désirait encore qu'elle lui caresse le dos, il lui avait jeté un regard glacé.

— Non merci ! Ma mère le faisait beaucoup mieux que toi !

Elle n'aurait pas dû se sentir personnellement attaquée. Tony aurait éprouvé le même ressentiment envers n'importe quelle femme que son père aurait épousée. Des millions d'enfants détestaient leurs belles-mères. La question était de savoir si chacune de ces belles-mères se comparait sans cesse au premier amour de leur époux, en désespérant de jamais soutenir la comparaison.

Nicole avait besoin d'un peu de temps bien à elle. La veille, elle n'avait pas osé jouer du piano pendant que Tony faisait la sieste, de peur de le réveiller. Après la cinquième partie de canasta, elle décida qu'elle avait bien mérité quelques minutes de récréation. Les jeunes pousses de ses semis attendaient d'être repiquées en pleine terre.

Au contact de la terre et des fleurs, elle savait créer de la beauté dans les conditions les plus difficiles.

Elle enduisit donc Tony de sa lotion calmante, lui fit enfiler un pantalon de survêtement et un grand T-shirt, lui donna l'analgésique recommandé par le médecin, et l'installa dans sa chambre avec son nouveau Lego. A la suite de quoi, elle s'éclipsa dans le jardin. Le vendredi, elle avait profité de l'assoupissement momentané de Tony pour sortir ses godets et les mettre sous châssis. Elle pouvait donc maintenant se livrer au plaisir de concevoir ses parterres et de procéder aux premières transplantations.

Elle prenait un risque calculé en s'y prenant si tôt dans la saison, mais l'hiver n'avait jamais été si doux. C'était l'année ou jamais de tenter sa chance. Nicole décida de commencer par les plantes annuelles. Elle disposerait les pois de senteur et les mufliers sur les bordures, les pensées en guirlande, les œillets doubles à fleurs géantes au centre, et les pétunias partout où elle aurait besoin d'une touche supplémentaire de rose éclatant.

Dans son jardin, elle était capable de créer un monde ordonné. Elle pouvait dispenser tous les soins dont elle était capable et en être récompensée, fleur après fleur, par des trésors d'arôme, de couleur et de lumière. Elle transformait ses rêves en réalité.

Déjà, elle sentait la terre répondre au travail de ses

mains. Chacune des tendres pousses portait en elle les promesses d'un printemps et d'un été éclatant. En juin et juillet, ce serait un festival d'odeurs, de sensations et de douceur dans cette oasis de croissance et d'abondance.

Elle commença à mettre en place les pois de senteurs. Ici même, elle apprendrait un jour à sa fille les joies de la vie et de la beauté.

— Je peux aider?

Elle était si absorbée dans ses rêves que la question la fit sursauter. Elle leva les yeux et vit Tony à quelques pas d'elle, le visage tout blanc de pommade, et une pelle de jardin à la main.

— Bien sûr.

Il avait du moins choisi le bon outil. Il était vrai qu'elle n'en avait pas laissé beaucoup à côté de ses châssis. Elle n'avait pas particulièrement envie de partager cette expérience avec Tony, mais elle ne pouvait pas, en bonne conscience, refuser son offre.

— Pourquoi ne commencerais-tu pas par sortir ces plantes-là de leurs godets?

Il devait l'avoir observée pendant un bon moment, parce qu'il reproduisit exactement les gestes qui avaient été les siens au cours des minutes précédentes. Il libéra avec douceur les racines de leur gangue, et déposa doucement les tiges fragiles des pois de senteur dans un trou juste assez grand pour contenir leurs mottes de terre individuelles.

Elle aurait dû se douter de ses dons, se dit-elle pendant qu'ils travaillaient silencieusement côte à côte. Il était le fils de Joe O'Connor, après tout, et par conséquent, il n'y avait rien qu'il ne fût capable d'apprendre en un temps record, s'il voulait bien s'en donner la peine.

Elle dut bientôt reconnaître qu'il lui était d'une grande aide. Il ne leur avait fallu que quelques minutes pour former un tandem bien rodé. Elle creusait les trous à la taille voulue, et il les rebouchait après avoir mis les pousses en place. Le dernier germoir de pois de senteur fut bientôt vide.

— Merci, Tony, dit-elle en admirant le résultat de leur travail. Cette rangée est parfaite. Tu as vraiment les pouces verts.

Il haussa les sourcils d'un air perplexe.

— Je veux dire que tu es très doué pour le jardinage.

Il s'essuya les mains à son pantalon.

— Je...

Il s'arrêta brusquement, comme s'il n'était pas sûr que ce qu'il allait dire répondît aux normes de la politesse établies par son père.

— Merci, marmonna-t-il. On fait quoi, après ?

Pour une fois, Nicole regretta les règles établies par Joe. Elle n'aurait vu aucun inconvénient à ce que Tony se vantât haut et fort de ses nouveaux talents.

— On plante les mufliers dans ce coin-ci. Tu vois les trois plateaux avec les petits autocollants de différentes couleurs ? Nous mettrons les plus clairs devant, les rosés juste à côté, et les plus foncés à l'arrière.

Ils s'attelèrent à l'ouvrage en silence. Ce n'était pas exactement ainsi qu'elle s'était représenté ce moment de détente, mais il était agréable d'avoir de la compagnie, fût-elle muette. Quand le repiquage des mufliers fut chose faite, elle alla chercher les germoirs de pensées. Tony ne se lassait pas de ce travail répétitif. Ils en arrivèrent aux œillets géants qui produiraient des fleurs doubles, blanches et écarlates.

— C'est du bon travail, dit-il quand ils eurent achevé leur tâche.

Nicole lut sur son visage un mélange d'orgueil et de plaisir qui la laissa interloquée. Se pouvait-il que Tony et elle eussent finalement trouvé un terrain d'entente ?

Il était sans doute trop tôt pour le savoir, mais le rayon d'espoir qui se levait était aussi brillant que le soleil d'avril. L'espoir persista tandis qu'ils repiquaient phlox, pétunias et marguerites dans un second parterre. Et quand Tony mit en terre la dernière pousse, Nicole eut envie d'entonner à pleins poumons un alléluia d'actions de grâces. Aménager le jardin devenait leur source commune d'activité et d'émerveillement, et permettait à Tony de voir en elle autre chose qu'un pâle substitut d'Helena.

Comment n'y avait-elle pas songé plus tôt ?

Il se mit à empiler les germoirs vides, et Nicole lui posa instinctivement la main sur l'épaule.

— Tony, je ne peux pas te dire à quel point j'apprécie ton aide !

Elle s'écarta aussitôt. Pour une fois, il n'avait pas eu de réaction de rejet. Mais il n'avait pas non plus répondu à son geste d'affection. En fait, il suivait le cours de ses propres pensées, et recula de quelques pas pour jouir d'une vue d'ensemble.

— Quand toutes les fleurs sortiront, ce sera comme un tableau.

La calme froideur de sa voix signifiait que le fossé qui les séparait était encore loin d'être comblé. Pourtant, en l'entendant, Nicole fut certaine qu'il comprenait exactement ce qu'elle aimait tant dans le jardinage. En fait, elle eut l'impression que ce n'était pas sa première expérience dans ce domaine.

— Tu avais un jardin, à Milagua ?

— Il y avait toutes les couleurs du monde, dans celui de ma mère. Sœur Maria disait qu'elle n'avait jamais rien vu de plus beau, parce que maman pouvait faire pousser n'importe quoi.

Un étau se referma sur la poitrine de Nicole.

Même en matière de jardin, Helena l'éclipsait encore.

Elle se mit à ranger la serre et commença à démonter les châssis avec des gestes mécaniques. Pendant tout le temps où elle rêvait de partager son hobby avec le fils de Joe, il songeait que sa mère avait le don de faire pousser n'importe quoi.

Tony lui rapporta les germoirs, avant de reprendre le chemin de la maison. Il était à mi-chemin quand il tourna la tête et s'adressa à Nicole par-dessus son épaule.

— Evidemment, il faisait beaucoup plus chaud, à Milagua.

Joe avait dû attendre un temps infini avant de récupérer sa voiture à l'aéroport. Quand son avion avait enfin atterri, avec plusieurs heures de retard, le parking était fermé et le gardien de nuit faisait sa ronde. Maintenant de retour chez lui, Joe, debout près du lit, contemplait Nicole à la lueur de la lampe du couloir. Elle était si belle, et dormait si paisiblement ! Pour la quinzième fois, il maudit les encombrements du trafic aérien et les fluctuations imprévisibles des horaires.

2 heures du matin, ce n'était pas le moment d'un accueil en fanfare...

Mais il saurait surmonter sa déception. Certes, elle lui avait manqué plus qu'à l'ordinaire, mais c'était surtout à cause de la taille de la suite de l'hôtel. Elle exerçait sur lui une extraordinaire attirance sensuelle. Et il avait sans doute besoin d'elle, ne serait-ce que sur un plan pratique. Il lui aurait été difficile d'assumer à la fois la charge d'une maison et d'un enfant, en plus de la direction d'un journal, si elle n'avait pas été à ses côtés. Mais ce genre de besoin ne présentait pas de danger. Il ne provoquait pas d'état de manque susceptible de vous faire perdre l'équilibre et la raison.

Il gardait le contrôle de son existence.

Il n'y avait rien de mal à désirer son épouse. Il lui suffirait d'attendre jusqu'au lendemain soir. Il aurait préféré le lendemain matin, mais Nicole était attendue au Cours Brady de très bonne heure. Ayant quitté son bureau précipitamment le vendredi, elle avait du travail en retard. Joe avait offert de s'occuper de Tony durant la journée de lundi, ce qui n'était que justice. Mais le lendemain soir...

Il avait remis d'un jour la sacro-sainte réunion qui lançait la semaine au *Herald*. Il lui faudrait organiser les choses à distance, mais il donnerait autant de coups de téléphone qu'il faudrait et il aurait la journée pour prendre les mesures voulues.

Quand Nicole rentra du bureau, il avait accompli toutes les tâches qu'il s'était fixées. Le pédiatre considérait que Tony pourrait retourner à l'école dès le jeudi. Abby était venue déposer les cartes tricolores qu'il lui avait demandées. Elle avait remporté l'éditorial et les mémos rédigés par Joe. L'institutrice à la retraite qui s'occupait de la crèche de la paroisse avait accepté de faire un peu de baby-sitter pour eux le soir même.

— Il ne te reste donc qu'à t'habiller, dit Joe à Nicole. Pauline sera là à 6 heures, et nous aurons notre soirée de samedi avec deux jours de retard.

Nicole semblait étonnée, ravie, mais incrédule.

— Ce soir ? Mais comment...

— Tony et moi allons te laisser en paix afin que tu puisses te préparer tranquillement.

Elle resta un instant à le contempler en silence, puis lui sourit, et disparut dans l'escalier.

Une demi-heure plus tard, ce fut au tour de Joe de la contempler bouche bée. La directrice financière s'était transformée en femme fatale capable de susciter la convoitise de tous les hommes qui s'approcheraient d'elle à moins de cinquante mètres. Il ne savait pas exactement comment elle s'y était prise. Ses cheveux étaient toujours blonds. Ses bijoux n'étaient pas plus voyants. Mais sa petite robe noire faisait ressortir le scintillement de ses prunelles, et Joe dut résister au désir de l'enlacer et de l'embrasser d'une façon... incompatible avec la présence de Pauline et de Tony.

— Tu es splendide, dit-il tout en sachant pertinemment que le mot ne rendait pas justice à sa beauté.

Pourquoi ne trouvait-il pas l'expression appropriée, lui qui passait son temps à écrire ? Nicole lui lança un regard plus émoustillant encore, puis se tourna vers Pauline pour la saluer.

— Vous êtes ravissante ! s'exclama la vieille institutrice, stupéfaite de voir l'organiste du dimanche transformée soudain en femme fatale. Où allez-vous ce soir ?

— C'est une surprise, répondit Joe d'un ton ferme. Mais vous avez le numéro de mon portable, en cas d'urgence.

— Ne vous faites pas de souci pour Tony et moi ! Amusez-vous bien.

Ils n'étaient pas plus tôt sur la route que Nicole posa la question qui lui brûlait les lèvres.

126

— Alors, où allons-nous ?

Elle portait un parfum que Joe ne lui connaissait pas, fleuri et terriblement aguichant. Il s'arracha difficilement à l'emprise de ce vertige.

— Je ne peux pas te le dire. Ce ne serait plus une surprise !

Si elle avait remarqué l'enrouement de sa voix, elle n'en laissa rien paraître. Au contraire, elle se pencha davantage vers lui.

— Allez ! Raconte-moi !

Très bien ! songea Joe. Si elle voulait flirter et le provoquer, il jouerait le même jeu.

— Pas question. Tu attendras vingt minutes.

— Un indice, au moins ?

Avait-elle conscience de l'effet qu'elle produisait sur lui par la chaleur de son corps et les effluves de son parfum ? Joe se demandait si son attitude était ou non délibérée, mais il n'en était que plus fasciné.

— Pas le plus petit indice, murmura-t-il d'une voix rauque. Désolée, Nicky. Il faudra t'armer de patience !

Elle réagit avec vivacité, et se rassit toute droite dans son siège. Heureusement, le paysage entre Oakville et Ashton était l'un des plus spectaculaires du Minnesota, ce qui leur donnait à tous deux quelque chose à contempler. Même dans ces conditions, Joe avait une conscience aiguë de la présence de Nicole à ses côtés, et lui jetait parfois des regards furtifs... tandis que la température dans la voiture s'élevait inexorablement.

Quand ils arrivèrent à proximité de la grande tente dressée pour le Festival des Arts d'Ashton, Joe se gourmanda de n'avoir pas réservé une chambre d'hôtel plutôt que des places de concert. Mais un regard en direction de Nicole suffit à le convaincre de la justesse de son choix. Elle était aux anges.

— Joe ! Quelle idée merveilleuse !

— Je me suis dit que ça te plairait.

Le Festival des Arts durait une dizaine de jours, mais n'avait guère fait l'objet de publicité à Oakville. Par chance, cette soirée-là était consacrée à la musique classique, et non aux fanfares avec majorettes.

— Nous avons des cartes tricolores dans la section officielle.

— Oh, Joe, dit-elle en se jetant dans ses bras, je n'aurais pas pu rêver d'une plus belle soirée !

Joe aurait volontiers prolongé leur étreinte, mais un placeur vint leur demander leurs billets.

Le pianiste qui ouvrait le programme était remarquable. Joe, qui n'avait jamais beaucoup apprécié Brahms, changea d'avis ce soir-là. A la fin du concerto, le public témoigna de son plaisir par la vigueur de ses applaudissements. Les musiciens entrés en scène accordèrent leurs instruments, et Joe se réjouit que cet intermède lui permît d'échanger quelques mots avec Nicole.

Elle semblait au septième ciel, et flottait presque dans les airs. Les fantasmes de Joe allaient bon train. Il imaginait son rire. Il voulait qu'elle se préoccupe de lui seul. Il rêvait du moment où il pourrait enfin la caresser, goûter à la saveur de sa peau, entendre sa respiration s'accélérer... et s'accélérer encore...

Il la désirait tout entière, et elle dut le sentir car elle se pencha tendrement vers lui.

— Alors, comment s'est passé ton week-end ?

— Je te raconterai plus tard, répondit Joe, qui soudain ne se rappelait plus que le sentiment de vide qui lui avait creusé la poitrine la nuit, dans le grand lit de l'hôtel. Parle-moi plutôt du tien.

— Le meilleur moment a été celui où Tony est venu

m'aider dans le jardin. Quand nous avons fini nos repiquages, j'ai soudain, pour la première fois, eu l'impression d'exister à ses yeux comme une personne douée de sentiments.

C'était une bonne nouvelle, songea Joe. Quand Tony s'était vanté de son œuvre dans le jardin, Joe s'était demandé de quelle contribution un garçon de neuf ans était capable.

— Il n'était pas trop dans tes jambes ?

— Pas du tout ! Il a été d'une efficacité remarquable, au contraire. Il semblerait qu'Helena lui ait donné le goût des fleurs. Il m'a dit que ses parterres étaient éclatants.

Joe ne regardait que Nicole. A cet instant, il lui semblait impossible d'imaginer un jardin plus beau que celui de sa femme.

— C'est parce qu'il n'a pas encore vu le tien en pleine floraison !

Les yeux de Nicole s'étaient illuminés sous l'effet du compliment.

Les musiciens attaquèrent un morceau connu de Rachmaninov, mais Joe passa plus de temps à rêver de leur nuit à venir qu'à écouter. Nicole devait avoir eu conscience de la direction prise par ses pensées, car elle se rapprocha un peu de lui. Mais elle ne recherchait peut-être qu'un peu de chaleur, pour se protéger de la fraîcheur de la nuit. Et il ne pouvait guère passer les mains sous sa petite robe noire, au milieu de cette foule de mélomanes, ni l'arracher à son siège avant la fin du concert, sous prétexte de rentrer plus vite à la maison.

Ce qui ne l'empêchait pas de fantasmer...

Une nouvelle volée d'applaudissements arracha Joe à ses rêveries. Les gens s'agitaient, se levaient. Ce devait être l'entracte.

Ils trouvèrent une table tranquille sur la pelouse, et commandèrent deux verres du vin favori de Nicole. Joe leva le sien.

— A la femme qui a mis de la musique dans mon existence !

A la lueur des lanternes suspendues dans les arbres, Joe la vit rosir de plaisir.

— Merci, murmura-t-elle. Joe, c'était une idée merveilleuse...

Il se réjouit d'avoir deviné juste, et d'avoir été en mesure, grâce à ses contacts de journaliste, d'obtenir les places voulues.

— Je suis content que la soirée te plaise.

— Et tu as téléphoné à Pauline ! Elle est la personne idéale pour s'occuper de Tony.

Sans doute était-ce dû au bien-être de leur soirée, mais il sembla à Joe que Nicole avait parlé de Tony avec moins de retenue qu'à l'ordinaire. Un cap important avait manifestement été franchi durant le week-end.

— Alors, quand Tony a-t-il commencé à t'appeler *Tià* ?

Elle eut un regard d'incompréhension.

— Mais il ne m'appelle pas *Tià*.

— Mais si. La première chose qu'il ait faite ce matin a été de me montrer le jardin. Et j'aurais voulu que tu l'entendes : « Tià et moi, on a planté des pois de senteur ici... Tià et moi, on a mis là des mufliers de toutes les couleurs. »

Un sourire radieux illumina le visage de Nicole.

— Tous les espoirs nous sont désormais permis !

L'idée qu'elle se fût fait tant de soucis attrista Joe. Comment Tony avait-il pu résister si longtemps à une femme qui possédait tant de cœur et de grâce... et des yeux d'un bleu nuageux ombrés de si longs cils ?

— Il ne va pas tarder à être fou de toi. N'importe qui le serait !

Elle battit des paupières et baissa la tête. Joe frissonna de plaisir anticipé.

Le parfum de Nicole lui montait à la tête. Il lui prit la main.

— Tu m'as manqué, Nicky.

— Tu m'as manqué, toi aussi. Comment était-ce à Chicago ?

Le week-end à Chicago lui parut soudain très lointain.

— Bien...

Les événements du week-end importaient bien moins que sa conversation présente avec Nicole. Il ne connaissait personne qui sût écouter mieux qu'elle. Il éprouva un plaisir presque physique à lui parler des groupes de travail, des clubs de jazz et de l'atmosphère de camaraderie professionnelle.

— Comme une grande famille à laquelle j'appartiendrais... Oh, à propos ! J'ai reçu une nouvelle proposition !

Elle lui dédia un sourire plein d'admiration et de fierté.

— Tout le monde te veut !

— « Tout le monde », je ne sais pas.

— Moi oui, en tout cas.

En la voyant rosir, Joe sentit son énergie se décupler. Ils avaient été en accord tout au long de la soirée. Il lut sur le visage la montée d'un désir qui égalait le sien, et se leva avec une lenteur calculée.

— Viens, dit-il. Partons.

6.

Ses mains... Pour une raison ignorée d'elle, elle ne voyait que ses mains. Elle connaissait cet homme depuis des années, mais elle n'avait jamais eu une conscience aussi aiguë de ses mains.

La manière dont elles reposaient avec légèreté sur le volant quand la route était toute droite. Leur fermeté tranquille, au moment où il s'agissait de négocier un long virage ou un tournant en épingle à cheveux.

Ce que Joe savait faire de ses mains.

Ce qu'il allait faire de ses mains dès qu'ils seraient de retour chez eux...

Nicole s'impatientait de la distance qui les séparait encore d'Oakville, et aspirait au moment où elle sentirait les mains de Joe s'insinuer dans son dos et descendre la fermeture Eclair de sa petite robe noire... Il rabattrait les épaulettes... Il ferait lentement glisser la robe le long de ses épaules...

Elle dut reprendre sa respiration, et vit les mains de Joe se crisper sur le volant.

— Dix minutes, murmura-t-il. Nous y sommes presque.

Dix minutes semblaient une éternité, surtout dans une voiture surchauffée. Elle avait déjà ouvert son manteau et rabattu le col en arrière, mais le système de ventilation devait s'être déréglé. Nicole tendit le bras pour l'éteindre.

— La voiture n'y est pour rien, Nicky. C'est nous !

D'abord ses mains, et maintenant sa voix. Les miracles qu'il opérait, avec sa voix ! Depuis qu'il avait chanté les louanges de son jardin, elle avait l'impression de découvrir dans sa voix une nouvelle gamme de sentiments chaleureux, lourds de promesses. Quand il prononçait son petit nom, « Nicky », elle se sentait à la fois légère et épanouie.

Dix minutes d'attente ? Cela ne semblait pas beaucoup, mais dix minutes à admirer le jeu de ses mains et écouter les inflexions rauques de sa voix allaient lui faire perdre la raison.

— Je deviens folle..., dit-elle alors.

— Moi aussi. Tu veux essayer les tables de multiplication ?

— Les quoi ?

— Tu sais bien... Sept fois sept quarante-neuf, sept fois huit cinquante-six.

Personne d'autre au monde n'aurait été capable de donner une aura de sensualité à une table de multiplication. Mais ce soir-là, Joe aurait pu dire n'importe quoi, chaque mot aurait dégagé une promesse de sexualité triomphante.

— Surtout pas ! s'exclama-t-elle. Le son de ta voix suffit à me donner le vertige.

— Vraiment ? Alors, pourquoi ne te ferais-je pas complètement tourner la tête, en te disant ce qui va se passer quand nous serons arrivés à bon port ?

C'était du masochisme pur, mais le sujet était trop excitant pour qu'elle pût résister à sa proposition.

— Raconte, dit-elle en desserrant sa ceinture de sécurité pour se rapprocher de lui.

— Eh bien...

L'enrouement de sa voix augmentait de seconde en seconde.

— ... dès que nous aurons franchi le seuil...

Il s'interrompit brusquement. La même pensée leur traversa l'esprit en même temps. Dès qu'ils auraient franchi le seuil, il leur faudrait s'occuper de la baby-sitter.

Ce qui signifiait qu'il ne s'agissait pas de dix minutes, mais de vingt.

Nicole laissa échapper un soupir de frustration.

— On ne pourrait pas s'arrêter tout bonnement sur le bord de la route ? gémit-elle, sans penser que Joe pourrait prendre sa question au pied de la lettre.

Mais Joe ne réfléchit pas longtemps. Il n'y avait pas une maison ni une lumière en vue. La route était déserte, les bas-côtés larges et plongés dans l'obscurité.

— Pourquoi pas ?

L'idée de s'arrêter sur le bord de la route, comme des adolescents, parut pour le moins étrange à Joe, mais le désir lui tenaillait les entrailles, et l'atmosphère chargée d'électricité menaçait d'exploser à chaque instant. Une sorte de grognement lui échappa. Il prit une brusque décision et se rangea sur l'accotement. Puis il coupa le contact, arracha leurs ceintures de sécurité, et étreignit Nicole avec violence.

— Nicky ! Oh, Nicky !

— Oui..., murmura-t-elle, emportée par la même sensualité enivrante. Oh, oui !

Il l'embrassa avec une fougue qui déchaîna en elle un déluge de sensations plus exaltantes les unes que les autres. Elle s'agrippa à Joe, dont les mains étaient enfin à l'œuvre. Il la caressait, l'excitait, lui arrachait

135

des sensations de plus en plus vertigineuses, mais il savait admirablement la retenir au bord du gouffre.

Seules les lèvres de Joe plaquées sur les siennes l'empêchaient de gémir dans les affres de l'attente.

Il l'écrasait de son poids, envahissait sa bouche, lui arrachait frissons et tremblements, lui promettait le paradis. Il se retira brusquement au moment où une vague brûlante irradiait Nicole des pieds à la tête.

— Nicky, si nous n'arrêtons pas tout de suite, je...

A la faible lueur des étoiles, à travers les vitres embrumées, elle lut dans son regard un mélange d'exultation et d'hésitation.

— Nicky... Tu mérites mieux que ça...

« Mieux » ? Que voulait-il dire ? Des draps de satin ? La voiture n'était sans doute pas aussi spacieuse qu'une suite de grand hôtel, mais elle s'en moquait bien !

— C'est *toi* que je veux, lui dit-elle.

Il la contempla pendant une seconde qui dura une éternité, puis il reprit sa bouche avec une voracité qui suscita en elle des pulsations sauvages. Il y avait dans son baiser quelque chose de primitif, une passion irrationnelle, un besoin intrinsèque et primordial qui bousculait tous les obstacles... depuis son porte-jarretelles jusqu'au mécanisme d'inclinaison du siège !

Qu'importaient les préliminaires ! Joe se débattait avec ses vêtements, cherchait la meilleure position. Nicole se souciait fort peu de la façon dont il la prendrait, pourvu qu'il se hâtât.

Elle s'entendit gémir et appeler.

— Joe, oui !... Joe, viens ! Joe, maintenant !

Elle entonna une longue litanie de supplications et de louanges :

— Oh, oui ! Joe... Oui, comme ça !... Oh, maintenant, s'il te plaît... Joe, je t'en supplie, viens...

Et puis les mots cédèrent la place aux onomatopées, à la frénésie, au monde de l'obscurité, des étincelles, des gouffres, des étoiles, d'une spirale ascendante dans les nuées...

Lorsque la vague la souleva, elle se cambra violemment, une lave brûlante se répandit en elle, tandis que Joe laissait échapper un cri guttural. Puis ils restèrent immobiles un long moment, soudés l'un à l'autre jusqu'à ce que les vibrations s'estompent tout à fait. Quand Nicole ouvrit finalement les yeux, Joe la regardait.

— Nous n'avons pas terminé, lui dit-il. Je veux explorer chaque pouce de ton corps.

Sans crier gare, une nouvelle vague de sensualité la secoua. Son pouls s'accéléra. Qui était cet homme pour lequel elle défiait les lois de la décence et de la raison ?

— Joe !

— Quand nous serons à la maison, je t'embrasserai partout, mais pas avant.

Quelques minutes plus tard, ayant tant bien que mal rajusté leurs vêtements, ils prenaient le chemin du retour. Jamais ils n'avaient partagé une soirée pareille. Nicole avait rêvé de cette complicité pendant des années sans oser imaginer qu'ils pourraient vivre ensemble de tels moments de passion.

— Je n'y crois pas ! Joe, c'est complètement fou...

Il eut un sourire terriblement sensuel.

— Pendant tout le concert, j'ai rêvé de ta peau et de ton parfum. Et maintenant, il va encore falloir attendre dix minutes...

Joe n'était pas dans son état habituel, et il leur fallut un peu plus de dix minutes pour atteindre Oakville. Elle descendit de voiture d'un pas hésitant, vérifia l'arrangement de sa chevelure, referma son manteau, et fit un effort considérable pour retrouver une contenance.

— Tony dort à poings fermés, dit Pauline. Je lui ai donné du poulet et de la purée pour dîner, et puis nous avons regardé *Bambi* à la télévision.

Purée et télévision ? L'ancienne institutrice aurait pu tout aussi bien parler de physique nucléaire... Nicole, étourdie, approuva machinalement. Elle fut néanmoins certaine que Joe et elle avaient réussi à se comporter normalement jusqu'au départ de Pauline. Celle-ci, en tout cas, ne parut nullement remarquer sa poche de manteau gonflée par ses sous-vêtements.

Joe ne lui avait jamais paru aussi séduisant. De toute évidence, leurs pensées suivaient exactement le même chemin, car la porte d'entrée ne fut pas plus tôt refermée qu'il la prit dans ses bras.

— Les dix minutes les plus longues de mon existence, murmura-t-il.

Il lui avait promis de l'embrasser partout, et il tenait sa promesse sans même attendre qu'ils aient regagné leur chambre.

— Joe...

Un cri perçant déchira l'air.

— *Mamà ! No !*

Ils se rejetèrent simultanément en arrière.

Le film à la télévision ! Tony avait vu mourir la mère de Bambi...

Ils grimpèrent l'escalier en courant. Joe alluma la lampe de chevet, tandis que Nicole prenait Tony dans ses bras.

— *Mamà !* hurla-t-il de nouveau.

Elle le serrait contre elle et le berçait, dans l'espoir de le protéger contre un chagrin dévastateur.

— Tony ! s'exclama Joe. Allez, mon petit père ! Réveille-toi...

138

Réveiller un enfant hurlant dans ses cauchemars sembla curieux à Nicole, mais, à sa grande surprise, Tony ouvrit les yeux et la dévisagea, l'esprit encore confus.

— Tout va bien, dit-elle sans relâcher son étreinte.

Il lui semblait si petit et si vulnérable qu'elle souhaita le voir retrouver un peu de son insolence coutumière.

— Ce n'était qu'un cauchemar, dit Joe en s'agenouillant près d'eux.

Tony battit des paupières, et reconnut Joe qui lui caressa légèrement le front.

— Un mauvais rêve, rien de plus. Tu peux te rendormir.

Nicole savait d'expérience qu'il n'était pas facile d'apaiser quelqu'un qui se trouvait en proie à ce genre de cauchemar. Elle continua à le câliner, tout en lui murmurant des paroles tendres et rassurantes. Mais à sa grande stupéfaction, les paupières de Tony se refermèrent avant même qu'elle en ait fini avec sa litanie de mots doux. Comment avait-il pu se rendormir si vite ?

Soit les enfants se laissaient rassurer avec beaucoup plus de facilité que les adultes, soit Joe possédait un fluide magique.

Ce qui correspondait précisément, d'ailleurs, à l'impression qu'elle avait eue toute la soirée.

— Il est calme, maintenant, dit Joe en posant la main sur l'épaule de Nicole. Viens. Laissons-le dormir.

Nicole prêta l'oreille à la respiration régulière de Tony.

— Tu crois vraiment qu'il ne se réveillera plus ?

— Mais non, assura-t-il en se reculant pour laisser Nicole border la couverture de Tony. Je n'ai jamais vu ça se reproduire deux fois dans la même nuit...

Il la fit passer devant lui pour sortir de la chambre, et referma la porte derrière eux.

— Ah, ces cauchemars !

— Comme tu dis. On dirait une histoire à répétition ! dit-elle, étonnée elle-même de pouvoir en plaisanter. Tout le monde se réveille en appelant Helena.

Il eut un sursaut, comme si elle venait de lui révéler un noir secret.

— Mais ça ne m'arrive pas, j'espère ?

Joe semblait si troublé qu'elle regretta d'avoir parlé sans réfléchir.

— Si, mais ne t'inquiète pas. Je sais que ça ne signifie rien.

Joe cherchait ses mots.

— C'est que... dans mes cauchemars, je me crois encore là-bas. Et quand je... j'avais besoin de quelque chose ou quelqu'un à qui me raccrocher, je n'avais qu'Helena.

— Je comprends. Ne te fais pas de souci.

Un jour, elle n'éprouverait que de la gratitude envers cette femme dont le souvenir avait soutenu Joe durant quatre années d'enfer. Mais aujourd'hui, sa confiance n'était pas encore assez solide.

Il se rapprocha d'elle, et lui prit les mains pour mieux faire passer son message.

— Mais Helena n'est pas... je veux dire que c'est à toi que je fais l'amour.

Elle n'avait besoin que de cette confirmation.

— Je sais, dit-elle en oubliant la boule qui lui obstruait la gorge et en tâchant d'adopter un ton enjoué, et je te rappelle que tu n'as toujours pas tenu tes promesses !

L'expression grave de Joe céda la place à un sourire coquin.

140

— En fait, je... Cela ne saurait attendre !

Elle leva le visage pour lui offrir sa bouche. Cet homme était si précieux, si fascinant, si plein de vitalité qu'elle avait l'impression que son cœur allait éclater.

Avec une pointe d'embarras, Joe constata qu'il n'avait jamais passé autant de temps à rêver à sa femme. Abby lui avait apporté des photos et tambourinait du bout des doigts sur le bureau, tandis qu'il flottait sur le petit nuage rose du bonheur conjugal.

— Désolé, je pensais à autre chose ! dit-il en s'obligeant à reporter son attention sur les affaires du journal. Dites à Randy de tirer un gros plan de l'entraîneur, et ça ira très bien avec l'article.

Il fallait qu'il parvînt à se concentrer un peu plus fermement. Entre son week-end à Chicago et le temps passé avec Tony, il y avait trop de détails à régler au *Herald* pour qu'il pût se permettre de laisser son imagination vagabonder.

— Entendu, dit Abby. Et Mark vient de téléphoner pour dire qu'il pense à un nouvel angle sous lequel présenter l'histoire de ce concessionnaire de voitures. Vous vous souvenez de la position du journal sur la législation des autoroutes, votée il y a deux ans ?

Joe ferma les yeux pour mieux se remémorer le contenu de l'éditorial qu'il avait consacré, à l'époque, aux limites de vitesse et aux ceintures de sécurité. Oui, il fallait qu'il se concentrât davantage... Un rédacteur en chef n'avait pas de vie privée, du moins pas pendant ses heures de travail.

— Merci, Abby, dit Joe en se levant et se dirigeant vers l'armoire des archives. Je vais appeler Mark.

L'éditorial en question figurait dans le premier dossier qu'il sortit, ce qui le rassura un peu sur ses compétences professionnelles. Le journal de la veille était sorti comme à l'accoutumée, mais son œil exercé avait repéré quelques signes de faiblesse. Il avait passé trop de temps éloigné de sa salle de rédaction. Une légende de photo mal alignée, un titre trop gros, une coquille dans l'article de première page... Rien, sans doute, que le lecteur moyen eût remarqué, mais tout de même la preuve que le *Herald* n'avait pas donné le meilleur de lui-même.

Tout serait en ordre pour le prochain numéro. Joe rédigea un résumé de l'éditorial et le téléphona à Mark. Puis il envoya Marlène couvrir l'exposition de tapisseries, au centre de l'Artisanat, et s'attela à la rédaction de sa chronique hebdomadaire. Il modifia légèrement le cadrage de la photo de Randy qui devait faire la une, acheva un paragraphe de son article, et prit trois appels d'abonnés qui suggéraient comme thèmes d'articles la naissance de leur premier petit-fils, l'élevage des lévriers et un concours d'orthographe dans le Wyoming.

Quand Abby lui fit signe qu'il y avait encore un appel pour lui, il fit la grimace.

— Dites-leur que s'ils veulent un éditorial, ils doivent me laisser le temps de l'écrire !

— Je n'y manquerai pas, mais il s'agit cette fois-ci de l'institutrice de votre fils. Vous voulez qu'elle vous rappelle ?

— Non. Passez-la-moi.

Tony était retourné à l'école la veille, apparemment en bonne santé, mais avec plusieurs jours de retard dans ses devoirs. Joe avait envoyé un mot, demandant à Mme O'Donoghue un délai permettant à Tony de terminer le livre sur lequel portait un travail de compte rendu. Le moins qu'il pût faire était de lui parler, surtout si, comme il s'en aperçut en jetant un coup d'œil à sa montre, Mlle O'Donoghue sacrifiait l'heure de son déjeuner pour s'entretenir avec lui.

— Monsieur O'Connor ? D'habitude, je ne téléphone pas aux parents en milieu de journée, mais je crois de mon devoir de vous informer de l'incident de ce matin. Tony a apporté un couteau à l'école.

— Un couteau ? demanda Joe, dont l'estomac se contracta jusqu'à ce qu'il réalisât que le port d'une arme blanche était chose courante dans les rues de Milagua.

Si néanmoins Tony s'était approprié son couteau de l'armée Suisse, — ce qu'une fouille rapide de son attaché-case confirma — il était clair que Joe n'avait pas su lui inculquer les règles de vie en usage à Oakville.

— Que s'est-il passé exactement ?

— Le surveillant a surpris Tony dans la cour de récréation, en train de montrer son couteau à quelques camarades. Il n'avait menacé personne, et personne n'a été blessé, mais nous ne pouvons accepter la présence de ce genre d'objet dans l'enceinte de l'établissement.

— Certainement pas, dit Joe qui se reprochait de n'avoir rien vu venir. Je vais avoir une conversation sérieuse avec lui.

— Ce qui m'inquiète le plus, c'est que Tony ne semble pas comprendre ce que son geste a de répréhensible. Je sais qu'il ne vit à Oakville que depuis peu de temps, mais je dois vous dire qu'il ne s'adapte pas aussi bien que nous l'espérions.

L'institutrice se rendait-elle compte que l'enfant avait perdu sa mère, son pays, et qu'il était contraint d'utiliser toute la journée une langue étrangère ? Au lieu de protester, Joe promit de sermonner Tony le soir même.

Il était navré d'avoir à impliquer Nicole dans l'incident. Il s'agissait de son fils à lui, et l'institutrice n'allait pas manquer d'aligner toutes les faiblesses de l'enfant. Mais il savait que Nicole prenait au sérieux ses responsabilités de belle-mère et voudrait apporter son aide.

Elle désirait plus que tout que leur famille fonctionne harmonieusement. Et elle se dépensait sans compter pour offrir à Tony les soins personnels dont il avait été privé durant les longs mois passés à l'orphelinat. Nicole était le pilier de la famille, Joe en était bien conscient. Sans elle, Tony et lui auraient été complètement perdus.

La paternité ne lui venait pas naturellement. Il avait accepté le principe d'une famille nombreuse quand il s'était marié. C'était le passage de la théorie à la pratique qui lui posait des problèmes. Dans les séries télévisées, les choses paraissaient d'une simplicité enfantine. Le père jouait au football, emmenait les enfants au cinéma, leur achetait de la barbe à papa dans les parcs d'attractions et des jouets pour Noël. Et tout le monde était heureux.

La réalité correspondait parfois à cette image d'Epinal. La veille au soir, Joe avait célébré la guérison de Tony en l'emmenant jouer au football dans le square voisin. Quand ils étaient rentrés pour le dîner, Nicole avait tout de suite remarqué l'air épanoui de son époux.

Joe se sentait effectivement heureux à ce moment-là. Il avait ébouriffé les cheveux de Tony, et lui avait dit qu'il était un fils formidable.

Mais le fils en question avait de toute évidence

besoin que son père lui servît également de guide et de conseiller. Et Joe n'avait pas la moindre idée de la façon dont il fallait s'y prendre. Devrait-il recourir à l'aide d'un psychologue pour enfants? S'agissait-il seulement d'une question de patience et d'attention? Et dans ce cas, où trouverait-il le temps et la liberté d'esprit nécessaires?

Il faudrait bien qu'il parvînt à trouver une solution. Sans doute lui suffisait-il de s'organiser. D'abord, la reprise en mains du *Herald*. Il aurait tout l'après-midi, puisque Nicole avait proposé d'aller chercher Tony à la sortie de l'école... Ensuite, les problèmes de la maison. Organiser des activités familiales pour le week-end. Appeler le plombier pour réparer l'évier de la buanderie dans la cave. S'arrêter à la banque pour déposer son chèque mensuel — chose qu'il aurait dû faire la semaine précédente, comme il l'avait compris en voyant Nicole vérifier le budget du ménage, la veille au soir. L'argent ne leur avait pas posé de problèmes jusqu'alors, mais ils étaient trois, maintenant.

— Joe, appela Abby depuis la pièce voisine, Marlène demande qu'on lui envoie un photographe. Et Mark voudrait une colonne de plus pour son article sur l'équipement des voitures.

Décidément, ils voulaient tous quelque chose! Tous, sauf Nicole qui l'accueillerait ce soir-là avec son calme habituel. Du seul fait de penser à elle, il se sentait déjà mieux...

Quatre heures plus tard, sa bonne humeur était toujours intacte. Et il continuait de penser à sa femme. Tout n'allait-il pas pour le mieux? L'état de son compte en banque correspondait exactement aux calculs de Nicole. Marlène avait eu sa photo. Et son éditorial achevé était à la composition.

Il eut le plaisir nostalgique de rentrer chez lui par le vieux chemin habituel sans faire de détour pour prendre Tony. Il contempla au passage l'épicerie fine à la façade en briques... l'agence immobilière où il avait signé l'achat de leur maison... le fleuriste d'où venait le bouquet qu'il avait offert à Nicole pour leur anniversaire de mariage.

Cédant à une impulsion, Joe s'arrêta devant la boutique à l'auvent traditionnel. Avec son jardin déjà planté, Nicole n'aurait plus besoin de fleurs jusqu'à la fin de l'été, mais Joe avait envie de lui faire une surprise et se plaisait à imaginer sa réaction joyeuse.

L'air embaumait encore plus que lors de sa dernière visite, mais c'était sans doute dû à la floraison du mois de mai. Deux garçons se poursuivaient près de la porte d'entrée, tandis que leur mère conversait avec la vendeuse. Il eut un élan de sympathie pour ces gamins qui, de toute évidence, se sentaient à l'étroit dans cette atmosphère de serre... tandis que leur mère évoluait avec la plus grande aisance dans cet univers de roses, de lavande et de tulipes.

Joe comprit brusquement pourquoi Nicole désirait tant une petite fille. Il ne pouvait pas faire grand-chose pour satisfaire ses vœux, sauf espérer une fille le jour où leur nom se trouverait en tête de la liste d'attente de l'agence d'adoption. Tout au fond de lui-même, il s'avouait qu'il n'était guère pressé de voir arriver ce moment. L'enfant qu'il avait déjà lui suffisait amplement. Il ne regretterait jamais d'avoir Tony, mais le rôle de père lui semblait écrasant. C'était moins une question de temps et d'argent que d'engagement émotionnel. Avec un enfant, il devenait beaucoup plus difficile de mettre une barrière entre soi et ses sentiments.

146

Mais tant qu'il tiendrait la situation bien en mains, il n'y aurait pas de problèmes.

— Que puis-je faire pour vous ?

C'était son tour d'être servi. La dame avait récupéré ses enfants et prenait le chemin de la sortie.

— Je voudrais des fleurs.

La vendeuse arbora son air le plus professionnel.

— Pour une hôtesse ? Ou votre épouse ? Et dans ce cas, s'agit-il de vous faire pardonner ? Ou d'une occasion particulière ?

— Non, rien de spécial. Je veux juste offrir des fleurs à Nicole... je veux dire, à ma femme.

La fleuriste lui dédia un sourire ravi.

— Mais c'est merveilleux ! J'ai exactement ce qu'il vous faut !

En quelques minutes, elle rassembla une profusion de fleurs rouges et blanches qu'il aurait été bien en peine de nommer, mais qui irradiaient la douceur et le charme.

— Et maintenant, si vous comptez les lui offrir vous-même, vous n'avez pas besoin de carte ?

— Non, non.

Il désirait seulement la voir sourire. Et il savait que ce bouquet aurait l'effet escompté.

— C'est parfait. Merci.

C'était la première fois qu'il lui achetait des fleurs sans raison. Il regagna sa voiture tout excité. Il imaginait le visage de Nicole... ses yeux qui s'agrandiraient tout à coup... elle lui dédierait un sourire jailli du fond du cœur...

Il adorait son sourire.

Il déposa le bouquet avec soin sur le siège du passager, et mit le contact. Le sang dansait dans ses veines. Il savourait les moments à venir, et le vent de la passion l'enivrait.

Il faillit éclater de rire tant sa joie était forte. Il exulta jusqu'à ce qu'une idée lui traversât brusquement l'esprit : ce n'était pas la première fois qu'il éprouvait des sensations pareilles.

Une vague déferlante d'appréhension noya son enthousiasme. Cette allégresse tenait du délire, il aurait dû s'en rendre compte immédiatement. Ne savait-il pas ce qui arrivait quand il perdait le contrôle de ses sentiments ? Sa vie partait à vau-l'eau...

Comme c'était arrivé dix ans plus tôt.

Quand il était tombé amoureux d'Helena.

7.

Jamais Nicole n'avait vu une telle abondance de cydonias écarlates et de narcisses à hampes jaillir d'un écrin de fougères.

— Des nicolines ! On en trouve si rarement ! Oh ! Joe, c'est magnifique !

Elle accepta le bouquet que lui tendait Joe avec un émoi émerveillé. Il devait avoir appris la bonne nouvelle, mais elle ne s'attendait pas qu'il réagît avec autant de somptuosité.

— Joe ! Comment as-tu su ?

Il haussa les épaules. Evitant son regard, il déposa son attaché-case sur la table de l'entrée.

— La vendeuse semblait sûre de ce qui te ferait plaisir. Et je voulais te remercier d'avoir... vérifié nos comptes.

— Nos comptes ? répéta-t-elle d'une voix incrédule.

Elle était déjà à la recherche d'un vase dans lequel disposer les fleurs. Le budget du ménage, même bien équilibré, n'expliquait pas un bouquet pareil.

— Oui, continua-t-il avec le sourire impersonnel dont il aurait pu gratifier le comptable du *Herald*, je te suis reconnaissant de tes efforts.

— Oh ! Ce n'était rien...

De toute évidence, il n'était pas au courant de la nouvelle qui aurait encore plus justifié ce cadeau de fête. Heureusement, Tony était toujours dans sa chambre.

— Joe, devine ce qui est arrivé aujourd'hui ?

Il la regarda enfin dans les yeux, et elle eut l'impression qu'il s'attendait à de mauvaises nouvelles. Elle aurait peut-être dû le joindre sur son portable, mais elle avait eu envie de le voir au moment de partager avec lui sa joie et son excitation.

— On nous a téléphoné ! annonça-t-elle.

— Oui ?

Elle avait espéré cet appel chaque fois que la sonnerie avait retenti, au cours des dix mois qui venaient de s'écouler. L'appel qui la transformerait en ce qu'elle désirait être par-dessus tout. L'appel qui leur donnerait enfin un bébé... un enfant dont elle pourrait s'occuper quasiment depuis sa naissance.

— Joe ! s'exclama-t-elle en guettant un signe d'intérêt sur son visage. Le moment est enfin arrivé... Nous avons un bébé !

Il continua à la fixer avec un regard vide. Comme si l'information n'avait pas vraiment pénétré son esprit. Elle devait avoir eu la même expression quand Rita, la conseillère psychologique de l'agence d'adoption, lui avait annoncé la nouvelle. L'émotion était trop forte.

Et il ne savait pas encore le plus merveilleux.

— C'est une fille ! poursuivit-elle en voyant une lueur apparaître dans le regard de Joe. J'aurais été ravie de toute façon, mais ils savent déjà, grâce aux ultrasons, qu'il s'agit d'une fille.

— Ah oui ?

Il semblait encore tout étourdi.

— Elle doit naître dans deux semaines à peu près.

Ces deux semaines, qui leur donneraient tout juste le temps de préparer la chambre d'enfant, paraissaient déjà à Nicole une éternité.

— Rita dit que le couple qui passait avant nous s'est désisté parce que la femme attend elle-même un enfant. Et notre tour est venu. Oh, Joe! Notre fille!

— Vraiment? Notre tour est venu?

— Normalement, ils préviennent beaucoup plus longtemps à l'avance. Mais je lui ai dit que nous aurions été prêts à la recevoir dans l'heure! D'ailleurs, nous avons déjà rempli la majeure partie des formalités requises.

— Ah? Bien...

Il avait l'air beaucoup plus secoué qu'heureux de la nouvelle. A moins que le bouleversement ne l'empêchât d'exprimer ses émotions...

— Tu veux toujours un enfant, n'est-ce pas?

Joe parut indécis, fit jouer ses jointures un moment, et se jeta enfin à l'eau.

— Bien sûr! C'est juste l'effet de surprise... Que devons-nous faire?

— Rita veut nous voir pour mettre au point les derniers détails. Mardi, à n'importe quelle heure.

— Mardi, c'est entendu, dit-il avec un regard lointain. Choisis l'heure, et je m'arrangerai.

Elle n'avait jamais imaginé qu'il pût se montrer aussi apathique. Dès que Rita s'était adressée à elle, elle avait ressenti une paisible certitude. Ce n'était visiblement pas le cas de Joe, et dans ces conditions, il avait raison de ne pas nourrir de trop grands espoirs.

Il ne croirait vraiment à leur bonheur que lorsqu'il aurait leur fille dans les bras.

Elle se rapprocha de lui pour lui communiquer sa foi, l'étreignit et posa la tête sur son épaule.

— Tu verras, Joe. Dans deux semaines, dès que notre fille sera à la maison, tout ira bien.

Il allait leur falloir patienter un peu plus de deux semaines. Le bébé passerait ses premiers jours dans un foyer d'accueil. Il fallait donner à la mère biologique le temps de la réflexion avant qu'elle ne signât les papiers nécessaires, sans compter toutes les autres formalités administratives. Le processus prendrait vraisemblablement un mois ou deux.

— Nous comprenons, dit Joe à la conseillère psychologique.

Rita Kroeger, une petite blonde aussi menue qu'énergique, semblait un modèle de compétence.

— Nous ne bougerons pas durant cette période, ajouta-t-il, et vous pourrez nous joindre chaque fois que ce sera nécessaire.

Nicole lui jeta un rapide coup d'œil. Joe couvrait souvent des événements d'actualité aux quatre coins de l'Etat. Elle était heureuse qu'il eût décidé de ne pas sacrifier le rêve le plus cher de son épouse à un article que quelqu'un d'autre pourrait écrire à sa place.

Rita referma son dossier, indiquant ainsi que les explications d'ordre légal étaient achevées.

— Et maintenant, j'ai encore quelques questions à vous poser. La chambre du bébé est prête ?

— Pas encore, répondit Nicole avec enthousiasme, mais j'ai déjà commandé tout le nécessaire, et la livraison aura lieu la semaine prochaine. Je prévois de poser le papier mural dès ce week-end. Nous ne voulions pas le choisir avant de savoir si nous aurions un garçon ou une fille.

Joe avait cru qu'un berceau et un siège de voiture

suffiraient, mais si Nicole voulait décorer de neuf la chambre du bébé, il ferait en sorte qu'elle obtînt ce dont elle avait envie. Des fleurs roses, des petits lapins roses, des flamands roses... ce qui lui ferait le plus plaisir.

— Et vous êtes heureux l'un et l'autre d'avoir une fille ?

— Oh, oui !

Il n'y avait pas à se méprendre sur le bonheur éclatant de Nicole.

— J'ai toujours voulu une fille. Et nous avons déjà un fils.

Un fils qui, à en croire le psychologue de l'école, avait encore beaucoup de chemin à faire sur la voie de l'adaptation. Mais Joe se garderait bien de mentionner quoi que ce fût devant Rita, d'autant plus qu'il s'était rendu seul au rendez-vous pris avec Mme O'Donoghue, et n'avait rien dit à Nicole.

Rien ne devait ternir sa joie.

— C'est exact, dit Rita. Son dossier se trouve dans un service différent, spécialisé dans les adoptions internationales.

— D'ailleurs, on nous a assuré plusieurs fois que la présence de Tony ne ferait aucune différence, dans le cas qui nous occupe.

— Oui, car il s'agit techniquement d'une formalité d'immigration. Et comment votre fils a-t-il réagi à la perspective d'avoir une petite sœur ?

Joe décida d'intervenir dans la discussion, avant de donner à Rita l'impression de se désintéresser de l'affaire.

— Je ne crois pas qu'il ait encore mesuré ce que cela signifie. Toute la famille est un peu sous le choc...

— Mais Tony sera un grand frère merveilleux, se

hâta d'ajouter Nicole. Quand ma petite nièce est venue chez nous, il a été adorable avec elle.

Adorable? En cachant dans le jardin des œufs impossibles à dénicher? Joe remua sur son siège et s'efforça d'imaginer Tony en train d'admirer un bébé.

— Bien sûr, poursuivit Nicole, nous ferons l'impossible pour qu'il se sente inclus dans toutes les activités familiales. Tony va recevoir son premier costume à l'occasion de sa communion, et je pense déjà aux photos que nous prendrons de tous les deux, le jour du baptême.

Joe était stupéfait. Nicole avait l'étoffe nécessaire pour diriger une salle de rédaction! Elle pensait à tous les détails. Il comprenait maintenant pourquoi elle entendait se consacrer à plein temps à son rôle de mère de famille. A voir l'efficacité avec laquelle elle s'était attelée au recrutement de son successeur à l'école, il n'aurait pas dû être surpris qu'elle ait songé à un portrait de famille.

— Et, si nous obtenons la permission de son institutrice, il nous accompagnera quand nous irons chercher le bébé. Il pourrait apporter des gâteaux pour fêter l'événement. Vous savez? Comme les hommes qui débouchent une bouteille de champagne et passent des cigares à la ronde...

— Bonne idée, dit Rita qui se tourna ensuite vers Joe. Vous avez fait provision de champagne?

— Euh... Non.

L'attitude de Rita Kroeger était empreinte de cordialité, et pourtant, sans qu'il sût pourquoi, la conversation rendait Joe nerveux. Sans doute parce que, cette fois-ci, leurs efforts étaient sur le point de se concrétiser. La psychologue lui adressa un sourire empreint de compassion.

154

— J'ai l'impression que vous êtes un peu débordé par les événements.

« Débordé » était le mot juste, mais il n'allait certainement pas l'admettre.

— Oh, il n'y a pas de problème..., se hâta-t-il de répondre.

Il devait avoir répondu trop vite, car Rita le considéra un instant avec un air pensif.

— Si vous aviez le moindre doute concernant l'accueil de ce bébé dans votre famille, de quoi s'agirait-il ?

Attention ! se dit Joe mentalement. C'est une question piège.

— Je n'ai pas le moindre doute, répondit-il en espérant que sa voix dégageait sérénité et confiance en soi. Je pense que c'est merveilleux.

Rita n'était apparemment pas satisfaite, car elle continua à l'interroger du regard.

— Merveilleux, répéta-t-il en se tournant vers Nicole qui, elle du moins, avait l'air de le croire.

Rita reporta alors son attention sur Nicole.

— Et vous ?

— Est-ce que j'ai le moindre doute ?

Nicole semblait abasourdie par une telle question.

— Non, bien sûr ! Je sais que tout ne sera pas toujours parfait. Mais avoir enfin un bébé !

Sa voix évoquait toute la magie d'un rêve qui se réalisait.

— Je meurs d'impatience de la tenir dans mes bras.

— C'est comme moi, renchérit Joe. La tenir dans mes bras et... Et le reste aussi. Ce sera merveilleux.

Il aurait dû se taire, parce que la conseillère l'observait de nouveau.

— Et vous êtes sûr que la période est favorable ?

— Oh oui ! Oui... Absolument !

Il bafouillait et se répétait au point d'en être embarrassé. On aurait dit qu'il avait quelque chose à cacher, ce qui n'était bien sûr pas le cas. Il n'y avait sans doute pas de moment idéal pour accueillir un nouvel enfant. De toute façon, il ferait en sorte que la transition se passât le mieux du monde.

— Enfin ! dit-il. La rapidité du processus m'a surpris, c'est vrai, mais nous désirons vraiment ce bébé.

Nicole poussa un doux soupir qui répondait mieux que n'importe quelle phrase à la question de la conseillère.

— Nous la ramènerions chez nous sur l'heure, si seulement c'était possible !

Rita leur sourit à tous deux et se leva, signifiant ainsi que l'entretien était terminé.

— Eh bien, il nous faut encore examiner l'ensemble du dossier, mais nous vous téléphonerons dans la semaine.

Nicole et Joe s'étaient levés eux aussi.

— C'est merveilleux, dit Nicole.

Joe se pencha pour serrer la main de Rita.

— Merci mille fois.

— Vous avez nos numéros de téléphone à la maison et au bureau, n'est-ce pas ? demanda Nicole en ramassant son sac. Vous pouvez nous appeler n'importe quand. Même à 3 heures du matin !

— Nous respectons les horaires de bureau, dit la psychologue. Mais nous reprendrons contact très bientôt, et j'espère que ce sera avec de bonnes nouvelles.

Joe ressentit un immense soulagement. Il devait s'être bien comporté, car Rita Kroeger ne semblait plus avoir de doutes en ce qui concernait la vocation parentale des O'Connor.

Nicole luttait contre une nausée envahissante. Elle aurait dû prêter davantage attention aux dernières paroles de Rita, car celle-ci avait bel et bien essayé de les prévenir que les nouvelles risquaient de ne pas être bonnes.

Mais comment pressentir un pareil coup du sort?

Un signal strident la fit sursauter tout en lui indiquant qu'elle n'avait toujours pas remis le récepteur en place. Elle devait être restée là, pétrifiée, depuis que la conseillère psychologique lui avait dit au revoir. Une minute plus tôt. Une heure? Une vie?

Une vie entière, à en juger par la lassitude immense qui l'immobilisait. Mais il s'agissait certainement d'un malentendu. Nicole remit le téléphone en place d'une main tremblante. Elle était encore en état de choc, comme cela lui était arrivé quand son frère lui avait appris la mort subite de leur mère. Elle ressentait le même hébétement, la même incrédulité, la même certitude que quelqu'un, quelque part, avait dû faire une erreur.

Ce n'était pas possible.

L'institutrice de Tony avait organisé une sortie éducative. Ils ne seraient pas rentrés avant 7 heures du soir, mais Joe n'avait pas d'enquête importante en cours. Il serait là d'une minute à l'autre. Rita avait programmé son appel avec soin, en espérant les trouver tous les deux à la maison.

Nicole avait réussi à obtenir d'elle la nouvelle sans attendre le retour de son mari, ce qu'elle regrettait maintenant amèrement. Joe aurait peut-être posé les questions qu'il fallait. Il aurait fait le nécessaire pour convaincre la psychologue que le bébé ne pouvait avoir de meilleurs parents qu'eux.

Parce que cette décision n'avait pas le sens commun.

Elle se raccrochait à cette idée-là de toutes ses forces, et faisait maintenant les cent pas, tout en luttant contre le vertige et en guettant le bruit du moteur de la voiture de Joe. Il ne pouvait s'agir que d'un malentendu. Rita avait consulté le mauvais dossier, ou composé le mauvais numéro de téléphone. Ou bien Nicole avait tout simplement fait un cauchemar...

Ce n'était pas possible.

« Mais tu croyais exactement la même chose, quand Paul a téléphoné au sujet de maman », se dit-elle.

Et quand le docteur Larsen avait suggéré pour la première fois qu'ils consultent un spécialiste de la stérilité.

Il fallait qu'elle fasse quelque chose, comme par exemple charger la machine à laver le linge, préparer le dîner, élaguer ses rosiers, n'importe quoi pour conjurer cette tension nerveuse abominable. Mais elle ne parvenait pas à s'arracher à son va-et-vient entre le téléphone et la fenêtre. Le téléphone sur la table. La fenêtre. Le téléphone.

Il fallait que ce soit un malentendu!

Rita ne parlait pas sérieusement. Elle devait avoir consulté les documents de quelqu'un d'autre. Les lignes téléphoniques ne fonctionnaient pas.

La table. La table n'était pas mise pour le dîner. Un dîner qu'elle n'avait pas commencé à préparer. La fenêtre. La voiture de Joe n'apparaissait pas à l'horizon. Le téléphone. Auquel elle n'aurait jamais dû répondre. La table.

Ce n'était pas possible.

Mais c'était ce qu'elle avait pensé aussi à la mort de sa mère.

La fenêtre. Le téléphone. La table. La fenêtre... et Joe apparaissait enfin. Sa vue n'avait pas l'effet rassurant qu'elle espérait, mais il semblait dans son état habituel. Donc Rita ne l'avait pas appelé.

Ce qui signifiait qu'il y avait peut-être — sûrement — de l'espoir.

Elle ne pouvait pas s'arrêter de marcher de long en large. Pas même pour aller attendre Joe à la porte du garage. Si elle s'arrêtait, elle risquait de tomber ou de se pétrifier sur place, ou de se briser en mille morceaux, ou de s'évanouir. C'était un malentendu, mais elle devait continuait à faire les cent pas, à nier l'évidence, à conserver l'espoir.

— Nicky? Que se passe-t-il?

Le son de la voix de Joe lui parvint à travers un épais brouillard. Il n'était pas en proie à la panique, comme il l'aurait sûrement été si le monde venait de s'effondrer sous ses pieds. Juste curieux et soucieux de son bien-être. Il n'avait pas parlé à Rita. Et s'il n'était au courant de rien, alors la conseillère avait fait une erreur.

Des dossiers dérangés, ça existait partout.

Elle serra convulsivement les bras contre sa poitrine.

— J'ai reçu un appel de Rita. C'était un malentendu. Un simple malentendu...

Joe la regarda d'une façon bizarre, comme s'il ne l'avait pas bien comprise. Elle devait avoir bredouillé. Il fallait qu'elle parle plus clairement, si elle voulait se faire entendre dans le brouillard dense qui les enveloppait.

— La conseillère a dit qu'ils avaient décidé de ne pas placer le bébé chez nous, parce qu'ils ne pensaient pas que nous soyons prêts à l'accueillir.

Elle avait enfin réussi à s'immobiliser, et Joe devait

avoir compris son message parce qu'il semblait lui aussi assommé par la nouvelle.

— Oh, mon Dieu !

Ce n'était pas la bonne réaction. Il était censé écarter le message lui-même d'un haussement d'épaules. Un simple malentendu. Rien dont il faille s'inquiéter. Une erreur dans le classement de la documentation.

— Mais je crois qu'elle lisait le dossier d'un autre couple. Je crois qu'il s'agit d'un quiproquo.

— Elle pense que nous ne sommes pas prêts à accueillir un bébé ?

C'était bien ce qu'avait dit Rita, quoique ça n'eût pas le sens commun.

— Elle lisait le dossier de quelqu'un d'autre, c'est tout !

Le désespoir de Nicole effraya Joe, qui traversa la pièce pour se rapprocher d'elle.

— Qu'a-t-elle dit exactement ?

Si Joe était effrayé, alors la nausée qu'elle ressentait était justifiée. Mais ce n'était pas possible. Si elle pouvait répéter leur conversation, Joe verrait bien qu'il s'agissait d'une erreur.

— Le bébé... Ils ne veulent pas nous donner le bébé.

Il fallut à Joe plusieurs secondes pour réagir.

— Ils ne peuvent pas faire une chose pareille !

— Non, bien sûr, dit-elle quoiqu'elle sût parfaitement qu'ils étaient en droit de refuser un enfant à n'importe qui. Certainement pas !

Mais quand Joe reprit la parole, elle comprit qu'il avait déjà accepté la terrible vérité.

— Ils le peuvent, déclara-t-il. Mais est-ce vraiment ce qu'elle a dit ? Que nous n'étions pas prêts ?

Nicole ferma les yeux. La conversation sonnait encore trop clairement à ses oreilles.

— Elle a dit qu'elle était désolée, qu'elle détestait son rôle de messagère de mauvaises nouvelles, et qu'elle espérait que nous comprendrions...

Joe réagit avec vigueur, mais ça ne suffisait pas aux yeux de Nicole. C'était de la rage qu'il aurait dû ressentir.

— Comprendre ? Elle veut que nous comprenions ?

Ce qui avait été le plus blessant pour Nicole, ce qu'elle n'arrivait pas à imaginer ni à accepter, c'était l'idée que quelqu'un pût aimer cette enfant plus et mieux qu'elle.

— Elle a dit aussi que... qu'ils devaient faire ce qui convenait le mieux pour le bébé. Evidemment ! Je le sais ! Mais...

Si Rita avait raison, si les dossiers n'avaient pas été désorganisés, quelqu'un croyait honnêtement que leur fille serait plus heureuse avec d'autres parents. Et la douleur était incroyable, insupportable, intolérable...

— Joe...

— Ils pensent vraiment que nous ne sommes pas prêts, répéta-t-il, de plus en plus bouleversé.

— Comment pourrions-nous ne pas être prêts ?

Le berceau attendait d'être monté, le papier mural allait être livré... mais Rita n'avait pas parlé des détails pratiques, Nicole le savait. Elle parlait d'émotions, et ça n'avait pas davantage le sens commun.

— Nous attendons depuis une éternité.

Joe se rapprocha soudain du téléphone avec une sombre détermination.

— Je vais l'appeler.

Nicole luttait contre la nausée qui lui montait à la gorge.

— C'est inutile. Les bureaux sont fermés.

Joe jeta un coup d'œil outragé à l'horloge murale.

— Déjà ! Quand t'a-t-elle jointe ?

— Il y a une heure... deux heures... Je ne sais plus !

Il mesura alors l'étendue de son désespoir et fit demi-tour pour la serrer contre son cœur.

— Nicole... Oh ! Nicole...

Il lui caressait tendrement les cheveux, et tâchait de lui offrir tout le réconfort dont il était capable.

— J'espère encore qu'il s'agit d'un malentendu.

— Oui, moi aussi... Je voudrais tant que ce soit le cas.

Il fallut un moment à Nicole pour poser la question fatale, mais si la réponse était celle qu'elle redoutait, elle ne voulait l'entendre qu'à l'abri des bras de Joe.

— Tu... tu ne crois pas à une erreur ?

Il ne répondit pas tout de suite, mais quand il le fit, ce fut d'une voix empreinte de compassion.

— Non, Nicole. Je ne pense pas que nous aurons ce bébé.

Elle l'avait su au fond d'elle-même depuis l'appel de Rita, mais entendre la phrase fatidique de la bouche de Joe la remplit d'un chagrin sans limites. Si même son mari était convaincu, elle n'avait plus de recours.

Et pourtant, l'explication navrée de la psychologue n'avait toujours pas le sens commun. Nicole se redressa. Il fallait qu'elle fasse quelque chose. Elle n'avait même pas commencé à préparer le repas, et Tony n'allait pas tarder à rentrer. Mme O'Donoghue avait promis qu'un accompagnateur le ramènerait à temps pour le dîner.

— Je ne comprends pas ce qui s'est passé. Nous ne pourrions pas être davantage prêts ! dit-elle en sortant des côtelettes d'agneau du réfrigérateur avec des gestes mécaniques.

— Nous pourrions peut-être établir nos finances sur

une base plus solide, suggéra Joe en ouvrant la porte du placard à vaisselle. Et Tony pourrait faire des progrès à l'école.

Il parlait le langage de la raison, mais elle ressentit un curieux malaise. On aurait dit qu'il comprenait ce que Rita avait voulu dire.

— Alors, tu penses que nous ne sommes pas prêts?

Les assiettes à la main, Joe resta muet.

Un choc affreux pétrifia Nicole sur place.

— Tu ne crois pas que nous puissions nous occuper d'un bébé?

— Mais si, répondit-il sans la regarder. Je voulais dire simplement que...

Son propre mari était d'accord avec l'agence d'adoption! Il avait accepté ses projets de décoration murale et de portraits de famille. Il l'avait écoutée se réjouir à l'avance des joies sans fin de la petite enfance. Mais pendant ce temps-là, il n'avait cessé de nourrir des doutes. Ce qu'elle avait pris aveuglément pour une crainte superstitieuse était en fait l'expression d'une attitude beaucoup plus ambivalente.

Joe affichait soudain un air de détresse qui confirma ses pires soupçons.

— Nicole..., dit-il d'une voix implorante.

Elle recula brusquement quand il voulut se rapprocher d'elle.

— Ne me touche pas!

Elle ne reconnut pas sa propre voix, et Joe s'immobilisa de stupeur.

— Nicole, écoute-moi.

Elle luttait contre les sanglots qui lui montaient à la gorge.

— C'est à cause de toi que nous n'avons pas été acceptés!

163

Le visage de Joe perdit toute couleur, à l'exception de la cicatrice saillante à la racine de ses cheveux.

— J'ai fait tout ce qu'il fallait, protesta-t-il.

En ce qui concernait les formalités administratives, les rendez-vous multiples et les phrases toutes faites, oui, sans nul doute. Mais plus elle y réfléchissait, plus elle était sûre que ses réticences profondes avaient percé sous la façade de bonne volonté apparente.

— Ils ne se fondent pas sur ce que tu fais, Joe, ni même sur ce que tu dis. Ce qui les intéresse, ce sont tes sentiments !

Il ferma les yeux un instant, et quand il les rouvrit, elle lut dans son regard un mélange accablant de chagrin et de culpabilité.

— Et tu ne désires pas vraiment un enfant ! acheva-t-elle.

Elle n'avait jamais eu aussi mal. Ni lors de la mort de sa mère, ni lorsque le médecin avait parlé d'infertilité, ni même quand Rita lui avait annoncé que l'agence d'adoption venait de les rejeter. Joe ne voulait pas de bébé, et rien au monde ne pouvait lui infliger une douleur plus vive.

— Je désire que tu aies un bébé ! protesta-t-il une nouvelle fois.

— Mais ce n'est pas comme si tu en voulais un toi-même !

Et pourtant elle aurait juré, au tout début de leur mariage, qu'il souhaitait vraiment avoir des enfants.

Une voiture s'arrêta devant la maison, et on entendit la voix de Tony qui disait au revoir à son accompagnateur. Alors l'angoisse de la vérité broya le cœur de Nicole.

— Tu n'as pas besoin d'un bébé, n'est-ce pas ? Puisque tu as déjà un fils !

Joe jeta un coup d'œil par la fenêtre, puis se retourna vers elle avec un air de désespoir.

— Il est ton fils aussi.

Oh, elle comprenait tout, maintenant...

— Il est le fils d'Helena, lança-t-elle, c'est tout ce qui compte pour toi !

Pendant qu'elle rêvait d'une famille qui les souderait, Joe était pleinement satisfait avec le fils de son premier amour.

— Et c'est tout ce qui a jamais compté à tes yeux, Joe !

Il lui fallait s'en aller avant de s'effondrer tout à fait. Elle sortit de la pièce en courant, évitant au passage Tony qui venait d'entrer et regardait la scène avec stupéfaction et perplexité.

Il fallait qu'elle disparaisse. Quelque part. N'importe où. Son manteau était resté accroché à la patère. Le fourneau était allumé. Mais tout cela n'avait aucune importance. Son corps était secoué de sanglots. Elle avait du mal à manœuvrer ses propres jambes. Mais cela non plus n'avait aucune importance. Il fallait qu'elle s'éloigne de l'homme qui ne s'intéressait qu'au fils d'Helena, et ne comprendrait jamais son rêve d'une famille partagée.

« Je suis heureux, avait-il dit la semaine précédente. J'ai un fils fantastique. »

Elle entendit Joe qui l'appelait, et traversa au pas de course le jardin de leurs voisins. Elle n'avait pas besoin d'en savoir davantage. Joe cria de nouveau son nom. Mais elle était déjà hors de sa vue.

Elle s'enfonça dans la double haie qui bordait leur avenue. Il lui suffisait maintenant de continuer à avancer. Pleurer ne ralentissait pas sa marche. Elle avançait entre les deux rangées de buissons sans même s'apercevoir qu'ils lui égratignaient le visage et les mains. Les voisins ne risquaient pas de la voir et de la héler. D'ailleurs, à cette heure-ci, chacun était chez soi pour le dîner. Quant à la fraîcheur du crépuscule, elle était hors d'état de le sentir. Un blizzard ne l'aurait pas arrêtée.

La seule chose qui comptait, c'était de s'éloigner de Joe et de Tony. Elle n'avait rien à leur dire, ni à l'un ni à l'autre. Le père et le fils se complétaient si bien qu'un nouveau bébé n'aurait été à leurs yeux qu'une immense perte de temps et d'énergie.

Ils n'avaient besoin de personne d'autre dans leur famille parce qu'ils avaient déjà Helena.

Laquelle ne perdrait jamais sa place dans le cœur de Joe.

Nicole ferait bien de s'en persuader une fois pour toutes, maintenant qu'elle s'était résolue à regarder la vérité en face. Joe répéterait sans doute que le passé était le passé, qu'Helena était morte, et que par conséquent Nicole n'avait aucune raison de se montrer jalouse. Mais la vérité criait plus fort que ses dénégations. Il ne cesserait jamais d'aimer Helena.

Il ne voudrait jamais d'autre enfant que celui d'Helena.

Ce qui signifiait que Nicole n'avait plus rien à espérer.

Elle émergea de la haie épineuse. La rue était déserte. Elle avait passé des années dans l'attente, à rêver de l'enfant qui les rendrait heureux. En pure perte. Rien de ce qu'elle pourrait dire, faire, ou souhaiter ne changerait le cœur de Joe O'Connor. Il ne l'aimerait jamais.

Un chien se mit à aboyer avec insistance de l'autre côté de la rue. Serrant les bras sur sa poitrine, elle

166

accéléra le pas et bifurqua dans la rue des Lauriers. Elle aurait pu arpenter le voisinage durant toute la nuit, ou bien se diriger vers le centre-ville, ou encore retourner au bureau qui restait le sien jusqu'à l'entrée en fonctions de son successeur. Mais à un moment ou à un autre, il faudrait bien qu'elle rentre chez elle...

Ce à quoi elle refusait de penser pour l'instant.

Elle emprunta l'avenue du Lac. Elle longea des maisons éclairées qui abritaient des familles qui voulaient vivre comme telles, avec des maris qui désiraient des enfants de leurs épouses, avec des mères qui endormaient leurs enfants tous les soirs en les berçant doucement, en ne s'apercevant même pas qu'un véritable miracle s'était produit sous leur toit.

Son visage la brûlait, probablement à cause des larmes salées qui s'infiltraient dans les égratignures laissées par les branchages épineux. Les portes étaient fermées, les volets clos. Nul passant ne remontait l'avenue, fort heureusement. Quiconque l'aurait vue dans cet état-là lui aurait infligé sa pitié, et elle ne se sentait pas en mesure de supporter la sympathie des gens attentionnés.

Elle vit des voitures s'arrêter, et des gens rentrant hâtivement chez eux pour le dîner, mais nul ne la remarqua. Elle évita la rue principale, trop passante, et emprunta les avenues résidentielles qui ne manquaient pas à Oakville. Les trottoirs étaient larges, et l'éclairage municipal propice à la sécurité des promeneurs attardés. Le soleil disparut à l'horizon. Le crépuscule fit place à la nuit.

Le souffle commençait à lui manquer. Elle ralentissait le pas sans le vouloir, mais elle n'était pas encore prête à rentrer chez elle. Ses mollets la faisaient souffrir, mais elle ne se souciait pas de cette douleur-là. La nausée qui la poursuivait depuis sa conversation avec Rita semblait s'être apaisée, ce qui ne signifiait pas qu'elle se sentait en mesure d'avaler le moindre repas. Tout ce qu'elle voulait, c'était...

Elle ne savait pas ce qu'elle voulait. Un répit, peut-être. L'oubli. Se perdre dans les arômes d'un jardin de roses, ou la musique des grandes orgues... Mais ce n'était pas possible à une heure pareille. Nicole s'efforça de ralentir le rythme de sa respiration.

Joe O'Connor ne l'aimerait jamais, il fallait qu'elle accepte cette réalité. Elle s'était trompée en imaginant qu'un enfant donnerait à leur couple la touche de magie qui lui manquait. Il l'avait prévenue, depuis le début : il ne pouvait lui donner l'amour qu'elle méritait — et elle avait eu le tort de ne pas prendre sa déclaration au pied de la lettre.

Maintenant qu'elle acceptait l'évidence, il fallait qu'elle s'adapte à la réalité, qu'elle cesse de croire à l'impossible.

Si elle avait possédé le caractère de sa sœur Jacqueline, ou de l'une des journalistes du *Herald*, elle se serait mise, en ce moment, à planifier son existence sans Joe. Mais abandonner sur un coup de tête un homme qu'elle avait promis d'aimer et de chérir jusqu'à ce que la mort les sépare, cela ne lui ressemblait pas. Il existait des tas de femmes capables de divorcer, et finalement ces femmes-là étaient peut-être plus avisées qu'elle. Elle ne prétendait pas que toutes celles qui quittaient leurs maris faisaient le mauvais choix. Mais ce n'était pas une raison pour imiter leur exemple. Elle n'avait aucun grief envers Joe, qui avait eu l'honnêteté de la prévenir avant même leur mariage. Il lui avait donné l'opportunité de le quitter avant qu'ils n'eussent échangé leurs vœux, et elle avait choisi en toute connaissance de cause de passer avec lui le reste de son existence.

Elle avait pris cet engagement devant Dieu et la communauté qui l'avait vue grandir, et elle ne renierait pas sa parole.

Mais si elle voulait préserver quelques parcelles de bonheur, elle devrait renoncer à ses rêves irréalistes, et accepter de bon cœur ce que Joe pouvait lui donner. Le plaisir des sens. Du respect. De l'affection. Les signes apparents d'une vie partagée. Une sortie au restaurant de temps à autre, un cavalier pour l'accompagner aux barbecues des voisins, et une aide musclée pour mettre en place les doubles vitrages bien utiles durant les rudes hivers du Minnesota.

Ce qui n'était pas si mal, vu de l'extérieur. Elle avait tout ce qu'une épouse pouvait désirer. Quelqu'un à chérir et choyer, à qui elle pût recourir si elle avait des problèmes avec la compagnie d'électricité, ou si sa voiture refusait de démarrer. Un être loyal, prêt à la soutenir en cas de besoin.

Ce n'était pas ce qu'elle avait espéré de son mariage, mais il y avait sur terre des milliers, et peut-être même des millions d'épouses qui n'auraient été que trop satisfaites d'un sort semblable au sien.

Nicole rebroussa chemin en se jurant de se concentrer désormais sur ce qu'elle avait, et de faire abstraction de ce qu'elle n'avait pas. Elle prit la ferme résolution de dépendre désormais d'elle seule, au lieu de chercher dans l'amour d'un mari la clé de son propre épanouissement.

Elle devait avoir pleuré toutes les larmes de son corps, car cette résolution ne lui arracha pas le plus petit sanglot. Quelques heures plus tôt, elle aurait été anéantie, mais à présent elle avait atteint un état de vide qui lui procurait un calme étonnant.

Quand elle arriva chez elle, elle avait un point de côté à force de marcher, mais elle se sentait étrangement détachée de tout. Joe lançait des ordres au téléphone d'une voix hachée par l'émotion. En le voyant aussi bouleversé, elle ne ressentit pourtant envers lui qu'une vague sympathie.

— Ce n'est plus la peine, elle vient de rentrer, dit-il dans l'appareil.

Il raccrocha sans cesser de la regarder, et s'avança vers elle avec lenteur, comme s'il craignait de la voir s'enfuir de nouveau.

— Nicole ! Mon Dieu, je me suis fait un tel souci...

Il devait avoir donné à Tony quelque chose à dîner, car la cuisine était tout en désordre.

— Je suis simplement allée me promener, dit-elle, un peu surprise par le ton détaché et lointain qui était le sien. Il n'y avait pas de quoi s'inquiéter.

Joe la fixa un long moment.

— Tu es sûre ?

Pourquoi semblait-il si bouleversé ? N'importe qui aurait juré, en le voyant à cet instant, que cet homme était fou amoureux de son épouse. Quelle erreur ! Elle ferma la porte derrière elle et vint s'asseoir.

— Tu sais ce que j'ai compris ? C'est que pendant ces quatre dernières années, j'ai attendu quelque chose qui ne se produira jamais. Alors j'ai décidé d'arrêter de me taper la tête contre les murs.

Elle ressentait une liberté étrange. Elle ne s'accrochait plus à de vains espoirs. Elle ne s'accrochait plus à rien, et c'était sans doute la raison de cette impression de flottement bizarre.

Joe s'accroupit près de son siège et la regarda droit dans les yeux.

— Je te promets que nous aurons un autre bébé, déclara-t-il.

— Tu ne veux pas de bébé, lui rappela-t-elle comme s'il pouvait avoir oublié une vérité aussi fondamentale. Tu as déjà le fils d'Helena, et c'est ce qui compte vraiment à tes yeux.

Il secoua la tête et lui enserra les mains entre les siennes.

— Nicole, je tiens à toi.

La douleur qu'elle croyait disparue la tenailla de nouveau. Il tenait sans doute à elle, mais cela ne suffisait pas.

— Je sais, reconnut-elle, le cœur affreusement lourd. Tu te souviens toujours de la date de mon anniversaire. Tu ajustes les doubles vitrages avant l'hiver, et tu n'oublies jamais de me complimenter quand je fais un effort de toilette.

Quand elle se rendit compte que sa gorge se serrait, elle retira ses mains et se leva. Elle se rapprochait dangereusement du domaine des sentiments.

— Ce n'est pas ce à quoi j'aspire, mais j'ai enfin compris ce soir que je ne pouvais pas obtenir tout ce que je désirais.

— Mais si ! Nous nous adresserons à un autre centre d'adoption, n'importe où ! Et si ça ne marche pas dans le Minnesota, nous irons dans un Etat voisin, le Wisconsin ou le Dakota du Nord !

Il s'exprimait avec la détermination qu'elle admirait toujours chez lui, mais cela ne faisait plus aucune différence aux yeux de Nicole. Puisqu'il n'y avait ni secours à attendre ni espoir à nourrir, mieux valait maintenant prendre un peu de repos.

— Je suis fatiguée. Je monte me coucher.

— Nicole, attends !

Il tendit la main vers son visage meurtri.

— Laisse-moi au moins...

Quoi donc ? Sortir la trousse à pharmacie ?

— Non, dit-elle en détournant la tête, ne te dérange pas, Joe. Je te remercie, mais il n'y a rien que tu puisses faire pour moi.

8.

Joe se torturait l'esprit : que pouvait-il donc faire pour Nicole ?

Elle continuait à souffrir, il le savait, et il ne comprenait pas comment elle réussissait à poursuivre ses activités coutumières, comme si tout allait pour le mieux dans le meilleur des mondes. Elle s'était comportée, durant toute la matinée, comme s'il s'était agi d'un samedi ordinaire. Elle avait fait des gaufres pour le petit déjeuner. Elle avait changé les draps comme elle le faisait chaque week-end. Puis elle s'était mise à étudier la partition qu'elle devait jouer le lendemain, durant le service religieux.

Mais Joe sentait bien que le cœur n'y était pas. Ses gestes étaient saccadés, vides de signification. Son sourire avait disparu. Elle prétendait qu'elle allait bien, mais même un étranger aurait compris qu'elle était plongée dans l'affliction.

Tony lui ayant posé une question sur sa disparition soudaine, elle avait répondu, avec un calme imperturbable, qu'elle avait parfois besoin d'exercice, qu'elle était sortie se promener et qu'elle avait perdu de vue l'heure. Joe fut soulagé de voir que son fils n'insistait pas. Il lui avait expliqué, la veille, que la famille, en fin de compte, n'adopterait pas de bébé. L'explication devait avoir suffi à Tony.

Et Joe se savait entièrement responsable de la situation. C'était son manque d'enthousiasme qui, en dépit de tous ses efforts pour le dissimuler, avait ruiné les espérances les plus ardentes de son épouse.

Tony était en ce moment vautré devant la télévision, comme n'importe quel gamin captivé par les dessins animés du samedi matin, tandis que Nicole chargeait le lave-vaisselle avec des gestes mécaniques.

Ne sachant que dire, Joe décida de montrer au moins sa bonne volonté. Il ramassa les verres de jus de fruits qui restaient sur la table et les porta vers la machine.

— Ecoute, Nicole... Je voudrais tant t'aider à te remettre...

Elle eut un sourire pincé et continua à nettoyer le presse-citron.

— C'est mon problème. Pas le tien.

Depuis quand l'un d'entre eux avait-il un problème et refusait d'accepter l'aide de l'autre ? songea Joe.

— Ce n'est pas ainsi que je conçois les choses entre nous, protesta Joe. Rien ne t'oblige à porter ce fardeau toute seule.

Nicole hésita, puis se mit à passer l'éponge sur la table. Joe avait l'impression étrange qu'elle se trouvait à des kilomètres de lui, dans un monde hors de sa portée. Comme si elle croyait de bonne foi qu'il ne pouvait rien pour elle. Et pourtant, la raideur de ses épaules et les cernes sous ses yeux disaient clairement qu'elle avait besoin d'assistance.

— Je veux t'aider ! insista-t-il en lui touchant le bras pour l'inciter à le regarder. D'abord, je vais appeler Rita lundi à la première heure.

— Ne le fais pas, ça ne servirait à rien.

— Nous pouvons ouvrir un dossier ailleurs. Les agences d'adoption ne manquent pas, dans ce pays.

Elle l'interrompit d'un gémissement.

— Joe, je t'en supplie! Je ne suis pas en état d'en discuter.

Elle avait employé un ton si désespéré que Joe battit hâtivement en retraite.

— Je comprends...

Si elle désirait davantage de temps pour se remettre, il pouvait du moins respecter ses vœux. Il la laisserait déterminer le rythme des événements.

— Mais n'oublie pas que je suis toujours là, à tes côtés, ajouta-t-il.

Les yeux de Nicole n'exprimèrent que la tristesse la plus profonde.

— Je sais.

Joe déplorait que sa femme se sentît obligée d'endurer seule une telle épreuve, et qu'elle s'imaginât qu'il ne s'intéressait qu'au fils d'Helena. Nicole avait fait de son mieux pour accueillir cet enfant au sein de leur foyer, avec un résultat aussi contradictoire qu'injuste : l'arrivée de Tony avait fait découvrir à Joe le poids émotionnel de la paternité, et c'était ce qui l'avait rendu si réservé à la perspective d'adopter un bébé.

Elle n'avait manifesté aucune rancune envers Tony, mais si elle croyait vraiment que le fils d'Helena lui avait coûté le bébé de ses rêves, la simple présence du jeune garçon devait constituer un élément de tension insupportable. Il ne pouvait pourtant pas l'envoyer séance tenante en colonie de vacances! L'école n'était pas encore finie. Mais il pouvait du moins s'arranger pour que son chemin et celui de Nicole se croisent le moins possible.

— Je ferai tout ce qui est en mon pouvoir, Nicole, je te le promets. Ce n'est pas seulement ton problème.

— Merci, dit-elle d'une façon si abrupte qu'il ne sut pas si elle le remerciait de son soutien moral, ou à cause des trois verres qu'il avait mis dans la machine. Tu veux encore du café?

Non, il ne voulait pas de café. Ce qu'il voulait, c'était réparer les dégâts qu'il avait causés et sortir Nicole de son marasme. En attendant, il pouvait aussi la laisser vivre son chagrin sans le fond sonore strident de la télévision.

— Non, j'ai fini, dit-il. Je vais aller faire un tour avec Tony.

Elle ne lui demanda même pas où il comptait se rendre.

Joe réussit à faire monter Tony en voiture avant qu'il ne demande à haute et intelligible voix pourquoi *Tià* ne les accompagnait pas.

— Nous devons nous montrer particulièrement gentils envers *Tià* pendant quelques jours, expliqua Joe. Parce qu'elle est très triste de ne pas avoir eu le bébé.

Joe craignait de voir Tony aggraver la situation par des questions mal venues. Il devait donc jouer le rôle du père qui sait toujours dire ce qu'il faut au moment voulu.

— Elle est encore triste? demanda Tony.

Joe ne l'avait jamais vue dans un tel état de tristesse et d'apathie. Même le jour où le médecin lui avait annoncé qu'elle ne pourrait jamais concevoir d'enfants, elle n'avait pas perdu ses moyens au point de s'enfuir dans l'obscurité. Mais une réaction si peu conforme à son caractère était explicable si, comme elle l'avait dit l'autre nuit, elle venait seulement de comprendre que, dans la vie, on n'obtient pas toujours ce qu'on veut. Joe ne voyait pas pourquoi un autre bébé ne comblerait pas le vide qu'elle ressentait, mais

Nicole semblait s'être attachée à cette petite fille en particulier et la considérer comme irremplaçable.

— Oui, dit-il à son fils. Quand on est vraiment triste, ça dure un certain temps.

Tony resta silencieux un moment avant d'exprimer le fruit de ses réflexions.

— Comme quand maman est morte.

Il avait parlé en espagnol sans s'en apercevoir, et Joe lui répondit de même.

— *Si. Exactamente.*

— Je pleurais tout le temps, au début..., dit Tony, toujours en espagnol.

Joe avait toujours admiré l'aisance avec laquelle il passait d'une langue à l'autre.

— ... mais Miguel a dit que seuls les bébés pleurent.

Joe imaginait trop bien comment un enfant déjà endurci pouvait s'enorgueillir de mépriser le chagrin des derniers arrivés à l'orphelinat, mais il souffrait de savoir que son fils avait été en butte à des méchancetés de ce genre.

— Miguel avait tort, dit Joe avec une sorte de férocité dans la voix. Les gens pleurent quand ils perdent ceux qu'ils aiment.

— Même les grandes personnes?

Soit Tony avait besoin d'être rassuré après avoir été témoin de la fuite de Nicole, soit il voulait être sûr qu'il n'y avait pas de honte à pleurer.

— Evidemment, les grandes personnes aussi pleurent quand elles souffrent trop dans leurs cœurs.

Il y eut un nouveau silence.

— Et toi, dit enfin Tony très doucement, tu as pleuré, quand on t'a dit que maman était morte?

L'angoisse terrible de la nuit où on lui avait annoncé la mort d'Helena revint à la surface.

— Oui, je... J'ai eu le cœur meurtri.

Il refusait de s'appesantir sur ses souvenirs. Il avait appris sa leçon. Il gardait maintenant en toutes circonstances la maîtrise de lui-même et de ses sentiments.

Plus jamais son cœur ne le trahirait de la sorte. Ses émotions, ses désirs profonds, sa vie tout entière n'échapperaient plus à son contrôle. Après avoir vécu cinquante mois dans une tornade émotionnelle, il éviterait comme la peste l'effervescence tumultueuse de n'importe quel émoi ou désarroi intense.

— Mon cœur aussi était meurtri, dit Tony.

— Oui, dit Joe, ramené au présent. Comme celui de *Tià* en ce moment. Nous allons donc lui rendre la vie facile, toi et moi.

Il n'avait pas pensé aux détails pratiques de son plan, mais Tony ne semblait avoir aucun problème de ce côté-là.

— Je préparerai mon déjeuner à emporter à l'école, suggéra l'enfant.

Ce qui éviterait à Nicole deux minutes de travail le matin ! Mais seule l'intention comptait.

— Bravo ! approuva Joe. Excellente idée.

— Et toi, qu'est-ce que tu vas faire ?

Quelles que fussent ses craintes relatives à la présence d'un enfant supplémentaire à la maison, il allait faire en sorte qu'ils puissent adopter un autre bébé.

— D'abord, dit Joe lentement, je vais lui donner le temps de faire son deuil.

— On pourrait lui rapporter de la glace à la vanille, suggéra Tony, qui s'excitait manifestement à la pensée de rendre à *Tià* sa bonne humeur coutumière. Et puis, je pourrais l'aider à planter de nouvelles fleurs dans le jardin.

Comment lui dire qu'étant le fils d'Helena, il ne constituait pas exactement la compagnie dont Nicole rêvait en ce moment?

— Attendons de voir où en sont ses projets de jardinage, répondit-il prudemment. Mais ton idée de glace est excellente, et nous allons lui en rapporter.

Nicole remarqua que Tony portait quelque chose à la main, exactement comme son père avait tenu un bouquet rouge et blanc la semaine précédente. Joe et lui se ressemblaient d'une façon étonnante : même allure, mêmes gestes, même manière de lui tendre ce qu'elle supposait être un cadeau. Mais elle trouva surprenant que Tony fût aussi excité à l'idée de lui apporter un présent. Joe lui avait offert le bouquet avec une nonchalance étudiée, tandis que l'enfant frétillait littéralement de plaisir en lui offrant le carton de glace à la fraise et à la vanille.

— Papà et moi, on voulait que tu te sentes bien, annonça-t-il. Moi, j'ai choisi, et lui, il a payé.

La mâchoire de Joe se contracta comme s'il regrettait la franchise de son fils.

Nicole les remercia tous deux. Pendant leur absence, elle avait eu recours à la musique pour libérer son trop-plein d'émotions douloureuses. Jouer du piano lui avait fait du bien, mais elle ne parvenait toujours pas à se résoudre à croiser le regard de son mari. Elle se sentait encore trop près du gouffre noir de la colère, de la frustration et du désespoir.

— Merci, dit-elle, je suis touchée de votre attention. Joe, Phil voudrait que tu le rappelles au *Herald*... Tony, tu ne crois pas qu'il serait temps de tirer ton lit et ranger ta chambre?

Tony ouvrit la bouche pour protester, mais parut se rappeler quelque chose et monta sans discuter. Joe s'en fut téléphoner.

Ils devaient avoir adopté, en route, un code de gentillesse et de bonne conduite. Nicole fut emportée par une nouvelle vague de ressentiment : Joe avait donc fait la leçon à son fils, pour compenser sa propre réticence à l'idée d'adopter un enfant.

D'un autre côté, il avait fait un effort pour emmener Tony se promener, et s'était arrêté chez le glacier pour lui faire plaisir. Elle ne devait penser qu'aux aspects positifs de l'existence.

La tâche semblait immense. Elle avait passé la plus grande partie de la matinée à se répéter que le sort de la plupart des femmes était pire que le sien. Joe ne l'aimait sans doute pas, mais il n'entretenait pas une nuée de maîtresses. Il ne la battait pas. Il n'achèterait jamais une maison dans le Montana sans la consulter, comme l'ex-mari de Jacqueline.

Joe voulait arranger la situation, comme il le lui avait déjà dit une bonne douzaine de fois, sans comprendre qu'il ne pouvait lui donner la seule chose qu'elle désirât vraiment. Il agissait et parlait comme il le fallait, à la maison comme durant les entretiens avec la conseillère psychologique de l'agence d'adoption... mais aucun faux-semblant ne changerait le fait qu'il n'aimerait jamais qu'Helena.

Donc, au lieu de penser à ce qui lui manquait, elle allait se concentrer sur ses atouts dans l'existence. Son jardin, par exemple. Elle avait désherbé les plates-bandes, mais il lui restait à tailler ses rosiers.

Laissant Joe à sa conversation animée avec le journaliste du *Herald*, elle se dirigea vers le jardin. Elle finissait de tailler un buisson près du banc de pierre, quand Tony vint la rejoindre avec une assiette de glace à la vanille et à la fraise.

— J'ai choisi la fraise, parce que c'est rose comme tes fleurs. Seulement, il faut que tu manges la glace.

Il semblait décidé à la distraire coûte que coûte de ses sombres pensées. Nicole s'aperçut soudain qu'elle avait complètement oublié l'heure du déjeuner.

— Merci, Tony, dit-elle en prenant une cuillerée de glace et en l'avalant avec docilité. Tu n'en veux pas un peu ?

Il n'aurait pas eu l'air plus offensé si elle l'avait accusé de comploter un vol à main armée !

— C'est pour toi ! Je ne suis pas triste, moi.

Une boule d'émotion se forma dans sa gorge.

— Oh, tu es un cœur..., murmura-t-elle tout en battant furieusement des paupières pour en chasser les larmes.

Tony lui jeta un coup d'œil un peu gêné, puis il parut réfléchir et s'assit sur le banc en lui faisant signe de s'installer à côté de lui. Elle se laissa faire.

— Tu sais, les grandes personnes peuvent pleurer, elles aussi.

Elle avait déjà pleuré à s'en rendre malade, et elle avait réussi à recouvrer un semblant de calme.

— Même papa pleure, ajouta-t-il.

C'était sans doute exagéré, songea Nicole. Pas une fois, depuis cinq ans, elle n'avait vu Joe pleurer.

— Tu crois ?

— Il m'a dit qu'il avait pleuré, affirma Tony en réponse à son évidente incrédulité. Quand on lui a dit que ma mère était morte, il a pleuré.

Nicole crut qu'on venait de nouveau de lui arracher le cœur. Il ne s'agissait pourtant que d'une confirmation. Combien de temps l'amour de Joe pour Helena la mettrait-il au supplice? Elle réprima difficilement un sanglot.

— C'est normal de pleurer, conclut Tony. Parce que, comme papa l'a dit, ça fait mal de perdre quelqu'un qu'on aime.

— Ou de perdre l'espoir d'être aimée, murmura Nicole pour elle-même. Oui, ça fait mal...

Mais elle se refusait à fondre en larmes devant le fils de Joe et d'Helena. Tony semblait se considérer en mission, et ne bougerait pas tant qu'elle n'aurait pas achevé le dessert qui lui glaçait la gorge alors qu'il était censé lui réchauffer le cœur.

Tony tenait sans doute cette aptitude à la compassion de sa mère. N'était-elle pas médecin?

— Nicky?

L'arrivée soudaine de Joe les fit sursauter. Tony jeta un regard si lourd de culpabilité en direction de la fenêtre de sa chambre que Nicole fut sûre qu'il ne l'avait toujours pas rangée.

— Il essayait de me remonter le moral, dit-elle tandis que l'enfant se hâtait de rentrer.

Joe semblait plus mal à l'aise que jamais.

— Je sais que tu n'as pas besoin de soucis supplémentaires en ce moment, mais la voisine de ton père, Mme Emory, vient de téléphoner.

Il lui tendit la main pour l'aider à se lever.

Les Emory s'étaient pris d'amitié pour ses parents dès leur arrivée en Arizona. Après la mort de sa mère, Nicole avait été rassurée de les savoir à proximité.

— Son mari est en train de conduire ton père à l'hôpital, poursuivit Joe. Ils ont pensé que tu voudrais sans doute te rendre à son chevet... A leur avis, il a eu une attaque.

**

182

Joe était d'une efficacité remarquable dans les situations d'urgence. Le temps que Nicole boucle son sac de voyage, il lui avait trouvé une place sur un vol à destination de Phoenix. Paul se trouvant en Ecosse avec Fiona, il avait contacté Jacqueline et loué un véhicule pour que les deux sœurs puissent se rendre ensemble à l'hôpital.

— L'avion de Jacqueline atterrit avant le tien. Elle ira donc chercher la voiture de location, une Plymouth bordeaux, et t'attendra à la sortie du terminal.

Nicole aurait dû lui être reconnaissante pour son aide inappréciable, mais elle était paralysée par une terreur superstitieuse : les malheurs venaient toujours par trois.

Elle avait déjà perdu le bébé qu'elle attendait avec tant de tendresse et d'impatience, ainsi que l'espoir de jamais gagner l'amour de son mari. Et maintenant, son père ? Devrait-elle endurer un désastre après l'autre ?

C'était la vie, sans doute. Joe avait non seulement perdu quatre années de son existence, mais aussi, après la fausse annonce de son exécution, sa carrière de correspondant à l'étranger. Puis on lui avait annoncé la mort d'Helena, et il était rentré pour apprendre que sa mère était morte de chagrin à l'idée de l'avoir perdu, lui.

Et pourtant, il semblait parfaitement serein et sûr de lui tandis qu'il la conduisait à l'aéroport, comme si des pertes aussi cruelles ne l'avaient pas atteint au plus profond de lui-même.

Portée par un élan d'admiration, Nicole comprit que Joe était beaucoup plus solide qu'elle ne le serait jamais. Mais cette admiration ajoutait à sa souffrance. N'était-ce pas une raison de plus pour continuer à désirer en vain l'amour de son mari ?

— Ne t'inquiète pas, Nicole. Nous arriverons à temps pour que tu prennes ton avion.

Elle n'en avait jamais douté. Elle ne doutait pas non plus qu'il ne s'acquittât à la perfection des tâches se trouvant sur la liste qu'elle avait griffonnée à la hâte : alerter le directeur de la musique pour qu'il lui trouve une remplaçante pour le service du lendemain, expliquer à l'école les raisons de son départ précipité, passer chez le teinturier prendre les vêtements qui seraient prêts lundi après-midi. Sans parler des courses à faire, le réfrigérateur étant presque vide.

— Nous nous débrouillerons très bien, assura Joe.

C'était fort probable. Sur la banquette arrière, Tony était absorbé par son Lego. Après tout, ce n'était pas comme s'ils avaient vraiment besoin d'elle.

Ce qui valait beaucoup mieux dans les circonstances présentes, car quelqu'un d'autre réclamait sa pleine attention.

Quand les deux sœurs arrivèrent à l'hôpital, la période de visite était passée depuis longtemps, mais le médecin avait laissé des ordres pour leur dire que tout allait bien, et qu'elles pouvaient voir leur père quelques minutes. Au lieu de l'attaque que craignait Mme Emory, le médecin avait diagnostiqué une crise de diabète.

— Oh, il va détester être obligé de suivre un régime, murmura Jacqueline en réponse aux explications de l'interne. Mais tant que ça ne l'empêche pas de vivre encore trente ans...

Nicole, elle, luttait contre une sensation persistante de vertige. Elle avait l'impression que son dernier point de repère dans l'existence venait de l'abandonner.

L'interne les conduisit auprès de leur père, leur laissa quelques minutes de tranquillité, puis vint les rejoindre pour effectuer une nouvelle prise de sang.

— Doucement! dit le malade. Mes filles vous regardent.

— Comme si nous n'avions jamais eu de prélèvement sanguin! dit Jacqueline d'un ton taquin. Ne l'écoutez pas, docteur. Tant que vous ne dirigez pas votre aiguille de notre côté, tout ira bien.

— Je suis content de vous l'entendre dire, répondit le jeune médecin qui avait la main experte et ne tarda pas à ranger son équipement.

— Il faut mieux être aimable avec lui, glissa Jacqueline à l'oreille de Nicole, si nous voulons que papa sorte rapidement.

— Méfiez-vous de Jacqueline, fit remarquer son père. C'est la charmeuse de la famille. Quant à ma Nicole, elle a un cœur d'or.

— Je suis ravi d'avoir fait votre connaissance, dit le médecin dont le regard s'attarda un peu plus longtemps que nécessaire sur Jacqueline. Je vous reverrai sans doute à un moment ou à un autre.

— Vous en aurez bientôt par-dessus la tête, de nous voir! prédit Jacqueline avant de se retourner vers son père. Papa, ta description est antédiluvienne! Nicole a toujours un cœur d'or, c'est entendu, mais il y a belle lurette que j'ai cessé d'être une vamp!

On n'échappe pas à son caractère, songea Nicole. Sa sœur continuerait à emporter tous les suffrages, tandis qu'elle-même resterait une personne très ordinaire.

Leur père paraissait las, mais heureux de leur visite.

— Je suis si content de vous voir toutes les deux! Ruth Emory a essayé de vous contacter dès qu'on a su qu'il ne s'agissait pas d'une attaque, mais vous étiez l'une et l'autre déjà parties... Oh ! Nicole, Joe m'a très gentiment téléphoné. Il dit que tu peux rester aussi longtemps que tu le voudras.

Une vague de lassitude submergea Nicole. Oui, pourquoi ne s'attarderait-elle pas quelques jours ? Elle avait un billet d'avion sans date fixe de retour. Et la chambre d'amis dans la maison paternelle était toujours prête.

Sans compter que Joe ne devait guère être pressé de la voir rentrer à la maison.

— Ce serait formidable, dit Jacqueline immédiatement. Rebecca est chez son père jusqu'au week-end prochain, ce qui nous laisse une bonne semaine. Pendant que papa suivra ses cours de « La façon de vivre avec le diabète » et « De l'art d'accommoder de bons petits plats tout en respectant scrupuleusement son régime », nous irons faire les vitrines !

Leur père ne put s'empêcher de sourire.

— La ville est pleine de grands magasins. Je ne vous reverrai pas avant trois ou quatre jours !

Il les revit en fait dès le lendemain matin, et Nicole lui tint compagnie toute la journée. Quand on vint le chercher pour aller voir la nutritionniste, qui devait lui apprendre comment mesurer son taux de sucre, et contrôler sa consommation de glucose et son niveau d'insuline, elle resta dans la chambre. Lorsque l'infirmière se présentait pour les soins, Nicole passait un moment dans la salle d'attente, puis revenait au chevet de son père. Il fallut que Jacqueline l'emmenât de force.

— Si tu veux vraiment être utile, que dirais-tu d'aller lui acheter une provision de produits sains, que nous laisserons dans son congélateur ? On fait maintenant des tas de plats surgelés pour les gens qui ne supportent pas les produits laitiers, qui sont allergiques au gluten, ou qui ont du diabète.

Mais Nicole objecta que leur père aurait tout le temps de s'acheter lui-même les plats en question. Rien ne valait la cuisine faite à la maison. Elle passa donc les quatre jours suivants entre l'hôpital et le fourneau. Elle prépara des dîners pour un mois, à l'aide d'un livre de cuisine pour diabétiques que Jacqueline lui avait déniché. Il y avait quelque chose de poignant à passer tant de temps à manier les ustensiles qu'elle avait vus mille fois entre les mains de sa mère. Dans une période comme celle qu'elle traversait, les conseils maternels lui manquaient cruellement.

Elle finirait par s'habituer à l'idée qu'elle ne serait jamais à la hauteur du premier amour de Joe. En attendant, elle souffrait moins d'être affairée. Aussi s'obligeait-elle à passer de la chambre d'hôpital à la salle des infirmières, et du magasin d'alimentation dans la cuisine, avec une assiduité qui lui attirait les tendres taquineries de Jacqueline.

— Tu peux te reposer de temps en temps ! lui rappela sa sœur en allant se coucher, tandis que Nicole insistait pour finir de coller les recettes du livre de cuisine pour diabétiques sur des fiches cartonnées. Le docteur dit que papa a le cœur solide. Te priver de sommeil n'est pas le seul moyen de le conserver en vie !

Mais Nicole n'arrivait pas à dormir, et le manque de sommeil était sans nulle doute la raison de ses frustrations et de son instabilité émotionnelle. Quand Joe l'appela, le lendemain matin, pour lui dire d'une voix enjouée que tout allait le mieux du monde entre Tony et lui, et que par conséquent elle pouvait prolonger son séjour autant qu'elle le désirait, elle eut à peine le temps de raccrocher avant d'éclater en sanglots. Elle venait de recevoir la confirmation que son époux n'avait aucun besoin d'elle.

Aussitôt, elle se mit à éplucher des oignons avec rage. Puisqu'elle pleurait... Mais elle avait à peine commencé que Jacqueline revint de son jogging matinal. Elle jeta un coup d'œil à sa sœur, écarta la planche à découper, et lui annonça qu'elles allaient toutes les deux faire des courses.

— Des courses à 9 heures du matin? Mais je n'ai pas fini mes poivrons farcis.

— On en achètera chez le traiteur! dit Jacqueline en faisant glisser les oignons dans un sac en plastique et en mettant le tout au réfrigérateur. Il faut sortir.

Nicole avait prévu de passer par l'hôpital dès que son père en aurait fini avec les soins du matin, mais vu son humeur présente, elle n'était en état de se rendre nulle part. Elle se frotta les yeux avec le poignet.

— Tu peux sortir, si tu en as envie, dit-elle à Jacqueline.

— Ne me contrarie pas! s'exclama celle-ci. Parce que je peux me montrer désagréable, tu le sais... J'ai décidé que nous irions faire les magasins!

Il était inutile d'argumenter. Si Nicole essayait de protester, en lui faisant par exemple remarquer qu'elles n'étaient ni l'une ni l'autre habillées pour aller faire des achats, Jacqueline était capable de lui rétorquer que, de nos jours, les gens se rendent partout, même à l'église, en jean ou en short.

— Bon, bon..., murmura-t-elle tout en rinçant son couteau. Mais j'ai tout de même l'intention de me laver les mains.

Jacqueline finit par se changer rapidement, afin d'être plus convenable pour essayer des robes. Et elles se mirent en route pour le centre commercial d'Arrowhead, qui ressemblait comme un frère à ceux du Minnesota. Nicole fit remarquer à sa sœur qu'elle aurait pu trouver des produits identiques à proximité de chez elle. Elle acheta tout de même un encrier pour décorer le bureau de Joe, et une petite voiture de course pour Tony. Et elle s'attarda plus que nécessaire dans le magasin de jouets, tandis que sa sœur jetait des coups d'œil languissants en direction de la boutique de robes qui se trouvait en face. Nicole lui suggéra de s'y rendre sans l'attendre, et promit de l'y rejoindre quelques minutes plus tard.

Elle finit par quitter la boutique, mais se laissa distraire par la vitrine où se trouvaient exposés des trésors : poupées de chiffons, petits carrousels de chevaux et vêtements de bébé. Elle se perdit si bien dans ses rêves inassouvis qu'elle oublia l'heure, jusqu'à ce que Jacqueline vînt lui tapoter l'épaule.

— Retournons choisir quelque chose pour Rebecca, dit Nicole en faisant un geste vers les corsages miniatures à col de dentelle.

Jacqueline secoua la tête énergiquement.

— Rebecca a déjà tellement d'affaires qu'elle ne sait pas quoi en faire. Viens donc.

Il ne servait à rien de continuer à rêver, mais Nicole ne pouvait résister à la fascination qu'exerçait sur elle la vitrine.

— J'ai simplement envie de regarder, c'est tout...

— Mais nous avons des tas d'autres magasins à visiter !

— Je sais, mais...

Elle était en train de perdre la bataille contre les larmes qui lui gonflaient la gorge et montaient jusqu'à ses paupières.

— Nicole, ça suffit !

La prenant par la main, Jacqueline la traîna quasiment jusqu'au café le plus proche. Elle posa leurs paquets sur une chaise vide, et obligea Nicole à s'asseoir.

— Je vais commander du thé.

Nicole ne voulait pas de thé. Elle voulait un bébé ! Mais avec un mari qui ne s'intéressait qu'à son propre fils, elle aurait eu plus de chances d'être sélectionnée par une agence d'adoption si elle avait été célibataire avec un emploi mal payé !

Jacqueline avait pourtant raison, en ce sens qu'il ne servait à rien de rester plantée devant la vitrine d'un magasin pour enfants.

— Si tu veux..., s'entendit-elle répondre.

Sa sœur revint avec un plateau de thé accompagné d'un bol de cacahuètes.

— Je parie que tu n'as même pas songé à prendre un petit déjeuner ! Tu n'as pas besoin d'avoir envie de manger, mais c'est nécessaire de temps à autre. Nicole, il faut te ressaisir !

Nicole en était bien consciente, mais elle ne savait par où commencer.

— Joe m'a expliqué ce qui s'était passé avec le bébé, poursuivit Jacqueline sans se soucier du geste de surprise de Nicole. Je suis vraiment navrée que ça n'ait pas marché cette fois-ci, mais il y aura d'autres opportunités.

— Non, dit Nicole. Joe ne veut pas d'autre enfant que le sien.

Jacqueline la regarda comme si elle avait perdu la tête.

— Il... quoi ?

— Il a Tony. Il est parfaitement heureux comme ça.

— Il m'a dit qu'il prendrait toutes les mesures nécessaires pour que tu aies un bébé.

— Mais ça ne fera aucune différence !

Joe ne comprenait toujours pas qu'un bébé était censé trouver, dans sa famille d'adoption, un couple uni par le désir de l'accueillir et de le choyer.

— Jacqueline... Joe ne veut tout simplement pas d'un enfant qui soit à la fois le sien et le mien.

— C'est stupide ! Nul n'a plus que toi l'étoffe d'une mère.

— C'est ce que j'ai toujours cru, moi aussi. Mais Joe ne se soucie guère de cet aspect de ma personnalité et... et moi, je ne suis bonne à rien d'autre !

Submergée par une nouvelle vague de détresse, Nicole se cacha le visage dans les mains.

— Allons donc ! Tu es douée pour des tas d'autres choses !

Peut-être, songea Nicole, mais rien d'exceptionnel qui lui permît de rivaliser avec Helena.

— Je jardine et je joue du piano, dit-elle en relevant la tête. Ce ne sont pas des activités très originales.

— Tu es l'originalité même, déclara Jacqueline en poussant l'assiette de cacahuètes à portée de main de Nicole. Tu as du cœur !

Encore ! Quand Paul, l'aîné, et Jacqueline, la benjamine, avaient rapporté à la maison leurs prix de science, trophées de gymnastique et élections aux conseils de classe, leurs parents avaient cherché comment complimenter leur fille cadette.

— Papa et maman voulaient simplement que je ne me sente pas laissée pour compte. Et ça continue encore aujourd'hui, vu ce que papa a dit de moi à l'interne de service, le soir de notre arrivée. Comme si je n'avais pas remarqué à quel point je suis ordinaire...

— Nicole !

— Cela n'a pas d'importance, dit-elle à la hâte en

repoussant l'assiette de cacahuètes. Allons-y ! Il nous reste des tas de magasins à voir.

— Non, attends un instant ! s'exclama Jacqueline en lui saisissant le poignet pour l'empêcher de se lever. C'est très important, au contraire ! Tu as manifestement un gros problème de confiance en toi.

— Pas du tout.

— Oh, si ! Tu crois que Joe ne veut pas partager un enfant avec toi parce que tu manques d'originalité !

— J'espérais...

Ses rêves paraissaient stupides, maintenant, mais elle les avait caressés pendant si longtemps qu'ils l'étouffaient.

— Je croyais que si je lui offrais une famille, il m'aimerait enfin.

Au lieu de la trouver ridicule, Jacqueline la considéra avec une affectueuse compassion.

— Et tu crois que c'est ça qui te rendrait unique à ses yeux ? Nicole ! Tu en demandes trop.

Il lui avait fallu quatre ans pour découvrir ce que sa sœur avait compris en deux minutes. Il était sans doute plus facile pour un observateur impartial de reconnaître la stérilité d'un rêve irréalisable.

Jacqueline se lança séance tenante dans un cours magistral.

— D'abord, Joe t'aime déjà. Mais même si ce n'était pas le cas, tu ne peux pas faire dépendre ton bien-être du regard d'autrui.

La phrase semblait familière, comme si Nicole l'avait déjà lue dans une colonne du courrier du cœur.

— Je sais.

Jacqueline secoua la tête.

— Non, tu ne sais pas ! Parce que tu ne prêtes attention aux concepts élémentaires de la psychologie que lorsqu'ils sont utiles à autrui.

Il y avait des moments où Jacqueline pouvait se montrer remarquablement perspicace.

— Si tu le dis...

— Alors, écoute-moi bien, Nicole. Ce que je vais te dire va t'aider. Mieux : ça va aider Joe. Est-ce un argument suffisant pour obtenir ton attention ?

Nicole aurait juré que Joe n'avait besoin de l'aide de personne, mais son intérêt s'éveilla aussitôt.

— Je t'écoute.

— Tu l'aimes encore, n'est-ce pas ?

Quand bien même elle en souffrirait le reste de son existence, elle ne pourrait jamais s'empêcher de l'aimer.

— Oui.

— Eh bien, considère les choses de cette façon-là, ordonna Jacqueline. Si tu le rends entièrement responsable de ton bien-être, alors tu ne fais que l'utiliser.

Un silence lourd semblait s'être abattu sur le café. Il fallut quelques secondes à Nicole pour sentir qu'elle était la seule à avoir remarqué un changement d'atmosphère.

— Et tu ne veux pas l'utiliser, n'est-ce pas ? insista Jacqueline. Ce serait comme de profiter de quelqu'un pour son argent ou pour ses charmes sexuels.

Un frisson parcourut la colonne vertébrale de Nicole. C'était affreux, et pourtant elle n'avait rien fait d'autre au cours des quatre dernières années.

— Alors, il est grand temps de modifier ton attitude. Faute de quoi, Joe aura beau te dire et de répéter qu'il t'aime jusqu'à en perdre haleine, tu ne le croiras jamais.

Il n'y avait pas grand danger de ce côté-là, songea Nicole.

— Il n'a jamais dit qu'il m'aimait.

— Oh, le vilain garçon ! dit Jacqueline en menaçant du doigt un époux imaginaire. Mais le dire ne signifie pas grand-chose. Andrew n'arrêtait pas de le proclamer, et vois un peu ce qui s'est passé !

Jacqueline ne semblait pas regretter outre mesure son ex-mari, ce qui n'empêcha pas Nicole de ressentir un élan particulier de sympathie pour sa sœur.

— Même sans Andrew, tu es quelqu'un de fantastique et d'original.

Jacqueline lui adressa un regard rayonnant, comme si elle venait tout juste de réussir un examen.

— Tu as enfin compris ! Bien sûr que je le suis. *Et toi aussi.*

Cela paraissait logique, mais aucune logique ne transformerait Nicole en femme exceptionnelle capable de rendre des points à Helena.

— Oui, mais...

— Il n'y a pas de mais. Tu es fantastique, que Joe t'aime ou non. D'ailleurs, il t'aime, même s'il ne sait pas te le dire. Allez ! Tu dois commencer tout de suite à développer ta confiance en toi.

Après tout, pourquoi ne pas essayer ? se dit Nicole.

— Entendu.

— Alors, répète après moi : « Je suis une personne remarquable, même si Joe ne m'aime pas. »

— Je n'oserai jamais dire une chose pareille à voix haute !

— Mais si. Allez !

Nicole prit une profonde inspiration et se jeta à l'eau.

— Je suis une personne remarquable, même si Joe ne m'aime pas, répéta-t-elle en s'efforçant de ne pas penser à la signification de la seconde partie de la phrase. Mais cela fait tout de même une impression étrange de dire ce genre de chose.

— Seulement parce que tu n'en as pas l'habitude. N'oublie pas de te le répéter comme un mantra.

Cela revenait à abandonner l'espoir de jamais obtenir l'amour de Joe. Mais n'y avait-elle pas déjà renoncé ?

— Tu dois te le répéter jusqu'à ce que tu en sois convaincue, insista Jacqueline. Je parle *très* sérieusement. Il faut absolument que tu aies foi en toi-même. Sans quoi, tu ne croiras jamais à l'amour de Joe.

Joe ne l'aimait pas, mais ce détail semblait avoir échappé à sa benjamine. Nicole se concentra sur ce qu'elle avait : une sœur qui l'aimait assez pour lui faire un sermon sur la confiance en soi, au beau milieu des consommateurs d'un café. Elle répéta docilement sa leçon.

— Et même s'il ne m'aime pas, je suis une personne remarquable.

Jacqueline la récompensa par un sourire empreint de félicité.

— Tu vois ? Tu as compris !

Nicole se pencha impulsivement par-dessus la table pour déposer un baiser sur la joue de Jacqueline.

— Je m'efforce de ne penser qu'à ce que je possède. Et j'ai une sœur merveilleuse.

— Tu as surtout une sœur affamée ! Les cacahuètes, c'est très bien, mais on pourrait passer aux choses sérieuses. Que dirais-tu d'un éclair au chocolat ?

9.

— Tu ne peux pas commencer par le dessert ! dit
Joe à Tony. Après ça, tu n'auras plus faim, et tu ne
mangeras pas ce qui est bon pour ta santé.

Son fils lui lança un sourire malicieux. Il s'était
attendu à une réponse négative, mais il considérait
qu'il valait toujours la peine d'essayer.

— Bon ! dit Tony en reportant son attention sur le
menu plastifié. Je peux avoir un hamburger au fromage
et des frites ?

— Bien sûr. Avec de la salade.

C'était aussi sain que ce qu'il aurait réussi à cuisiner
à la maison. Mais si Nicole prolongeait son séjour en
Arizona, il faudrait qu'il se décide à innover. Tony et
lui étaient maintenant des habitués du Grand Café. Ils
y dînaient tous les soirs, et Joe commençait même à
apprécier leur discussion rituelle à propos du dessert.

Nicole serait probablement horrifiée si elle voyait la
manière dont ils se nourrissaient. Heureusement, elle
n'en savait rien. Joe mettait son point d'honneur à la
rassurer chaque fois qu'il lui parlait au téléphone, et
n'hésitait pas à lui affirmer qu'ils se débrouillaient à
merveille sans elle. Elle avait besoin de temps pour
faire le deuil du bébé. D'autre part, il ne pouvait pas

s'attendre qu'elle revînt en courant, simplement parce qu'il souffrait de son absence.

Mais elle lui manquait plus qu'il ne voulait bien se l'avouer. Avec les membres de l'équipe du *Herald*, il plaisantait de sa situation de père célibataire. Il prétendait que ce n'était que justice si Nicole, à son tour, se trouvait loin d'ici. Quand il se retrouvait seul, en revanche, il avait un sentiment aigu et très inconfortable de la séparation. Il était capable de s'occuper de Tony, de la maison, des comptes, des céréales du petit déjeuner, mais...

Elle lui manquait.

Et elle manquait à Tony également. L'enfant lui demandait tous les jours quand elle allait revenir, et il s'enquit d'elle une nouvelle fois avant même d'avoir entamé son hamburger au fromage.

— *Tià* rentre demain?

— Je ne sais pas, dit Joe tout en espérant qu'elle prendrait l'avion du retour dès que son père serait réinstallé chez lui. N'oublie pas de manger ta salade.

Tony obtempéra avec une grimace.

— Si elle ne rentre pas avant le week-end, elle ne saura pas que je me prépare ma boîte à sandwich tout seul avant de partir pour l'école.

Il avait scrupuleusement respecté sa promesse de rendre les choses plus faciles pour Nicole, sans penser que son absence le relevait de l'obligation de se préparer lui-même son déjeuner.

— Elle le saura dès son retour.

— Et alors, elle se sentira beaucoup mieux.

Tony ne doutait pas un instant que sa capacité à mettre du beurre de cacahuètes et de la confiture de fraises entre deux tranches de pain aurait un effet miraculeux sur l'humeur de Nicole.

198

Joe aurait bien aimé que cette contribution aux tâches ménagères suffît à rendre à Nicole sa sérénité coutumière. Il aurait aussi aimé savoir comment s'y prendre pour compenser la perte qu'elle avait subie par sa faute.

— Nous ferons ce qu'il faut pour qu'elle retrouve sa forme habituelle, dit-il à son fils. D'ailleurs, c'est ce que tu fais déjà !

Tony eut l'air particulièrement fier du compliment qui rendait honneur à ses qualités de fabricant de sandwichs.

— Je suis très doué pour rendre les gens heureux. Maman disait qu'elle ne savait pas ce qu'elle aurait fait sans moi.

Joe pouvait entendre la voix d'Helena murmurant ces mots tendres à son petit garçon.

— C'est comme moi. Je ne sais pas non plus ce que je ferais sans toi.

Un sentiment étrange l'envahit quand il s'entendit faire cette déclaration. Il ne savait pas quand son sens de la responsabilité avait fait place à un sentiment paternel plus élémentaire. Son fils provoquait en lui des sensations intenses et irrépressibles.

Le sourire de Tony annonça qu'il entendait profiter de l'occasion.

— Alors, je peux avoir deux desserts ?

Joe lui rendit son sourire. Il ne fallait guère d'expérience parentale pour lui répondre sur le même ton.

— Bien joué, mon petit père, mais c'est non !

Tony accepta le refus avec un haussement résigné d'épaules, mais Joe était prêt à parier qu'il essaierait une nouvelle méthode d'approche dès le lendemain. Cet enfant avait l'art de tâter le terrain et de tester les limites qui lui étaient imposées, ce qu'il tenait probablement de son père ! Aucun journaliste digne de ce nom n'acceptait un refus sans chercher un nouvel angle d'attaque.

Et aucun journaliste digne de ce nom n'aurait négligé le *Herald* comme Joe l'avait fait récemment. Son équipe était compétente autant qu'elle pouvait l'être, mais jamais il n'avait passé si peu de temps à travailler.

A moins, bien sûr, de prendre en considération ces mois où il avait été si passionnément absorbé par Helena qu'il en avait négligé d'écrire le moindre article. Il avait alors abandonné tout ce qui constituait sa force : une certaine distance par rapport aux gens et aux choses, un sens de l'observation, un rythme inné, un mouvement incessant, tout cela pour suivre la petite musique d'un cœur qu'il avait ignoré durant vingt-cinq ans.

Cet abandon de ses responsabilités l'agaçait encore, dans les rares occasions où il ne réussissait pas à enfouir ce souvenir sous une masse de travail.

— On va au *Herald* ? demanda Tony dès qu'il eut fini son verre de lait. J'ai envie de voir les photos.

Joe l'avait emmené au bureau chaque fois que les événements l'obligeaient à y retourner après l'heure de sortie de l'école, et l'atmosphère du journal semblait plaire au jeune garçon. La veille, il avait passé près d'une heure à observer Randy qui sélectionnait et découpait les photos pour l'édition du week-end. Et Gloria avait annoncé qu'elle poursuivrait la composition ce soir même.

— Avec plaisir, dit Joe.

C'était l'occasion de revoir son éditorial, et de rechercher le dossier sur l'approvisionnement en eau de la ville, dont il allait avoir besoin pour écrire son prochain article sur la gestion municipale.

Le bureau bourdonnait d'activité, ce qui emplit Joe de fierté. Son équipe était bien rodée et fonctionnait de façon satisfaisante en dépit de ses absences répétées. Mais dès que Nicole serait de retour, il replongerait avec bonheur au cœur de l'activité.

— Tony, viens regarder les photos que Randy et toi avez choisies hier. Tu vois comment celle-ci s'insère parfaitement dans le haut de la page ?

Son fils serait occupé suffisamment longtemps pour qu'il pût compulser à loisir le dossier sur la gestion des eaux. Joe se dirigea vers l'armoire aux archives. Quand il en eut terminé avec les tâches qu'il s'était assignées, il trouva Tony installé devant la machine à écrire d'Abby.

— J'apprends à taper. Tu vois ? J'ai écrit mon nom, expliqua le garçon.

— Dans un journal, on met le nom du journaliste en tête de l'article, pour que les lecteurs sachent qui en est l'auteur.

— Il ne mettra pas longtemps avant de signer les siens, prédit Gloria.

Joe resta songeur. Dans dix ou quinze ans, son fils pourrait fort bien avoir sa carte de journaliste.

« Mais je veux plus que ça pour lui », songea-t-il.

Le cours de ses pensées le stupéfia. Comment pouvait-il vouloir davantage, pour Tony, que le succès dans un domaine que lui-même adorait ? Rien n'était plus fascinant que l'information. Rien n'était plus stimulant et plus grisant que la vie de reporter. Tony possédait d'ailleurs toutes les qualités nécessaires : la ténacité, le don des langues, la capacité de poser des questions et d'obtenir des réponses.

Mais il lui souhaitait davantage. Il voulait que son fils eût l'opportunité de... de planter ses racines. D'appartenir à quelqu'un.

Le mot resta inscrit dans ses pensées tandis qu'ils quittaient le *Herald* et prenaient le chemin du retour. *Appartenir*. Il s'agissait d'une notion qu'il n'avait jamais approfondie, ou voulu approfondir pour lui-même. Mais c'était ce qu'il désirait de toute son âme pour son fils.

Etre à moitié américain et à moitié milaguien diminuait terriblement les chances d'insertion de Tony. Son teint mat tranchait sur celui de ses camarades d'école, d'ascendance principalement nordique. La population d'Oakville était fort peu diversifiée. Il était le seul élève dont la langue maternelle ne fût pas l'anglais. Et quand il vivait à Milagua, au contraire, fils au teint clair d'un père inconnu mais visiblement étranger, il avait déjà fait l'expérience pénible de la différence.

Il trouverait peut-être ses marques, en dépit de sa double origine. Il se pouvait aussi qu'il ne se souciât jamais d'appartenir à un groupe social défini. Mais Joe désirait avec une intensité presque douloureuse que son fils eût au moins la faculté d'exercer un choix.

Il ne put réprimer un soupir. Il s'habituait mal à tous ces élans émotifs qui semblaient le submerger de plus en plus souvent — la culpabilité, le fait que Nicole lui manquait tant, l'affection et la tendresse qui le liaient à Tony...

Désirer le bonheur de son fils n'avait pourtant rien d'inquiétant.

Il contrôlait la situation, mais il était tout de même grand temps que Nicole revînt et qu'il pût reprendre le cours véritable de son existence, c'est-à-dire la poursuite tenace et résolue de l'information.

Un imbroglio politique serait le bienvenu en ce moment. Ou bien des inondations, ou encore une prise d'otages. Quelque chose qui lui permît de frôler le danger, d'y faire face et de s'en sortir la tête haute. Telle était sa vocation de journaliste, d'observateur sans états d'âme.

— Le téléphone sonne, annonça Tony au moment où Joe introduisait sa clé dans la serrure. C'est peut-être *Tià*.

Et il se rua sur le téléphone dès que la porte fut ouverte.

— C'est pour toi, dit-il d'un ton si désappointé que Joe sut aussitôt qu'il ne s'agissait pas de Nicole. Quelqu'un qui s'appelle Warren.

Le rédacteur en chef du *Quotidien* de Chicago l'appelait juste au moment où il rêvait d'un scoop...

— Merci. Va vite te mettre en pyjama. Je monte dans une minute.

Warren et lui échangèrent les civilités coutumières, puis Joe apprit qu'il s'agissait en fait de la rubrique « Focus ».

— La vie est vraiment bizarre, dit Warren. Je n'aurais jamais pensé qu'un poste puisse se libérer aussi vite. Quoi qu'il en soit, Peter Finch nous quitte à la fin du mois de décembre, et je me demandais si vous pourriez venir la semaine prochaine et commencer à rencontrer les gens en place.

La semaine prochaine ? Joe avait envisagé une possibilité beaucoup plus lointaine, l'année suivante, plutôt, lorsque Tony se serait bien installé dans son nouveau pays. Lorsque le *Herald* lui aurait trouvé un successeur. Lorsqu'il aurait réussi à convaincre Nicole que Chicago était une ville tout à fait décente pour élever des enfants.

Elle rêvait d'une famille depuis l'instant de leur mariage. Une famille dont elle avait déjà prévu les portraits. Avec des enfants qui avaient d'ores et déjà une robe de baptême.

Une famille qu'elle n'avait pas. Par sa faute à lui.

Il avait encore une chance de la convaincre, mais il préférait ne pas essayer.

— Merci, dit-il à Warren, mais je ne peux pas. J'apprécie votre confiance, et rien ne me plairait davantage que de tenter ma chance. Seulement je... j'ai en ce moment des engagements auxquels je ne saurais me soustraire. Il vaudrait mieux me rayer de votre liste.

Des arrière-pensées lui vinrent à l'esprit avant même qu'il eût raccroché, mais il refusa d'y prêter attention. Décliner une offre pareille lui nouait l'estomac. Et alors ? Il pouvait supporter cette frustration. Ce qu'il ne supportait pas, c'était de faire souffrir Nicole, de lire du désespoir dans ses yeux et de savoir qu'il en était l'unique cause.

— Papà ! appela Tony depuis le premier étage. Je ne trouve pas le dentifrice.

— J'arrive.

Il était inutile de se demander s'il venait de prendre la bonne décision. Il l'avait prise, point final.

— Je croyais que c'était *Tià* qui appelait, dit Tony pendant que Joe sortait de la réserve un tube neuf. Mais ce n'était pas elle.

— Non, c'était un rédacteur de Chicago.

Il n'avait aucune raison de dissimuler les faits maintenant qu'il avait coupé les ponts.

Tony étala le gel vert sur sa brosse à dents.

— Mme O'Donoghue dit que des millions de gens vivent à Chicago.

L'institutrice avait précisément mis en relief ce qui faisait de cette ville une mine d'or pour l'information.

— Oui, il s'y passe des tas de choses, confirma Joe, ce qui veut dire des centaines de sujets d'articles. Des procès, des manifestations, des rénovations de quartiers et des démolitions, des gangs et des règlements de compte...

Tony réfléchit et cessa un moment de se brosser les dents.

— Je crois, dit-il, la bouche pleine de mousse verte, que j'aurais peur de vivre là-bas.

— Non, Tony, dit Joe en s'adressant au reflet de son fils dans le miroir. Il ne faut pas commencer à avoir peur, parce qu'après, c'est comme si on était impotent ou paralysé. On ne peut plus bouger.

— Comme les prisonniers qu'on enchaîne, dit Tony avant de reprendre son brossage.

L'enfant avait vu bien des choses à Milagua. Des choses qui, pour la plupart des gens, n'étaient que des images à la télévision, ou des photographies de magazine, appartenaient là-bas à la réalité quotidienne.

— En quelque sorte, répondit Joe, sauf que c'est à l'intérieur de soi qu'on est paralysé. Quand on a peur, on ne peut rien faire.

— Sauf avoir la trouille, dit Tony qui reposa sa brosse et se rinça la bouche. Comme quand Miguel et moi on a entendu les soldats. Je croyais que mon estomac allait éclater.

Joe ne se rappelait que trop vivement la sensation de ces nuits d'horreur où, entre deux séances de torture, la terreur des coups à venir lui distendait les entrailles.

— Oui, exactement.

Tony le considéra d'un regard inquisiteur.

— Tu as ressenti ça, toi?

Joe savait d'expérience que plus il serait honnête vis-à-vis de ses peurs, moins son estomac lui donnerait l'impression d'éclater.

— C'est parce que j'ai connu la peur que je continue à circuler dans les zones dangereuses et à couvrir les incendies ou les prises d'otages. Je recherche l'odeur du danger pour être sûr de pouvoir surmonter mes angoisses. Je ne veux plus éprouver la sensation dont tu parlais.

Tony sembla accepter cette manière de raisonner et alla se coucher. Il attendit que Joe l'eût bordé dans son lit et lui eût donné le baiser du soir pour le mettre de nouveau à l'épreuve.

— Papà, si tu aimes l'odeur du danger, comment ça se fait qu'on ne va pas à Chicago ?

Bonne question, songea Joe en éteignant la lumière.

— Parce que *Tià* n'aimerait pas vivre là-bas, et que je veux lui offrir la vie qui lui convient.

— A elle ?

— Oui.

— Ah, je comprends, dit l'enfant de sa voix la plus posée. Tu l'aimes, n'est-ce pas ?

Il me faut un bon sujet d'article, se dit Joe en sortant de la chambre d'un pas mal assuré.

Certaines personnes buvaient du whisky, d'autres priaient ou cherchaient une aventure. Il avait, lui, besoin d'une information alléchante.

Parce qu'il n'avait pas eu aussi peur depuis des années.

Tu l'aimes, n'est-ce pas ?

Il aurait dû regarder plus tôt la vérité en face. Chez la fleuriste, quand il avait ressenti une ivresse véritable

206

rien qu'à penser au plaisir de Nicole. Ou même, avant cela, quand elle lui avait manqué avec une telle intensité, dans la chambre d'hôtel de Chicago. Ou le soir où il l'avait observée, pendant qu'elle faisait cuire du pain avec Tony...

Mais, plutôt que d'admettre l'évidence, il s'était barricadé dans une tour d'ivoire.

Tu l'aimes, n'est-ce pas ?

Aimer Nicole l'effrayait plus que tout autre chose au monde. Il était capable d'affronter les tireurs isolés embusqués sur les toits ou dans la jungle. Même les gardiens des camps de Milagua n'avaient pas réussi à le briser, quoiqu'ils eussent tout essayé durant quatre ans. Mais donner son cœur, comme il l'avait donné à Helena... c'était la porte ouverte à la folie ! A une reddition totale, vertigineuse, débilitante !

A une perte totale de contrôle !

Cette fois-ci, sans doute, cela ne se traduirait pas par une insouciance du danger capable de conduire un journaliste étranger dans un camp de travaux forcés. Mais l'amour restait l'amour, quelles que fussent les circonstances. L'amour rendait aveugle. L'amour rendait fou. L'amour faisait tout oublier, tout risquer, juste pour provoquer un certain sourire, recevoir une certaine caresse, entendre un certain rire...

Joe supplia son cœur de lui rendre sa liberté, avec plus de passion qu'il n'en avait employé pour convaincre les soldats de ne pas le ramener au camp, après sa troisième tentative d'évasion. Mais son cœur n'écoutait pas davantage que les soldats.

Son cœur se trouvait quelque part en Arizona, avec Nicole.

Comment pouvait-il s'être laissé surprendre de la sorte ? se répétait-il tout en descendant pour fermer les portes à clé et éteindre les lumières du rez-de-chaussée. Il l'avait prévenue, depuis le début, qu'il ne saurait l'aimer comme elle le méritait, et elle avait accepté cet état de fait. Il s'était cru en sécurité durant quatre ans, il pensait maîtriser parfaitement la situation, et voilà que...

Et voilà qu'il avait commencé à l'aimer.

Pire. Il devait l'avoir aimée depuis le début.

Tout en elle le ravissait. La façon dont elle grimaçait en débloquant une fenêtre difficile à ouvrir. Son excitation, chaque printemps, devant son jardin. Sa façon de se blottir contre lui dans leur lit, si douce et si chaude, si sereine et si accueillante, même quand il rentrait à minuit passé. L'attention avec laquelle elle lisait ses éditoriaux. Sa manière de fredonner tout en déballant les provisions dans la cuisine. Son habitude de commander le même vin année après année.

C'était ça, et bien davantage, il le savait. Au point qu'il ne comprenait pas comment il avait pu vivre si longtemps sans s'apercevoir qu'il était amoureux de sa femme.

Tu l'aimes, n'est-ce pas ?

— Oui, répondit Joe sans presque s'apercevoir qu'il parlait à haute voix.

Nicole, bien sûr, devait l'avoir toujours su. Mais il avait la sensation qu'il était important de le lui dire de vive voix.

— Je t'aime, Nicky, murmura-t-il.

Un frisson d'excitation lui parcourut la colonne vertébrale. Maintenant qu'il avait reconnu l'évidence, qu'allait-il en faire ?

Il l'aimait, elle le savait sans doute. D'un autre côté, elle lui avait dit, l'autre soir, qu'il ne s'intéressait qu'à Helena... Il lui fallait se hâter d'éclaircir la situation.

Mais il n'existait pas de tâche plus ardue que de reconnaître qu'il avait perdu le contrôle de son cœur.

L'angoisse qui lui étreignait la poitrine prenait des dimensions démesurées. Mais il ne céderait pas à ses peurs. Il avouerait à Nicole qu'il l'aimait.

Le téléphone n'était pas l'instrument idéal pour cela. Il voulait la voir, la toucher, être sûr qu'elle comprenait pourquoi il s'était tu si longtemps. Prendre l'avion pour l'Arizona serait peut-être nécessaire. Mais il aurait alors Tony pour compagnon obligé...

Non, la solution la plus simple et la meilleure consistait à attendre qu'elle rentre à la maison. Mais ce genre de déclaration exigeait des chandeliers et des violons. Ce n'était pas une simple phrase à lancer par-dessus la table de la cuisine.

Il décida de réserver une table à la Tourelle d'Argent dès qu'il connaîtrait le jour et l'heure de son arrivée.

Nicole avait changé de coiffure.

— La Tourelle d'Argent ? répéta-t-elle en repoussant les boucles qui lui auréolaient maintenant le visage. Mais Joe, ce n'est pas nécessaire...

Ce geste de bienvenue lui semblait assez extravagant.

— J'y tiens, dit Joe en lui libérant la main afin de pouvoir ouvrir la portière de la voiture.

Depuis qu'elle l'avait rejoint dans le hall d'arrivée de l'aéroport, il ne l'avait pas lâchée un instant.

— Tu m'as manqué, ajouta-t-il. Et Pauline est d'accord pour tenir compagnie à Tony.

— Bon, à ta guise..., répondit-elle.

Elle se croyait capable de passer avec Joe une soirée

intime sans nourrir de faux espoirs. Forte d'une résolution toute neuve, elle était bien décidée à vivre sa vie, même sans l'amour de son mari.

La soirée à la Tourelle d'Argent promettait d'être agréable, à condition de ne pas se mettre à échafauder des rêves stupides.

— Nous devons célébrer ton nouveau style, dit Joe en passant les doigts dans ses boucles. J'ai l'impression d'accueillir une Nicole complètement différente. Mais l'autre aussi était fantastique.

Elle aurait bien voulu être capable de changer ses désirs aussi facilement que la longueur de ses mèches.

— Je suis vraiment heureux que tu sois de retour, dit-il. Tu nous as beaucoup manqué, à Tony et à moi.

Il l'embrassa avant d'introduire la clé de contact.

— Vous sembliez pourtant vous tirer d'affaire tout seuls, objecta-t-elle doucement.

Elle interpréta son haussement d'épaules comme une confirmation.

— J'ai emmené Tony au *Herald*. Gloria lui a proposé de l'aider à faire la mise en page de l'édition du week-end. Ce qui veut dire qu'il meurt d'envie de te montrer la une !

C'était gentil de sa part. Une des choses qu'elle commençait à apprécier, c'était sa relation avec Tony. Elle s'entendait avec lui aussi bien qu'il était possible... pour une belle-mère. Et si l'enfant voulait lui faire partager ses succès, elle en serait ravie.

— Et moi, répondit-elle, je suis impatiente de voir son chef-d'œuvre.

Joe lui lança le sourire de côté qu'elle adorait.

— Il n'est pas peu fier de sa contribution ! Mais je vais le laisser te raconter tout ça lui-même.

Ce ton affectueux était nouveau. Mais Nicole le

remarqua sans surprise. Après avoir passé une semaine seul avec le fils d'Helena, Joe ne pouvait manquer de l'apprécier encore davantage. Et maintenant qu'il avait pris la maisonnée en charge, il devait en savoir autant qu'elle dans le domaine de la gestion domestique.

De son côté, elle avait progressé non pas dans l'acquisition de talents pratiques, mais plutôt par un changement dans sa manière de penser. Elle voyait sa situation de femme mariée sous un nouvel angle. Elle était résolue à ne plus mesurer sa propre valeur à l'échelle de l'amour de son époux.

— Alors, dit Joe comme ils approchaient d'Oakville, maintenant que ton père est de retour chez lui, comment réagit-il aux restrictions alimentaires ?

— Très bien ! D'ailleurs, dans un mois, quand il aura épuisé les réserves que Jacqueline et moi lui avons constituées, il appréciera tellement son nouveau régime qu'il ne voudra rien manger d'autre !

Elle lui parla de son séjour dans l'Arizona jusqu'à ce qu'ils arrivent à destination. La cloche sonnait au moment où Joe se garait à proximité du portail de l'école primaire. Tony se précipita vers la voiture et son visage se fendit d'un grand sourire quand il reconnut Nicole.

— *Tià* !

Il grimpa sur le siège arrière avec un air de bonheur qui semblait authentique. Nicole fut contente qu'il eût autant de plaisir à la revoir.

— Tu te sens mieux, maintenant ? ajouta l'enfant.

Joe jeta un rapide coup d'œil dans la direction de Nicole, comme s'il craignait de la voir se formaliser d'une telle question. Se sentait-il encore responsable du refus de l'agence d'adoption ? Un sentiment de culpabilité bien injustifié, selon Nicole. Comment aurait-il pu se comporter autrement, quand son cœur appartenait encore à Helena?

— Oui, répondit-elle, je te remercie.

Après plusieurs jours passés à répéter le mantra suggéré par sa sœur, elle voyait leur situation avec davantage d'objectivité. Il se produisait en elle un changement subtil. Elle commençait à croire en sa propre valeur. Et durant le trajet de retour en avion, elle avait également pris la décision de rejoindre les rangs des « Grands frères et grandes sœurs ». Cette association se chargeait de mettre en relation des jeunes en difficulté avec des adultes plus âgés, susceptibles de leur servir à la fois d'amis et de mentors. Ce projet lui permettrait de se rendre utile tout en donnant libre cours à ses instincts maternels, et Nicole se sentait très fière d'avoir adopté une ligne de conduite aussi positive.

Mais le test véritable concernerait ses relations avec Joe. Serait-elle capable d'éviter les faux espoirs qu'elle n'avait cessé d'entretenir pendant quatre ans?

Il lui fut difficile de se prémunir devant le danger en se retrouvant à La Tourelle d'Argent. L'auberge, ce soir-là, était tout aussi romantique et luxueuse que dans ses souvenirs. Nicole se remémora les conseils de Jacqueline. Elle ne devait pas utiliser son mari à seule fin d'améliorer son propre bien-être.

— Je suis une personne remarquable, murmurat-elle à son reflet dans le miroir du vestiaire, tandis que Joe confiait leurs manteaux à la préposée. Même si Joe ne m'aime pas...

Tant qu'elle garderait les pieds sur terre, tout irait bien.

Le dîner se déroula à merveille. Joe avait toujours été un brillant causeur et un compagnon délicieux. Il lui décrivit les menus événements de sa semaine au

Herald, loua la vitalité d'organisations caritatives comme « Grands Frères et Grandes Sœurs », et se réjouit des progrès accomplis par le père de Nicole. Celle-ci admirait l'aisance avec laquelle il maintenait le rythme de la conversation, en dépit de son manque de réaction. Elle attribuait le côté décousu de ses réponses aux fatigues de sa semaine en Arizona, mais Joe ne semblait pas se soucier de son manque de repartie.

Il lui avoua soudain qu'il avait failli prendre l'avion pour Phoenix après quelques jours de séparation, ce qu'elle prit pour une grossière exagération mais accepta avec un sourire de remerciement. Et quand elle commanda, au dessert, sa sempiternelle tarte aux fraises, il la contempla avec une expression de tendre indulgence.

— J'aime la manière dont tu choisis toujours les mêmes plats, dit-il dès que le serveur se fut éloigné.

Il se souvenait sans doute de sa velléité d'y échapper, le soir de leur anniversaire de mariage, et cherchait à la rassurer. C'était gentil de sa part.

— Ce n'est pas très original..., convint Nicole.

Tant qu'elle continuait à se croire digne d'intérêt, elle pouvait accepter le fait qu'elle était une personne ordinaire.

— ...mais Jacqueline prétend qu'il n'y a rien de mal à manquer d'originalité, ajouta-t-elle.

— Bien sûr que non, tant qu'on suit ses propres goûts.

Lesquels étaient à l'opposé de ceux de Joe. Il ne lui avait pourtant jamais demandé de changer son style ou sa manière de vivre... Sans doute parce qu'il savait que Nicole ne réussirait jamais à se hisser à la hauteur de son premier amour.

Non ! il fallait qu'elle s'interdise à tout jamais de nourrir ce genre de pensée ! Evoquer Helena était le meilleur moyen de ruiner ses progrès et de la décourager. Or, elle avait besoin de toute son énergie pour résister à ses penchants et cesser de se languir de l'amour de Joe.

Ou plus exactement, pour cesser de se languir de Joe lui-même.

Parce qu'il débordait de séduction, surtout après une semaine de séparation. Parce qu'il lui accordait tant d'attention, parce qu'il buvait chacune de ses paroles comme s'il ne pouvait rêver de dîner en compagnie d'une femme plus fascinante. Parce qu'elle était si fatiguée qu'elle se serait volontiers blottie sur ses genoux.

Mais elle ne se laisserait pas aller. Ce serait trop facile de tout oublier dans ses bras. Trop facile de désapprendre la leçon péniblement apprise, à savoir qu'elle n'avait pas besoin de l'amour de Joe pour être quelqu'un de remarquable. Trop facile de se jeter à cœur et corps perdus dans une nuit de folle extase qui ne ferait pas la plus petite différence dans son existence, le lendemain matin.

Elle n'avait pas pour autant l'intention de renoncer aux plaisirs de la chair. Il aurait été stupide de se priver de ces brefs moments de félicité qui constituaient une source de satisfaction pour l'un comme pour l'autre. Dès qu'elle serait capable de contenir ses élans irrationnels et d'abandonner pour de bon ses espoirs ridicules, elle ferait volontiers l'amour avec Joe tous les soirs de la semaine.

Mais si tôt après leurs retrouvailles, ce serait jeter aux orties les progrès accomplis depuis sa grande conversation avec Jacqueline. Faire l'amour avec lui maintenant, ce serait à coup sûr retomber dans ses vieilles illusions. Elle ne prendrait pas un risque pareil.

— Je suis content que tu sois de retour.

Il attendit que le maître d'hôtel eût apporté son café, et remua lentement le sucre avec sa petite cuillère.

— Je suis content que tu sois de retour, répéta-t-il. D'abord parce que tu m'as manqué. Et ensuite parce que... euh... je voulais te dire quelque chose.

Il semblait intimidé, presque nerveux, mais ce devait être une illusion créée par la lueur des chandelles. Un homme comme Joe s'attaquait à des trafiquants de drogue sans un cillement de paupières. Il ne se montrerait pas fébrile dans un endroit aussi paisible que la Tourelle d'Argent.

— Oui ? dit-elle en abandonnant sa fourchette sans avoir touché à son dessert.

Il hésita, comme s'il cherchait ses mots.

— C'est que... Je... Enfin...

Les mots se précipitèrent soudain.

— Je t'aime, Nicky. Et je voulais que tu le saches.

Elle eut un sursaut. C'était pour lui dire ça que Joe avait organisé cette soirée. Et elle n'avait rien soupçonné ! Jacqueline avait de toute évidence joué le grand jeu auprès de son beau-frère. Et comme elle arrivait toujours à ses fins, elle l'avait convaincu de prononcer les mots magiques.

— Jacqueline t'a téléphoné ?

— Jacqueline ?

Il ne l'admettrait pas, bien sûr. Il avait trop de courtoisie pour avouer qu'il agissait sur les conseils d'autrui. Mais son regard d'incompréhension était digne d'admiration.

Nicole secoua la tête.

— Oublie ma question.

— Je ne pouvais pas attendre pour te le dire... Je t'aime vraiment.

Oh, si seulement il pensait ce qu'il disait ! Mais elle avait renoncé à désirer ce qu'elle ne pouvait obtenir. D'ailleurs, un changement aussi soudain était dénué de toute vraisemblance.

— Et je suis désolé de ne pas te l'avoir dit plus tôt, ajouta Joe. Je... je suppose que je ne voulais pas l'admettre moi-même.

— Je comprends... Ce n'est pas grave.

Il avait fait des efforts méritoires pour compenser une omission de quatre ans. Ce n'était pas le moment de lui dire que ses efforts de la soirée étaient inutiles. Que les mots ne suffisaient pas.

— Mais si, Nicole ! J'aurais dû te dire depuis long-temps à quel point je me sens bien en ta compagnie.

Cette partie du discours était probablement le reflet de la vérité. Nicole était toute prête à croire qu'il était à l'aise en sa présence.

— Je te remercie.

— Tu sais ce que j'éprouve, c'est...

Il chercha la métaphore qui convenait le mieux.

— Je ne sais pas... Ce n'est pas exactement comme un feu d'artifice, mais plutôt comme l'océan.

Pas de feu d'artifice, en effet, songea Nicole. Cela, c'était réservé à Helena.

— J'ai essayé de trouver une analogie, et la meil-leure que j'aie trouvée, c'est l'océan. Un symbole de force et de puissance. Et en même temps une source de détente et de liberté.

— C'est gentil, dit Nicole.

Il leva les bras dans un geste d'impuissance, comme s'il avait conscience de la futilité de ses efforts.

— Je ne m'exprime pas très bien. C'est simplement que, la semaine dernière... tu prétendais que je tenais à Helena plus qu'à toi.

Nicole saisit brusquement sa fourchette et entama sa tarte aux fraises.

— Ce n'est pas important, Joe. Nous n'avons pas besoin de parler d'Helena.

— Non, mais je ne voulais pas que tu penses... Je ne prétends pas que je ne l'ai pas aimée. Je dis seulement que je ne l'ai pas aimée comme je t'aime, toi.

Cela, elle l'avait deviné depuis longtemps.

— Je sais, dit-elle en s'y reprenant à trois fois pour piquer un morceau de tarte.

— Je veux dire que vous êtes complètement différentes.

Elle ne pouvait pas continuer à baisser la tête sur son assiette. Il fallait qu'elle dise quelque chose.

— Oui, je sais cela aussi.

— Mais le fait de l'avoir aimée, elle, ne veut pas dire que je ne t'aime pas, toi, conclut Joe tandis que Nicole avalait péniblement la pâte légère, qui lui paraissait lourde comme du plomb. Parce que je t'aime, Nicky. Je t'aime vraiment.

Quelques semaines plus tôt, elle aurait donné n'importe quoi pour entendre ces mots-là. Mais maintenant, elle avait gagné en maturité. Elle devait simplement se souvenir des conseils de Jacqueline, et ne pas utiliser Joe comme s'il n'était que l'instrument de son bien-être.

Mais il était gentil de sa part d'avoir essayé.

— Tu es adorable, dit-elle. Merci de m'avoir dit tout ça...

Il resta silencieux un instant, comme s'il attendait qu'elle en dît davantage. Puis il secoua la tête, saisit l'anse de sa tasse de café, et lui jeta un regard perplexe.

— Ton voyage t'a fatiguée?

— Oui, je pense.

Ce devait être la raison pour laquelle elle n'aspirait qu'à s'enfoncer sous ses couvertures pour oublier le reste du monde. Y compris Joe, qu'elle ne pouvait s'offrir le luxe de désirer en ce moment... quel que fût l'empressement avec lequel il avait répondu aux ordres de Jacqueline.

— La soirée était délicieuse, ajouta-t-elle. Je t'en remercie.

— Je voulais être sûr que tu savais.

Combien d'époux se donneraient une peine pareille, simplement pour donner à leur seconde épouse l'impression d'être aimée ?

— J'apprécie l'attention.

Le maître d'hôtel apporta l'addition, et Joe lui tendit sa carte de crédit.

— Tu veux rentrer ?

Elle constata avec un mélange de soulagement et de regret qu'il ne cherchait pas à prolonger la soirée. Il devait avoir compris qu'elle ne désirait, ou plus exactement ne s'autoriserait qu'une seule chose : dormir.

— Oui, s'il te plaît.

Avant de quitter la table, il lui prit la main.

— Nicole, dit-il avec une grande intensité dans la voix, je te parle du fond du cœur. Je t'aime.

Un frisson de désir la parcourut en dépit d'elle-même. Elle avait assez de sens commun pour ne pas le croire, mais elle ne pouvait s'empêcher de l'aimer davantage pour son obstination.

— Oui, dit-elle avec un sourire. Merci.

Nicole ne l'avait donc pas cru ! Les jours passaient, et Joe devait se rendre à l'évidence. Il n'avait pas réussi à s'exprimer avec suffisamment de clarté et de conviction.

Elle l'avait écouté, mais sans croire à la signification des mots qu'il proférait.

Elle semblait de bonne humeur, plus détendue qu'avant son séjour dans l'Arizona. Elle n'avait fait aucune allusion à la perte de ses espoirs de maternité, sauf pour refuser d'ouvrir un nouveau dossier dans une autre agence d'adoption. Elle avait marqué de rouge, sur le calendrier de la cuisine, la date de la journée organisée par « Grands Frères et Grandes Sœurs ». Pourtant, Joe avait l'impression qu'elle ne réussissait pas à combler un vide fondamental dans l'existence qu'elle menait.

Quelque chose, de toute évidence, n'allait pas.

Il avait espéré que leur première soirée commune offrirait l'opportunité de lui prouver à quel point il l'aimait, mais elle tombait littéralement de sommeil après son voyage. Il n'avait pas voulu l'obliger à partager l'exubérance d'une nuit de passion, alors qu'elle n'aspirait qu'à dormir. A présent, il le regrettait, car elle était montée se coucher de bonne heure tous les jours suivants, et il attendait toujours la magie d'un renouveau.

Entretemps il faisait ce qu'il pouvait pour lui rendre la vie facile. Un soir, il emmena Tony avec lui quand il dut retourner au *Herald* pendant qu'elle préparait le dîner. Un autre soir, il passa chez le traiteur choisir un plat qu'elle aimait particulièrement.

Mais tout cela ne suffisait pas.

Même Tony avait fini par remarquer qu'en dépit de la bonne humeur qu'elle affichait devant lui, quelque chose continuait à la tourmenter. Il attendit que Joe et lui fussent en route pour l'église, le dimanche matin, pour aborder le sujet.

— Papà, tu crois que *Tià* est encore triste ? Même quand je prépare mon déjeuner tout seul ?

Il y avait pourtant quelque chose à faire ! se répéta Joe pour la trente-sixième fois. Si sa déclaration d'amour n'avait pas suffi à gagner la confiance de Nicole, comment devait-il s'y prendre pour découvrir ce que sa femme désirait vraiment ?

— Oui. Il faut que je trouve un moyen d'agir.

Tony plissa le front. A neuf ans, il croyait certainement que la solution miracle allait leur apparaître durant les quelques minutes de trajet entre la maison et l'église Sainte-Cécile.

— Tu lui as dit que nous n'allions pas à Chicago ?

Joe avait songé à le lui dire, mais cela ne lui avait pas paru un gage d'amour suffisant.

— Non, parce que je lui avais déjà donné ma parole que nous élèverions nos enfants à Oakville.

Tony lui jeta un coup d'œil surpris.

— Mais je croyais qu'on n'aurait pas d'autre bébé ?

Nicole avait catégoriquement refusé sa proposition de renouveler leur candidature dans un Etat voisin. Peut-être son rôle prochain de « Grande Sœur » signifiait-il plus pour elle qu'il ne l'avait cru...

— Du moins pas pour l'instant, répondit-il.

— Tant mieux, parce que les bébés sont drôlement embêtants. Ils crient tout le temps.

Tony parlait d'expérience ; il avait eu plus que son compte de pleurs enfantins durant son séjour à l'orphelinat.

Joe se gara à proximité de l'église. Après avoir craint l'investissement financier et émotionnel qu'appelait un second enfant, il aurait dû être soulagé que la question ne se pose plus. Mais, vu les inquiétudes que lui causait Nicole, il n'était guère en mesure d'apprécier ce répit.

— C'est pour ça que *Tià* est triste ? demanda encore Tony sur les marches du parvis.

Joe avait l'amère impression que Nicole se trouvait à des années-lumière de lui.

— Je ne sais pas, Tony, mais je cherche à comprendre.

10.

L'ironie du sort voulut que le service dominical commençât par le baptême d'un bébé. Celui-ci ne criait pas, et Joe se demanda si Tony l'avait remarqué. Il passa ensuite la plus grande partie de la messe à observer les parents qui se trouvaient assis sur le côté du chœur, à quelques rangs devant eux.

Ces derniers avaient l'air heureux. Ils affichaient l'attitude que Nicole aurait eu le jour de l'adoption. Celle qu'il aurait peut-être eue lui-même le jour du baptême de leur fille adoptive... S'il avait compris plus tôt ce que cela signifiait, de tenir de tout son cœur à un enfant.

Il regrettait son manque de perspicacité. A l'heure présente, Nicole et lui auraient pu être en train de partager cette entente profonde, cette communion avec le bébé. Ils comptaient bien profiter encore de la présence de Tony pendant huit ou dix ans, mais ce n'était pas la même chose d'élever un enfant depuis le tout début.

Comme ce couple dans le chœur de l'église.

D'un autre côté, il valait probablement mieux que Nicole eût changé d'avis, et ne songeât plus désormais qu'à un rôle de « Grande Sœur ». Nul ne demanderait à Joe d'aimer de toute son âme une jeune adolescente avec laquelle sa femme passait un après-midi par semaine. Il ne risquait donc pas d'essuyer un nouvel échec sentimental.

Mais au lieu de se sentir léger, Joe courbait les épaules sous le poids des regrets.

Sur le chemin du retour, ils s'arrêtèrent dans le parc. C'était devenu une tradition du dimanche matin et, après une heure de recueillement immobile, Joe appréciait la dépense physique presque autant que son fils.

Ce jour-là, pourtant, au lieu de jouer au ballon, il s'assit sur un banc et se mit à observer les promeneurs qui évoluaient à proximité des agrès. Il s'agissait surtout de familles, ce qui était normal, car la présence de toboggans et d'échelles de corde allait de pair avec celle de gamins entreprenants. Mais jamais auparavant il n'avait eu une conscience si aiguë de l'intimité entre parents et enfants.

Sur la pelouse, un couple encourageait son bébé à faire ses premiers pas. Plus loin, un homme tendait un lainage à sa femme qui lui caressait la main une seconde de plus qu'il n'était nécessaire. Un père et une mère se souriaient avec fierté, tandis que leur fille à vélo acomplissait avec plus ou moins de maladresse trois tours de roues d'affilée.

— Papa, regarde ! cria Tony au moment de s'élancer sur le pont de lianes.

Joe le regarda franchir l'obstacle avec agilité.

— Bravo ! lança-t-il, tout en regrettant l'absence de Nicole.

Celle-ci savait instinctivement comment encourager et féliciter les enfants, alors que lui avait encore l'impression d'agir à l'aveuglette. Il appréciait chaque jour davantage la compagnie de son fils, mais il n'arrivait toujours pas à la cheville de Nicole dans ce domaine-là.

Ce n'était pas trop grave, maintenant. Tony était déjà grand. Mais Joe pensait avec mélancolie à tout ce dont il s'était lui-même privé. Il n'apprendrait jamais à un enfant comment lacer ses chaussures, comme le faisait le père accroupi devant sa fillette, de l'autre côté du terrain de jeux. Nicole et lui n'auraient pas à forger une explication laborieuse pour justifier le fait que le traîneau du Père Noël ne laissait aucune trace sur le toit enneigé. Ils ne partageraient jamais l'excitation d'une première dent, d'un premier mot ou d'un premier pas, comme le couple de la pelouse.

Ils feraient certes bien d'autres choses ensemble. Ils achèteraient des cadeaux d'anniversaire pour Tony, assisteraient à ses distributions de prix et lui donneraient des leçons de conduite. Mais ils avaient d'ores et déjà manqué des étapes essentielles de son existence.

Ce qui tourmentait Joe plus qu'il ne voulait l'admettre...

C'était sa faute, se répéta-t-il tout en regardant son fils qui avait grimpé une fois de plus tout au sommet de l'espalier. Il aurait pu partager avec Nicole la joie, la compassion et l'émerveillement d'élever un enfant... Si seulement il avait su plus tôt ce qu'il voulait ! Après une semaine en père célibataire, il ne prétendait pas être un expert, et il ne le serait probablement jamais. Mais il n'avait pas le droit de se plaindre de ne pas avoir eu l'occasion de faire ses preuves dès la naissance d'un enfant.

L'opportunité s'était présentée, et il l'avait

gâchée. La psychologue avait compris tout de suite qu'il n'était pas prêt.

Mais il tenterait de nouveau sa chance !

L'intensité de son désir le surprit. Quelques semaines plus tôt, le statu quo l'aurait parfaitement satisfait. Il ne songeait qu'à l'investissement financier et émotionnel que représentait un premier enfant, sans parler du second. Et pourtant, depuis la nuit où il s'était rendu compte qu'il aimait Nicole d'un amour véritable, quelque chose s'était dénoué en lui. Les risques liés à la présence d'un enfant paraissaient insignifiants, comparés au bonheur de l'élever avec Nicole.

— Papà ! Prépare-toi !

Il reporta son attention sur Tony juste au moment où celui-ci s'élançait sur la corde à nœuds, et franchissait d'un seul élan la mer de sable qui séparait le grand espalier du chemin de ronde bâti en vis-à-vis. Joe se dit avec fierté que, si les architectes de l'aire de jeux avaient de l'expérience et de l'imagination, son fils Tony, lui, avait l'audace et l'agilité nécessaires pour en profiter pleinement. Et s'il ne devait jamais avoir d'autre enfant, il serait toujours reconnaissant de cette paternité tombée du ciel.

Il aurait seulement souhaité avoir connu Tony depuis le début.

Et à présent, il souhaitait avoir un autre enfant... Un garçon ou une fille, ça n'avait pas d'importance. Ce qui comptait, c'était de le partager avec Nicole.

Sur le chemin du retour, Joe continuait ses réflexions. Peut-être pourrait-il convaincre Rita de les réinscrire sur sa liste, même si cela représentait un tâche de longue haleine. Quelles que fussent les réserves ou les réticences qu'elle avait remarquées en lui, il saurait les surmonter. Et alors, ils sauraient attendre jusqu'à ce que leur tour revienne. Si Nicole manifestait le moindre désir de reprendre les démarches, il la soutiendrait cette fois de tout son cœur.

Il attendit pour aborder le sujet que Tony fût au lit, après une journée d'activité incessante pendant laquelle il s'était demandé s'il aurait jamais dix minutes de tête-à-tête avec son épouse. Celle-ci était sollicitée par une multitude de tâches domestiques après une semaine d'absence, et il aurait été ridicule de croire qu'elle cherchait à l'éviter.

Joe mit son fils au lit, fit le tour de la maison pour vérifier que tout était en ordre, et monta rejoindre Nicole qui se brossait les cheveux, comme elle avait coutume de le faire chaque soir.

Sa nouvelle coupe n'avait pas modifié ses habitudes, ce dont il se réjouissait car il avait toujours aimé la regarder enfiler sa chemise de nuit, puis s'installer devant la coiffeuse pour brosser la masse épaisse et soyeuse de sa chevelure. De son côté, il se déshabillait derrière la porte de la salle de bains pour ne pas lui offrir la vue de ses cicatrices.

Il passa plus de temps qu'à l'accoutumée à la contempler dans son rituel vespéral. Et quand elle quitta le tabouret de sa coiffeuse pour défaire le couvre-lit, il se rendit compte qu'il ne faisait que repousser leur conversation. Il se redressa alors et prit une profonde inspiration. Il ne s'agissait, après tout, que de savoir si Nicole acceptait d'envisager une nouvelle tentative d'adoption.

— Ce matin, dit-il avant qu'elle eût le temps de

prendre le livre posé sur sa table de chevet, j'ai observé les familles dans le parc, et je me suis mis à penser à notre bébé. Si tu veux essayer de nouveau, cette fois-ci...

— Mais non, n'y pensons plus, coupa Nicole, alors qu'il souhaitait lui expliquer qu'il était prêt, cette fois, à en passer par tout ce que désirerait la psychologue. Je me suis inscrite à cette association...

L'enthousiasme de Nicole lui avait fait plaisir, mais il n'avait jamais pensé qu'elle pût préférer une « petite sœur » à un bébé.

— Ce n'est pas exactement la même chose, objecta-t-il. Je veux dire que...

— Joe, je t'en prie. N'en parlons plus.

Joe se rembrunit. Etait-ce la même femme qui avait passé des journées à décider de la couleur du papier mural de la chambre du nouveau-né et du style des vêtements que les enfants porteraient pour le portrait de famille ? Cela n'avait pas le sens commun.

— Je croyais que tu désirais un bébé.

Nicole tendit la main vers le livre posé sur sa table de nuit, et détourna le regard.

— Je préfère ne pas recommencer ce genre de procédure... Ne penser qu'à ce bébé, et puis... Non, je n'aurais plus la force.

Mais cette fois, il serait prêt ! Les espoirs de Nicole ne seraient pas déçus !

— Mais je veux réparer...

— Arrête ! protesta-t-elle soudain avec une énergie désespérée. Tu veux arranger les choses ? Alors, fais cela pour moi : ne parle plus de bébés !

La férocité soudaine du ton de Nicole montra à Joe, s'il était nécessaire, à quel point elle avait été

228

traumatisée. Il comprit enfin la signification profonde de son attitude. Si elle ne supportait pas de parler d'un autre enfant, ce n'était pas parce son instinct maternel s'était éteint, mais au contraire parce que le simple fait d'espérer la venue d'un bébé suffisait à lui déchirer le cœur.

Il ne lui infligerait pas de blessure supplémentaire. Elle endurait déjà un deuil suffisamment douloureux à cause de lui.

— Je suis désolé de t'avoir bouleversée, Nicky, dit-il lentement. Pardonne-moi. Oublie ce que je viens de dire.

Joe resta réveillé à réfléchir bien après que Nicole eut éteint sa lampe de chevet. Il ne ranimerait pas inutilement ses espoirs, mais rien ne l'empêchait de reprendre discrètement contact avec Rita. Il ne s'attendait certes pas qu'elle les réinscrivît instantanément sur sa liste. Mais il pourrait lui exprimer son désir de se préparer à son rôle de père adoptif, et lui demander s'il existait des groupes de réflexion susceptibles de l'aider.

Il saurait acquérir les qualités nécessaires. N'était-il pas capable d'apprendre? Mieux, il désirait de tout son cœur progresser dans le sens voulu. Pour le bien de Nicole, sans doute, mais aussi pour le sien propre.

Si seulement il pouvait se faire comprendre de Rita, aider Tony à surmonter son aversion pour les cris de bébés, vendre suffisamment d'articles pour compléter son salaire de rédacteur en chef et ne plus avoir de problèmes d'argent, et enfin regagner la confiance de Nicole, alors tout irait bien!

Il réussirait dans cette entreprise en dépit de sa difficulté. Il le fallait absolument. Son avenir et celui de la femme qu'il aimait dépendaient de sa capacité à atteindre le but qu'il venait de se fixer.

Ce qui était exactement la situation dans laquelle il se trouvait dans le camp de prisonniers. Il ne se répétait rien d'autre chaque fois qu'il préméditait une tentative d'évasion.

Ses souvenirs étaient encore désagréablement frais dans sa mémoire : les semaines de préparation, les prélèvements sur les maigres rations moisies, les exercices physiques secrets par lesquels il tentait de retrouver un semblant de musculature, la pensée de ce qui l'attendait s'il réussissait, la peur du châtiment impitoyable qui sanctionnerait un échec...

Un échec ?

Il avait enduré cinq fois des tortures pires que les précédentes. Il s'était évanoui sous les coups. Il avait sombré dans l'oubli momentané, mais le sentiment d'échec réapparaissait toujours au moment où son corps meurtri revenait à la conscience.

Mais d'abord, il fallait qu'il survive à la séance de torture suivante, à l'angoisse qui tordait les entrailles, à la douleur écrasante...

Tiens bon. Tiens bon !

Une douleur atroce le transperça, comme un feu dévorant qui lui tenaillait la moelle épinière. Puis une autre. Et encore une autre. Il perdait contact avec la réalité, plongeait dans la folie, tournoyait dans l'abîme...

Et cette fois, il approchait du point de rupture.

Tiens bon. Tiens bon !

Il ne pouvait abandonner la lutte. Titubant au bord du gouffre, il s'accrocha à son dernier vestige de raison et hurla de toutes ses forces. « He-le-na ! »

— Joe, dit une voix. Réveille-toi. Tout va bien.

Il poussa encore un cri rauque et lutta pour recouvrer son souffle coupé par l'épouvante. Son corps se souleva brusquement comme si tous ses muscles se contractaient au même instant.

— Joe, répéta la voix. Tout va bien. Tu es en sécurité. A la maison.

Un tremblement convulsif le secouait. Il réussit à se hisser sur les coudes et la regarda. Nicole? Il fallait que ce soit Nicole... Même si cela semblait impossible, il se trouvait peut-être vraiment en sécurité.

— Tu es chez nous, dit-elle doucement en lui caressant le visage. Tout va bien.

Un nouveau cauchemar? Encore agité de soubresauts, il s'extirpa avec peine du brouillard de l'inconscience. Il n'aurait pas dû penser à Milagua juste avant de s'endormir.

Nicole le prit dans ses bras avec une douceur si rassurante qu'il sentit aussitôt se desserrer l'étau qui lui broyait la poitrine. Déjà la pièce reprenait ses dimensions familières... Le pâle rayon de lune derrière les voilages de la fenêtre, le reflet du réveil sur la table de chevet...

Il avait une nouvelle fois cédé aux terreurs du passé! Quelque part dans son esprit, il entendait l'écho de son dernier cri.

— Nicole, je suis navré...

— Ne t'inquiète pas, dit-elle en le berçant avec cette tendresse qui l'avait sauvé tant de fois de la démence. Ce n'était qu'un cauchemar.

— Oui, mais...

Elle ne semblait pas bouleversée. Et pourtant, il aurait juré qu'il venait de crier le nom d'Helena dans son sommeil.

— Je ne voulais pas, Nicole, je t'assure. Si j'appelais Helena...

— Ne te soucie pas de ça, dit-elle en se blottissant contre lui. Tu n'y peux rien, je le sais.

Joe remarqua la nuance de résignation qui avait percé dans le ton de sa voix. La terreur céda alors la place à un sentiment de culpabilité. Il aimait Nicole, et il se reprochait amèrement de lui avoir ainsi rappelé son ancien amour pour une autre femme.

— Il faut que cela cesse, reprit-il d'une voix rauque. D'ailleurs, ça ne veut plus rien dire.

Elle ne répondit pas, et se contenta de remonter la couverture. Elle l'avait peut-être cru. Elle ne s'écartait pas de lui, ne le tenait pas à distance, ce dont il lui était profondément reconnaissant. Rien ne le rassurait davantage que de la sentir tout contre lui. Rien ne le réconfortait plus que sa douce chaleur et le rythme tranquille de sa respiration, qui l'aidaient à apaiser la frénésie de ses propres battements de cœur.

Mais il s'était entendu appeler Helena...

— Tu seras récompensée de ta peine, je te le promets.

Nicole se crispa brusquement. Puis elle se détendit de nouveau.

— Tout va bien. Si seulement...

Il sombrait dans un sommeil réparateur quand il l'entendit murmurer la fin de sa phrase.

— Si seulement je pouvais ne plus t'aimer !

Il était ridicule de ressasser ce dernier incident. Joe avait appelé Helena des centaines de fois dans ses rêves. Elle aurait dû s'y être habituée. Elle travaillait de nouveau au collège Brady, le temps de passer le flambeau à son successeur. Elle était en train de vérifier tous ses dossiers, et une montagne de papiers s'amoncelait sur son bureau. Mais elle se sentait incapable de se concentrer sur sa tâche.

Il était encore plus ridicule, après avoir répété sans fin la formule de Jacqueline, d'être toujours incapable d'accepter le fait que Joe n'oublierait jamais son premier amour. Elle pouvait s'accommoder de tout le reste. Elle avait pris la décision de rester fidèle à ses vœux de mariage et de continuer à s'occuper de Joe et de Tony. Elle offrirait tendresse et soutien à la « petite sœur » que lui trouverait l'association de mentors, et elle s'obligerait à penser à tous les bons côtés de son existence.

Le week-end s'était pourtant admirablement passé. Elle avait gardé l'attitude la plus positive. Elle s'était efforcée de se complimenter elle-même sur la façon dont elle avait joué le cantique final du service dominical, sur sa nouvelle coiffure qui lui allait si bien, sur la fierté heureuse de Tony quand il lui avait montré son dernier compte rendu de lecture. Elle avait réussi à éviter adroitement toute occasion de céder aux faux espoirs que leur soirée à la Tourelle d'Argent avait suscités. Sa candidature avait été acceptée par l'association de mentors, et elle s'en était félicitée. Elle n'avait pas oublié de se répéter, à intervalles réguliers, qu'elle était une personne merveilleuse.

Et puis, il avait suffi d'un cri, d'un nom hurlé dans la nuit, pour que toute sa détermination s'évapore comme neige au soleil.

C'était ridicule ! Nicole referma, d'un claquement sec, le tiroir dans lequel elle venait de ranger le dossier qui contenait les doubles des reçus de donations. Elle s'était vue en femme indépendante qui n'avait pas besoin de l'amour de Joe O'Connor pour avoir le sens de sa propre valeur. Bien sûr, ce n'était encore qu'un jugement intellectuel, mais elle finirait certainement par en être aussi convaincue dans son cœur que dans son cerveau.

Malheureusement, le besoin que Joe avait d'Helena continuait à la blesser au vif. Certes, il y avait toujours eu entre eux une certaine distance. Joe l'avait reconnu lui-même en se donnant tant de mal pour lui expliquer qu'il les aimait toutes les deux d'une manière différente. Comme s'il y avait dans son cœur la moindre place pour une femme qui n'était pas et ne saurait jamais être à la hauteur de son premier amour !

Il fallait cesser d'y penser. Un mariage fondé sur une relation affective paisible, quelques éclairs de passion et une amitié persistante, cela devrait lui suffire ! Mais le simple fait d'avoir offert à Joe le réconfort de son étreinte et de s'être endormie dans ses bras avait suffi à raviver ses vieux rêves d'une union idéale.

La vie avec Joe serait tellement plus facile si elle pouvait cesser de l'aimer !

Quand elle entendit sa voix dans le hall, il lui fallut quelques secondes pour comprendre qu'il ne s'agissait pas d'un effet de son imagination. Joe était là, en chair et en os, et Roxanne lui disait qu'il la trouverait dans son bureau.

Un souvenir lui traversa l'esprit, celui du matin où il était arrivé avec un fils sorti de nulle part, mais le visage de Joe, quand il franchit le seuil, ne portait aucune des marques d'anxiété de sa précédente visite. Il arborait un air triomphal.

234

Il traversa la pièce en trois enjambées, la saisit dans ses bras, et l'étreignit de toutes ses forces.

— Nicole! annonça-t-il sans lui laisser le temps de reprendre son souffle. Nicole! tu ne vas pas y croire, mais il faut que tu fasses un effort tout de même. C'est la vérité toute pure!

Vu son air radieux, il n'apportait manifestement pas de mauvaises nouvelles. Nicole chercha à deviner. Une autre distinction professionnelle accordée au *Herald*? Le gros lot de la loterie? Un prix de journalisme pour Joe?

— Oui? demanda-t-elle.

Joe posa les deux mains sur ses épaules et la regarda droit dans les yeux.

— Si tu le veux, dit-il en détachant chaque mot, l'agence nous offre d'adopter un bébé.

Une sorte d'éblouissement lui ôta tous ses moyens.

— Quoi?

— Un bébé. Tu disais que tu ne voulais plus y penser. Mais je ne pouvais pas...

— Un bébé?... Bien à nous?

Sa propre voix sonnait bizarrement. Elle se demanda s'il ne s'agissait pas d'un rêve éveillé.

— Oui, pas le même bébé, mais un autre. Rita dit qu'elle est déjà née.

Comment y croire? Un bébé? Par l'agence qui leur avait infligé un refus si cinglant?

— Tu... Tu y es retourné? réussit à dire Nicole, articulant la première pensée cohérente depuis que Joe lui avait annoncé cette nouvelle invraisemblable. Ce matin?

L'incrédulité perçait dans sa voix. Il finit par remarquer qu'elle souffrait d'une sorte de vertige, la prit par la taille et la guida vers le rebord du bureau pour qu'elle pût s'y appuyer.

— Il le fallait bien, dit-il avec simplicité. Je savais ce que tu endurais. Je suis allé...

Ce n'était pas croyable! D'un autre côté, il lui avait dit dès son arrivée qu'elle ne le croirait pas, alors qu'il s'agissait de la vérité pure.

— Tu nous as obtenu un bébé?

— Oui. Une petite fille.

Une fille. Il lui avait promis, la nuit précédente, après avoir hurlé le nom de son amour perdu, qu'il la récompenserait de sa peine, mais elle ne s'était pas attendue à une surprise pareille.

— Mais comment diable...?

Il se lança dans ses explications avec l'ardeur de quelqu'un qui ne serait pas totalement convaincu de sa bonne fortune.

— Je suis allé demander à Rita ce qu'il fallait que je fasse pour me préparer à être un bon père. Je lui ai raconté ce qui s'était passé. Et... Et nous allons avoir une fille...

— Pour... de vrai?

— Pour de vrai. C'est l'expression que Rita a employée!

Elle n'aurait pas dû être surprise que Joe eût réussi à modifier du tout au tout l'attitude de Rita. Il était probablement capable de faire changer n'importe qui d'avis sur n'importe quel sujet. Mais qu'il fût arrivé à ses fins avec une telle rapidité...

— Joe, je n'arrive pas à y croire!

— Je sais. Pendant tout le temps qu'il m'a fallu pour venir ici, je me répétais la même chose. Mais je te jure que c'est vrai! Je ne t'aurais rien dit si je n'avais pas vu les papiers d'adoption de mes propres yeux.

Les formulaires à signer, songea Nicole. Et les petites annonces à faire passer dans le journal. Et le papier mural à commander une deuxième fois pour la chambre d'enfant. Et la robe de baptême de sa mère à sortir de son papier de soie...

— Nous aurons l'autorisation de l'emmener chez nous d'ici à trois semaines si...

Il l'interrogea d'un sourire.

— ... si tu le désires encore.

Si elle le désirait ? Elle le regarda avec stupéfaction, puis se souvint qu'elle l'avait elle-même supplié de ne plus jamais lui parler de bébés. Mais recommencer le processus d'inscription sur les listes d'une agence n'avait rien en commun avec le fait d'accepter la petite fille qu'on lui offrait sans conditions.

— Bien sûr que je le veux ! Je n'ai jamais rien désiré davantage.

— C'est exactement ce que je pensais.

Comme le destin vous jouait des tours ironiques ! Elle avait fantasmé sur l'enfant qui ferait d'eux une véritable famille, dans laquelle l'amour de Joe répondrait pleinement au sien, et voilà que ce bébé lui était brusquement offert. Mais mieux valait se concentrer sur l'essentiel : la petite fille, c'est-à-dire le trésor dont elle rêvait depuis des années.

— Oh, Joe ! C'est merveilleux !

— Je suis moi-même tout excité.

Il n'était pas difficile de le croire. Il était arrivé en ébullition. Quelles que fussent ses motivations, Joe avait de bonnes raisons de se montrer aussi effervescent. Il avait réussi, à lui tout seul, à renverser la décision prise par la toute-puissante Rita.

— Je ne sais pas comment tu t'y es pris ! Tu en es bien sûr ? Nous allons avoir un bébé ?

— Pas le même que la dernière fois, bien sûr. Je suppose qu'ils lui ont déjà trouvé des parents. Mais les gens qui s'apprêtaient à adopter la petite fille dont je te parle ont brusquement été mutés aux Philippines, et le hasard a voulu que j'arrive alors qu'ils venaient de prévenir Rita et... avant qu'elle n'ait contacté une autre famille !

— Et tu l'as convaincue ? Joe, tu es extraordinaire !

Il chassa le compliment d'un petit geste de la main et plongea le regard dans celui de Nicole.

— Je voulais simplement que... que tu sois heureuse. Et je veux que nous ayons ce bébé tous les deux.

Pendant une fraction de seconde, en dépit de toute raison, elle s'abandonna à un fulgurant éclair d'espoir. Elle savait qu'il était imprudent de retomber dans ses vieilles illusions, et pourtant elle ne pouvait s'empêcher de lire sur le visage de Joe une expression de véritable amour.

— Et puis, poursuivait Joe, je pensais qu'une fille nous conviendrait à merveille. Ainsi, tu ne seras plus la seule femme de la famille. Quand Tony et moi feront une virée entre hommes, tu auras la possibilité de faire... toutes les choses que font les filles entre elles !

Elle se rendit compte avec un pincement de cœur que cette explication-là était plus rationnelle, et coïncidait avec tout ce qu'elle savait déjà. Le fils qu'il avait suffisait pleinement à Joe, mais il lui offrait une compensation. Puisqu'il se réjouissait d'avoir un fils, il avait fait en sorte qu'elle eût une fille.

Alors, autant ne pas s'appesantir sur ce qui ne

changerait pas, et songer à toutes les joies qui l'attendaient : le papier mural dans les tons rosés, les couvertures à petites fleurs, les robes si douces, et les mille détails auxquels elle s'interdisait de penser depuis sa terrible déception.

— Dès ce week-end, commença-t-elle, je... Tu es vraiment sûr que tout se passera comme prévu ?

Au lieu de se formaliser de sa question, il se pencha vers elle et lui prit tendrement les mains.

— Cette fois-ci, oui ! Cette fois, Nicole, je te jure que je ne gâcherai pas notre chance.

11.

Après dix minutes de conversation, Rita avait décrété que, de toute évidence, Joe était d'ores et déjà prêt à élever un autre enfant. La décision de la jeune femme l'étonnait encore, car il n'avait rien trouvé à dire, en sa faveur, que son désir d'aimer et d'agrandir sa famille. Il savait bien à quel point il manquait d'expérience paternelle.

Mais annoncer à Tony l'arrivée du bébé serait un bon test de ses qualités de père. Il quitta le *Herald* avec quelques minutes d'avance, afin de pouvoir répéter son petit discours en chemin. Pourquoi diable était-il plus nerveux à l'idée de s'adresser à un enfant de neuf ans qu'avant une allocution devant huit cents journalistes ?

Le sujet était délicat. Il attendit donc que Tony et lui fussent installés à leur table favorite du Grand Café, le restaurant dans lequel ils avaient dîné tous les soirs durant l'absence de Nicole. L'endroit était agréable, et tout imprégné de bons souvenirs. Ils avaient largement entamé leurs glaces au chocolat quand il entra dans le vif du sujet.

— Tu te souviens de notre conversation à propos de bébés ?

Tony lui jeta un coup d'œil par-dessus le cône qui

persistait à couler, quelle que fût sa technique pour lécher sa glace.

— Euh...

— Eh bien, il semble que notre famille va s'agrandir malgré tout, grâce à l'arrivée d'une petite fille. Ce qui est parfait, puisque tu es déjà notre fils.

Joe était assez fier d'une phrase qui permettait à Tony d'apprécier sa position de seul garçon de la famille. Mais il ne s'était pas attendu à la rectification immédiate de l'enfant.

— Je suis *ton* fils, et celui de *Mamà*.

Joe ne demanderait jamais à Tony d'oublier sa mère, quel que fût son désir de bâtir un foyer à quatre.

— Oui, bien sûr, tu seras toujours le fils de *Mamà*. Mais tu es aussi celui de *Tià*. Nous formons tous une même famille.

Il fallut une bonne minute à Tony pour réfléchir à ce que Joe venait de lui dire. Quand l'enfant hocha enfin la tête d'une façon affirmative, Joe poussa un soupir intérieur de soulagement.

— Oui, tous les trois, dit Tony.

— Exact, et dans quelques semaines, nous serons quatre. Et le bébé sera ta petite sœur.

— Les bébés crient tout le temps.

Il était inutile de nier l'évidence.

— Parfois, c'est vrai. Mais rappelle-toi : le bébé de l'église n'a pas pleuré. Quand tu entendais tous ces bébés, la nuit, à Milagua, ils étaient très nombreux. Nous n'en aurons qu'un seul.

Une expression circonspecte se peignit sur le visage de Tony.

— Oui, un seul bébé, c'est mieux, ça ne peut pas pleurer sans arrêt. Il s'étoufferait. Mais s'il y a des couches dégoûtantes, ne comptez pas sur moi pour y toucher.

Joe réprima un sourire. Ce commentaire-là ne figurait pas sur la liste de ceux qu'il avait envisagés.

— Tu n'auras pas à t'en occuper.

— Promis ?

Tony devait être particulièrement préoccupé par la question des couches, pour réclamer ainsi un engagement solennel.

— Juré. Ce sera le travail de *Tià* et le mien.

Tony le regarda avec stupéfaction.

— Ton travail ?

Joe se rappela soudain qu'à Milagua, les hommes abattaient les animaux de ferme sans craindre la vue du sang, qu'ils transportaient leurs blessés à travers la jungle boueuse, et creusaient des fosses pour ensevelir leurs camarades tombés au combat, mais que jamais, au grand jamais, ils n'auraient changé un bébé...

— Oui, répondit-il. Dans ce pays, les hommes s'occupent de leurs enfants, quand ils sont à la maison. J'irai au *Herald* tous les jours, comme je le fais maintenant, mais *Tià*, elle, restera à la maison au lieu d'aller au cours Brady. Elle veut s'occuper du bébé elle-même.

Tony se hâta de lécher la glace qui avait fondu durant leur conversation, mais il gardait un air songeur. Il finit son cône et leva les yeux vers Joe.

— Alors, *Tià* est heureuse ?

Autre question à laquelle Joe ne s'était pas attendu, mais il était gentil de la part de son fils de se la poser. Et la réponse était facile à donner, vu la façon dont avait éclaté la joie de Nicole.

— Oui. Elle désirait ce bébé depuis très longtemps.

— Des années et des années ?

— Oui, dit Joe en sortant son portefeuille pour régler leurs desserts.

Nicole avait toujours su s'occuper d'autrui. Même avant son retour de Milagua, il se souvenait de la jeune adolescente qui leur offrait de la limonade fraîche après leurs parties de football sur la pelouse. Elle avait un don naturel.

— Sa vie entière, je crois, conclut-il.

Durant le trajet de retour, Joe se demandait si, lui aussi, il avait manifesté la même obstination dans un quelconque domaine. Il lui était arrivé de se fixer un but et de l'atteindre. Sa passion de l'information guidait son existence depuis quinze ans, mais ce n'était rien comparé à la vocation maternelle de Nicole.

Elle en donna la preuve quand elle rentra du collège, et trouva Tony et Joe en train de monter, sur la table de la cuisine, le siège de voiture qu'ils avaient acheté en route.

— Merci d'aider ton papa, Tony ! dit-elle en l'étreignant, mais pas trop longtemps pour ne pas l'effaroucher. Le bébé aura bien de la chance de t'avoir pour frère.

Elle rayonnait de bonheur, mais elle n'oubliait pas pour autant de donner à Tony la place qui lui revenait.

— Je t'en prie, dit Tony avec solennité. Mais je ne changerai pas les couches. Papa m'a donné sa parole.

Nicole traita le problème avec la gravité qu'il méritait.

— Les grands frères ne changent pas les couches, mais il n'y a pas que les couches, au monde. Tu pourras lui apprendre à marcher quand elle sera plus grande.

Tony se redressa de toute sa taille.

— C'est entendu.

— Et tu lui montreras comment préparer ses sandwichs pour l'école, comme tu le fais si bien. Elle sera trop petite, au début, pour faire quoi que ce soit, mais le moment venu, elle sera bien contente d'avoir un grand frère qui puisse lui montrer certaines choses.

— Je suis très doué pour montrer les choses aux gens, annonça Tony. Un jour, sœur Anna nous a demandé de l'aider à préparer le repas, et j'ai montré à Miguel comment se servir d'un ouvre-boîtes. Il n'en avait jamais utilisé.

— Je prévois que tu seras d'une grande aide. Sœur Anna avait de la chance, quand tu étais là-bas.

Tony se rengorgea.

— Sœur Anna et sœur Maria m'ont dit toutes les deux qu'elles étaient bien contentes de m'avoir.

— Evidemment, dit Nicole, en ouvrant un placard pour y prendre les assiettes du dîner. Je parierais tout ce qu'on veut que tu leur manques.

Joe la regardait avec admiration. Comment s'y prenait-elle pour savoir toujours ce qu'il convenait de dire ? Il ne lui serait jamais venu à l'esprit de rassurer Tony en lui disant qu'il manquait certainement aux sœurs de l'orphelinat ! Mais le regard satisfait de l'enfant prouvait la justesse de l'approche de Nicole. Après tout, Tony avait passé six mois de sa vie à l'orphelinat, et les sœurs lui avaient servi de famille.

Nicole était décidément née pour être mère.

— J'ai téléphoné à mon père et à Jacqueline, annonça-t-elle durant le dîner. Ils sont enchantés tous les deux. Papa dit qu'il est maintenant un expert en diététique pour les jeunes et les vieux, les diabétiques et les bien portants, et que si j'ai besoin de conseils pour nourrir le bébé, je n'ai qu'à m'adresser à lui ! Quant à Jacqueline, elle veut que je lui envoie un album de photos par semaine !

Il était amusant de la voir aussi excitée. Joe donna

libre cours à son imagination. La prochaine fois qu'ils feraient l'amour, cette joie débordante les emporterait au septième ciel comme un geyser de champagne. En attendant, il pouvait se réjouir de son bonheur tandis qu'elle faisait la liste des amis à avertir, rechargeait déjà son appareil photo, et descendait du grenier une valise pleine de vêtements de bébés dont lui-même ignorait complètement l'existence.

Son seul regret était qu'elle ne semblât pas considérer tout cela comme une aventure commune. Bien sûr, il n'avait pas grand-chose à offrir en matière de brassières tricotées à la main, de petites couvertures bordées de satin, de chaussons miniatures et autres accessoires qu'elle semblait avoir accumulés au cours des années. Il n'avait pas de famille à ajouter à sa liste d'appels téléphoniques, et il avait déjà prévenu ses amis et collègues du *Herald*. Il aurait pourtant été heureux si Nicole avait manifesté son bonheur d'agrandir ensemble le cercle de famille.

Mais il n'y avait pas le moindre doute à avoir sur la joie de Nicole. Il glissa dans le sommeil en se disant que, le lendemain soir au plus tard, il lui montrerait, même s'il fallait pour cela débrancher le téléphone et verrouiller la trappe du grenier, qu'il était capable de l'aimer corps et âme.

Il continuait de penser à elle tout en écrivant son éditorial, le matin suivant, en appelant l'avocat qui se chargerait des dernières formalités légales, et en téléphonant à quelques directeurs de publication qui voudraient peut-être lui acheter ses reportages. Il lui faudrait démarcher ses confrères un peu plus agressivement, s'il voulait élargir le champ de ses activités. Mais il saurait y parvenir. Il avait déjà convaincu Rita de leur confier un bébé et Tony d'accueillir une petite sœur de bon cœur. Aussi, ce serait l'enfance de l'art de vendre quelques articles de plus.

Ses prises de contact eurent l'effet escompté plus vite encore qu'il ne l'avait prévu. Le soir même, alors qu'il venait de s'asseoir à la table familiale avec Nicole et Tony, on l'appela de Minneapolis pour lui proposer un contrat consistant à couvrir un feu de forêt qui s'étendait rapidement près de la frontière canadienne.

— Nous avons été avertis il y a une demi-heure à peine, lui dit le directeur, mais la situation semble grave, et ce n'est pas trop loin de l'endroit où vous vous trouvez. Cela vous intéresse ?

Une décharge d'adrénaline fit bouillonner le sang dans ses veines. Il se savait capable de couvrir ce genre d'événements mieux que personne. Mais il mesura aussitôt ce que cela signifiait : quitter Nicole sur l'heure.

— Ecoutez, répondit-il. Soit je m'en charge personnellement, soit j'envoie sur place Phil, le journaliste qui a travaillé avec moi sur l'affaire de drogue du mois dernier. Vous avez acheté nos articles, vous vous en souvenez ? L'un de nous deux vous enverra un papier avant minuit.

Il prit en note tous les renseignements dont disposait son correspondant, raccrocha, et vit Nicole le regarder avec effarement.

— Tu enverrais Phil couvrir une exclusivité pareille ?

Son instinct de journaliste lui dictait de ne plus songer qu'à son reportage, mais il ne pouvait pas s'absenter pendant cette période de préparatifs, juste avant l'arrivée du bébé.

— Eh bien, ça donnera à Phil l'expérience de

l'autonomie. D'autant qu'avec l'arrivée du bébé et tout le reste...

Nicole était aussi émue que surprise.

— Tu es merveilleux ! Mais tu n'as pas besoin de rester à la maison. Le bébé ne sera pas là avant quelques semaines.

Il le savait, mais, pour la première fois depuis quatre ans, il aurait voulu entendre sa femme se plaindre de ses absences trop fréquentes.

— Mais nous devons installer les meubles d'enfants, objecta-t-il.

— C'est le rôle des livreurs, dit-elle avec un sourire. C'est adorable de ta part, mais Tony et moi sommes capables de nous occuper du nécessaire. Et c'est le genre d'article que tu adores.

Elle avait raison, d'autant que, vu la soudaineté de l'incendie, il serait le premier, sinon le seul journaliste sur place cette nuit-là. On soupçonnait un incendie criminel après une période de sécheresse. Cinq cents hectares de bois de construction étaient en jeu, et le vent jouait au plus fin avec les efforts stratégiques des pompiers. Un bon article en perspective, et qui ne nuirait pas à sa réputation.

— Mais ça m'est égal, de rater ce reportage...

C'était à moitié vrai et à moitié faux, et Nicole parut plus sensible à son manque de franchise qu'à sa bonne foi.

— Ne dis pas de sottises, Joe ! D'ailleurs, quand le bébé sera là, qui sait si une occasion pareille se représentera ? De mon côté, je suis parfaitement capable d'emmener Tony à l'école et de le ramener. Et pour le reste, nous nous débrouillerons fort bien tous les deux. Donc, il ne te reste plus qu'à rassembler tes affaires. De mon côté, je vais te préparer une Thermos de café pour la route.

Il n'avait donc plus qu'à s'exécuter! Il fit son sac avec une rapidité et une efficacité nées d'une longue expérience, laissa ses instructions à Mark au *Herald*, et prit la route. Mais cette fois, son esprit n'était pas entièrement tourné vers l'événement à couvrir. Le frisson de plaisir professionnel était tempéré par les pensées qui le ramenaient à Nicole. Il l'imaginait donnant à Tony son dessert... rangeant la cuisine... vérifiant les devoirs de l'écolier... le bordant dans son lit... s'asseyant devant sa coiffeuse pour se brosser les cheveux...

Combien de temps lui prendrait ce reportage? Un jour ou deux, probablement. Si le vent tournait et si les pompiers maîtrisaient l'incendie, il pourrait rentrer chez lui le jeudi matin.

Ces pensées ne lui ressemblaient guère. La nuit tombait rapidement, et il lui restait encore cinquante kilomètres à couvrir quand il vit le soleil disparaître à l'horizon. Nicole était-elle en train de se coucher dans le grand lit conjugal?

En temps ordinaire, il aurait été en train de songer à tous les angles possibles pour traiter son sujet, il se serait efforcé de trouver l'idée directrice qui donnerait forme à son article, il aurait été dans un état second dû à l'adrénaline. Et voilà qu'il ne songeait qu'à une seule chose: rentrer le plus vite possible auprès de sa femme!

Dès qu'il serait sur place, la vieille magie reprendrait ses droits. Quand il aurait parlé à quelques habitants, ainsi qu'aux combattants du feu, il relirait ses notes et trouverait un endroit tranquille pour rédiger et téléphoner son premier rapport à Minneapolis. Il serait alors au cœur de la bataille et ne songerait plus qu'à sa vocation de journaliste.

A l'aube, il envoya son deuxième rapport, aussi incisif que le premier, et se réfugia dans sa voiture pour dormir une heure ou deux. Il n'avait pas perdu la main. Il était encore capable de découvrir les témoins importants, de rassembler les faits saillants, et de donner à son propos la couleur qui rendrait l'article intéressant pour tous les lecteurs. Il réussit, dans l'après-midi, à obtenir quelques minutes d'attention de la part du capitaine des pompiers en charge des opérations, et apprit de sa bouche que la bataille ne faisait que commencer. A ce moment-là, il était encore le reporter que tous les journaux cherchaient à contacter. Il aurait donc dû voir le côté positif des choses. Plus longtemps le feu durerait, plus il pourrait envoyer d'articles à ses correspondants. Mais la consternation se mêlait à l'excitation. Plus la lutte contre l'incendie s'intensifiait, et plus il resterait éloigné de son domicile.

Il y avait là quelque chose qui n'allait pas ! Il se trouvait au cœur de l'action, il obtenait des informations pour lesquelles ses confrères se seraient damnés, et il ne parvenait pas à rester concentré sur son travail ?

Voilà ce qui arrivait, quand on écoutait la voix de son cœur. Voilà pourquoi il avait été si terrorisé à l'idée d'aimer Nicole.

Mais c'était Nicole elle-même qui l'avait envoyé sur le terrain.

Cette décision lui avait-elle coûté ? se demandait-il le matin suivant, en tapant à la hâte un article de plus sur son ordinateur portable. Elle n'avait pas hésité à lui affirmer que Tony et elle pouvaient fort bien se débrouiller sans lui. Prenait-il ses désirs pour la réalité, ou bien avait-elle compris son besoin de savoir avec certitude qu'il pourrait aimer sa femme sans pour autant sacrifier sa carrière ?

Trente-six heures sur le terrain lui avaient donné l'opportunité de se le prouver à lui-même. Et il en éprouvait une joie profonde. Mais cela ne remplissait pas le vide qu'il ressentait durant les longues heures d'attente, quand rien d'essentiel ne se produisait, et qu'il pouvait seulement prendre son mal en patience et regretter l'absence de Nicole.

Il attendit, pour lui téléphoner, l'heure à laquelle elle rentrait à la maison après avoir été chercher Tony à la sortie de l'école. Son cœur battait comme celui d'un écolier tandis qu'il attendait qu'elle réponde à la sonnerie, et quand il entendit le son de sa voix, il ressentit un plaisir si intense qu'il en eut la tête qui tournait.

— Nicky, que c'est bon de te parler !

La communication était très mauvaise, mais il sentait en elle une excitation comparable à la sienne.

— Joe, c'est toi ? Oh ! Tu ne pouvais pas mieux tomber ! Je suis si contente que tu aies appelé... Devine quoi ! Tony et moi allons voir le bébé !

— Maintenant ?

Il aurait appelé quelques minutes plus tard, il les aurait manqués...

— Tu dois être au comble du bonheur ! Ils vous laissent donc la voir ?

— Nous n'avons pas encore la permission de la ramener à la maison, mais l'une des assistantes sociales a besoin d'une signature, et elle a dit qu'à condition de nous dépêcher, nous pourrions voir notre bébé, qui est attendu à la clinique pour une visite de routine.

Notre bébé. Elle avait dit *notre* bébé. Le cœur de Joe fit un bond de plaisir.

— Je voudrais tant être là !

— Oh, moi aussi, je le voudrais tant ! dit-elle avec ferveur.

Un curieux grésillement les empêchait de bien s'entendre.

— Oh, Joe, reprit Nicole, je suis si contente que tu téléphones. Je voulais te dire...

« Que je t'aime » ? Il ferma les yeux pour mieux entendre la fin de la phrase.

— La ligne est mauvaise. Je voulais te dire à quel point je te suis reconnaissante. Oh, je n'allais pas faire toute une histoire à propos d'Helena, je t'assure. Mais quand tu m'as dit que tu me récompenserais de ma peine...

Un froid glacial se répandit dans les veines de Joe.

— Mais Nicole, ce n'était pas... Nicole, tu es là ?

Il ne l'entendait plus. Il secoua l'appareil dans l'espoir de rendre la communication meilleure, et quand il le remit à son oreille, il s'aperçut que Nicole continuait à lui parler.

— ...le plus beau cadeau que j'aie jamais reçu, et je ne t'ai même pas dit merci !

Elle croyait vraiment qu'il avait renversé la décision de l'agence d'adoption juste pour se faire pardonner ? Qu'il lui avait fait une faveur ?

— Mais ce n'est pas pour ça que je l'ai fait ! explosa-t-il soudain. Je...

Un silence lourd lui répondit.

— Nicole, tu es là ? Nicole !

Il secoua en vain l'appareil. Quand son téléphone voulut bien se remettre à fonctionner, il était trop tard. La sonnerie retentit longtemps, mais personne ne répondit. Nicole et Tony étaient déjà en route pour la clinique.

Nicole raccrocha le téléphone, soudain muet, et alla rejoindre Tony qui finissait son goûter dans la cuisine.

— C'était papa. Je ne sais pas ce qui s'est passé. Il avait l'air en forme, mais j'avais du mal à l'entendre, et tout à coup la communication a été coupée. Je me demande si c'est un effet de l'incendie.

— Il va rappeler?

Elle l'espérait, même si elle aurait été gênée d'admettre à quel point elle se réjouissait de l'entendre. Elle continuait à utiliser Joe pour se faire plaisir! Elle désirait encore sa présence non seulement pour lui-même, mais aussi pour le réconfort qu'il lui apportait. Il lui faudrait s'endurcir davantage. Les ravages du feu avaient du moins l'avantage de lui donner quelques heures de plus pour s'armer de courage, avant qu'une nuit de folle passion ne vînt raviver ses espérances. Mais Joe n'avait aucune raison de rappeler, maintenant qu'il s'était assuré que tout allait bien chez lui.

— Demain, sans doute, dit-elle pour ne pas donner de faux espoirs à Tony. Je ne crois pas qu'il ait beaucoup de temps à lui. Mais quand il rappellera, nous lui raconterons tout au sujet de ta petite sœur.

Elle avait tout de même saisi l'opportunité de le remercier. Elle serait pour toujours sa débitrice. Et aujourd'hui, un miracle supplémentaire s'était produit grâce à l'assistante sociale, qui ne se croyait pas obligée de respecter scrupuleusement une règle qui revenait à séparer un enfant de ses parents durant les six premières semaines de son existence.

Encore une bénédiction du ciel qu'elle se devait d'apprécier tout particulièrement.

Ce sentiment de gratitude ne la quitta pas tandis qu'elle remplissait les formalités voulues avec l'assistante sociale. Elle signa, sans les lire, les documents qui portaient déjà la signature de Joe. Ce dernier prenait toujours garde aux détails, et elle pouvait lui faire confiance les yeux fermés. Elle parcourut le reste le plus vite possible. Elle ne désirait qu'une chose : en finir au plus tôt et se hâter d'aller voir sa fille — sa fille ! — à la clinique du rez-de-chaussée.

Quand Tony et elle entrèrent à pas de loup dans la salle d'attente, ils virent une femme aux cheveux gris qui tenait un bébé enveloppé dans une couverture rose. Le cœur de Nicole faisait des bonds désordonnés. Après des années de rêves inassouvis, elle avait du mal à croire que sa fille fût à portée de main.

— Madame O'Connor ?

Quand la femme souleva la couverture pour leur laisser voir le visage de l'enfant, Nicole aurait juré qu'elle entendait un chœur de séraphins !

L'enfant était si belle ! Toute petite, encore toute fripée, avec un duvet soyeux en guise de chevelure, et des petits doigts noueux refermés sur les paumes.

— Je peux la tenir ? demanda Nicole en s'asseyant à côté de la mère nourricière.

A l'instant où l'enfant fut placée dans ses bras, elle sut que sa vie avait pris un sens. Ce bébé était bien son enfant. Sa destinée tenait dans ce petit paquet d'os et de chair. Elle chérirait cet être le reste de sa vie. Tant d'années d'attente, de rêve et d'espoir n'avaient pas été vécues en vain.

Si seulement Joe était là ! Mais comment donc aurait-il pu comprendre ce que signifiait un moment pareil ? Comment aurait-il pu concevoir cette promesse d'éternité ? Il avait réussi à convaincre Rita qu'il était prêt à adopter un enfant, mais il ne verrait jamais dans la présence de sa fille qu'une manière d'équilibrer leur famille. Nicole s'en voulut d'attendre davantage de Joe. N'était-ce pas trop lui demander, après le miracle qu'il avait accompli ?

Car cet enfant était bel et bien miraculeuse. Un trésor, avec des petits yeux tout plissés et un menton si touchant qu'il suffisait de le regarder pour avoir envie de sourire.

— Ma toute belle, ma précieuse, murmura-t-elle.

Oh, ce bébé lui appartenait de toute éternité ! Peut-être pas légalement, tant que les formalités n'auraient pas pris fin, mais elle était déjà l'enfant de son cœur.

La prochaine fois qu'elle la tiendrait ainsi, ce serait dans la chambre d'enfants, à la maison, et sa fille la reconnaîtrait sûrement. Un sentiment d'appartenance aussi profond ne pouvait qu'être partagé. Des larmes d'attendrissement lui montaient aux yeux.

— C'est un petit ange, dit la mère nourricière. Elle ne mange pas beaucoup à la fois, mais quand elle fait son rototo, vous la prendriez pour un joueur de rugby ! On ne fait pas plus mignon.

Nicole rit de bon cœur. Qui aurait imaginé une petite princesse qui roterait comme un joueur de rugby ? Mais ce serait désormais l'histoire de sa vie : une surprise après l'autre, et elle les attendait toutes avec impatience.

Il lui fallut un gigantesque effort de volonté, une demi-heure plus tard, pour laisser sa fille aux soins du pédiatre. Encore trois semaines, et ils viendraient la chercher tous les trois, Joe, Tony et elle. Ils installeraient le bébé bien en sécurité dans le siège d'enfant. Ils la ramèneraient à la maison. Ils se gareraient devant chez eux. Ils sortiraient de la voiture, au grand soleil, et le bébé ferait partie de la famille.

Oh, mon Dieu ! songea-t-elle. Merci ! Merci ! Merci !

Ses yeux se remplirent de larmes, et elle dut les essuyer avant de tourner la clé de contact. Mieux valait ne pas conduire dans le brouillard ! Elle avait l'impression d'avoir passé une demi-heure sur un trampoline. Son cœur battait la chamade, et l'univers lui paraissait plus vivant, plus beau, plus intense qu'à l'ordinaire.

— N'était-ce pas merveilleux ? demanda-t-elle à Tony en prenant le chemin du retour. Tu l'as vue ? On aurait dit qu'elle souriait. Presque comme si elle savait qui nous étions.

— Peut-être que quelqu'un le lui avait dit, suggéra Tony.

Elle eut de nouveau envie de rire.

— C'est une possibilité. Ou bien c'est un petit génie qui s'est réveillée ce matin en sachant qu'elle allait faire la connaissance de sa mère et de son frère. Oh, Tony ! Ce sera merveilleux d'avoir un bébé à la maison.

Tony n'avait visiblement pas ressenti d'extase comparable à la sienne, mais du moins, il ne semblait pas s'être ennuyé.

— Elle s'appelle comment ?

— Nous n'avons pas encore choisi.

C'était une décision qu'ils avaient prise au moment d'entamer la procédure d'adoption. Ils attendraient de voir le bébé avant de lui donner un nom.

— Maintenant, nous l'avons vue, toi et moi, mais papa ne la connaît pas encore.

Quand Joe la verrait, il ne pourrait qu'être émerveillé. Même s'il n'appréciait pas les joies de la famille, il ressentirait la même excitation qu'elle.

— Il sera stupéfait, reprit-elle. Il ne se doute pas encore à quel point un bébé est fabuleux.

— Bof !

Elle devait lui paraître farfelue. Elle se comportait comme une adolescente qui ne peut pas s'empêcher de se pâmer d'admiration devant son petit ami.

— Oh, Tony! Elle est parfaite!

Il lui jeta un regard désapprobateur.

— Les gens parfaits, ça n'existe pas.

Quel que soit l'auteur de cette phrase, songea Nicole, il n'avait jamais tenu un bébé dans les bras!

— Oh, comme j'aurais voulu que papa soit là! Dès qu'il la verra...

Ce fut Tony qui acheva sa phrase.

— Il l'aimera aussi.

Heureusement qu'ils étaient presque arrivés à la maison, parce qu'elle avait besoin de donner libre cours à son excitation.

— Il faut que j'appelle mes amis pour leur raconter.

Tony courba le dos, le regard sombre.

— C'est bien, parce que moi aussi j'ai des choses à faire.

— Oh, c'est vrai! Tu n'as pas encore fait tes devoirs. Tu veux que je t'aide?

— Non, merci.

Elle fut heureuse de son refus, parce qu'elle ne souhaitait qu'une seule chose. Parler à Jacqueline ou à Susan, et partager son bonheur avec des femmes qui avaient vécu la même expérience d'allégresse et de vertige.

Une heure s'écoula en bavardages sans qu'elle sentît le temps passer. Quand elle raccrocha enfin le téléphone et regarda l'horloge murale, elle se dit qu'il était trop tard pour commencer à préparer le dîner, et que ce serait une bonne idée d'emmener Tony à la pizzeria. N'avaient-ils pas une bonne raison de faire la fête?

— Tony! appela-t-elle du bas de l'escalier. Que dirais-tu d'une pizza?

Il ne répondit pas, et elle mesura à quel point il devait avoir besoin d'attention. Il avait été fantastique tout l'après-midi. Il avait demandé comment s'appellerait le bébé. Ensuite, il l'avait écoutée sans se plaindre pendant qu'elle radotait ! Quel garçon adorable ! Elle mettrait son point d'honneur à lui faire sentir à quel point elle tenait à lui. Elle ne s'occuperait que de lui toute la soirée.

— Tony ! Je pensais téléphoner avant de partir pour que la pizza soit prête à notre arrivée. Tu la veux avec quoi ? Je te laisse choisir.

Toujours pas de réponse.

Nicole prit l'annuaire du téléphone, grimpa l'escalier, et s'arrêta devant la porte de Tony.

Ses livres de classe étaient soigneusement empilés sur sa table, mais son sac à dos n'était pas à sa place habituelle. Sa tirelire n'était plus sur sa table de chevet. La lampe de bureau n'était pas allumée. Ses tiroirs étaient ouverts et des vêtements jonchaient le sol. Mais ceux dans lesquels il était arrivé n'étaient pas en vue. Sa chaise était placée devant la fenêtre, comme pour servir d'appui.

Les croisées étaient ouvertes.

Et Tony avait disparu.

12.

— Tony ! appela-t-elle de nouveau, avec une panique grandissante. Tony !

Elle se pencha par la fenêtre. Il n'était pas dans le jardin, ni dans la rue. Où diable était-il parti, avec un sac à dos plein de vêtements ? Sans doute pas chez un camarade de classe, car la mère n'aurait pas manqué de lui téléphoner immédiatement. Pas dans le parc, non plus. Il avait choisi ses vêtements avec trop de soin.

Non, Tony était bien résolu à s'enfuir.

Et c'était entièrement sa faute.

Nicole fut ravagée par un sentiment de culpabilité. Jamais elle n'aurait dû laisser éclater sa joie avec autant d'insouciance, surtout devant un garçon de neuf ans qui avait joui jusqu'à présent d'un statut de fils unique. Avant de pousser des cris de ravissement, elle aurait dû se préoccuper de consolider la place de Tony au sein de la famille.

Mais le moment était mal venu pour s'adresser de vains reproches. Il fallait à tout prix retrouver l'enfant.

— Tony ! To-o-ny ! Où es-tu ?

Il n'était pas à portée de voix. Elle s'enfonça dans les buissons où elle s'était dissimulée la nuit de sa propre fuite. Dieu du ciel ! Joe avait dû vivre un véritable enfer, lorsqu'elle était partie en courant dans l'obscurité ! L'horreur, l'incrédulité, le désespoir de voir un être cher disparaître ne la frappaient réellement qu'en cet instant.

Mais il valait mieux ne pas suivre le cours de ses propres pensées. Elle devait raisonner comme un garçon de neuf ans avec de la suite dans les idées, non comme une adulte malade d'angoisse et de culpabilité. Si Tony avait vraiment décidé de quitter la maison, quelle direction avait-il prise ?

Il avait emporté ses vêtements de Milagua et sa tire-lire.

Nicole eut soudain une illumination.

Sœur Anna et sœur Maria m'ont dit toutes les deux qu'elles étaient bien contentes de m'avoir.

Il n'y avait certes pas beaucoup d'enfants de neuf ans décidés à se réfugier dans un orphelinat de Milagua, mais Tony avait de la volonté pour dix. Sans doute ne savait-il pas comment il arriverait à bon port, mais il se sentait suffisamment sûr de lui pour entreprendre le voyage.

Nicole tâcha de raisonner. Tony savait bien qu'il ne pouvait couvrir à pied une si longue distance. Le contenu de sa tirelire ne lui permettait guère de payer un billet d'avion, mais il ne s'en apercevrait que devant le guichet. Il était venu en avion. Il savait où se trouvait l'aéroport local. Il y avait de grands panneaux indicateurs devant lesquels il passait tous les jours, sur le chemin entre l'école et la maison. S'il avait hérité de la ténacité de son père, un trajet de dix kilomètres n'était pas de nature à le décourager.

Nicole rebroussa alors chemin. Elle empoigna son sac et ses clés de voiture, dans le couloir, et se mit en route sans appeler la police. Elle savait exactement dans quelle direction Tony était parti. Et elle ne tenait pas à lancer à ses trousses une meute de policiers, toutes sirènes hurlantes. Elle allait le rattraper quelque part, le long de la grand-route qui menait à l'aéroport, et lui faire comprendre l'importance de la place qu'il tenait dans sa vie, en dépit du bébé qui avait monopolisé son attention au cours des trois derniers jours.

Elle conduisait avec une lenteur presque insoutenable, s'obligeant à scruter chaque ombre qui aurait pu dissimuler l'enfant. Par bonheur, les jours étaient les plus longs de l'année, et le soir ne diminuait pas trop la visibilité. Mentalement, Nicole essaya de calculer la distance que Tony avait pu couvrir durant l'heure qui venait de s'écouler. Personne n'aurait recueilli un enfant sur le bord du chemin sans avertir aussitôt sa mère. De ce point de vue, Oakville était un village où tout le monde se connaissait.

Après avoir couvert trois kilomètres sans apercevoir la trace de Tony, elle commença à se demander si elle n'aurait pas mieux fait de prévenir, sinon la police, du moins les équipes volontaires de secours. L'enfant était-il déjà si loin, ou bien l'avait-elle dépassé sans s'en apercevoir ?

La seconde éventualité, hélas, n'était pas invraisemblable. Ne s'était-elle pas conduite en aveugle toute la journée ? Le bébé avait accaparé toutes ses pensées, et elle n'avait même pas vu que Tony se sentait peu à peu exclu du cercle familial.

Il devait avoir ruminé de sombres pensées avant même d'être allé à la clinique, et elle avait rendu les choses bien pires sur le chemin du retour. Elle s'était extasiée sur le bébé, elle avait même dit à Tony que Joe se réjouirait d'avoir une petite fille. Et puis, elle avait passé une heure au téléphone à s'émerveiller avec ses amies sur le miracle qui lui arrivait...

Tony n'était pas sot. Doté des mêmes dons d'observation que son père, il remarquait ce qui se passait autour de lui. Et il savait pertinemment qu'elle n'avait pas téléphoné à la ronde, quelque temps plus tôt, pour annoncer avec des trémolos dans la voix l'arrivée d'un petit garçon dans son foyer.

Elle connaissait trop bien la raison pour laquelle elle n'avait pas accueilli Tony avec la même allégresse. Il était le souvenir vivant de la femme qui occuperait toujours la première place dans le cœur de Joe.

Nicole se reprit soudain. Ce n'était pas le moment de penser à Helena... La jalousie ne l'avait-elle pas conduite, progressivement, dans la situation où Tony et elle se trouvaient aujourd'hui ?

Le retrouver. Cela seul comptait.

Un mouvement sur la droite attira son regard. Elle freina brusquement, avant de s'apercevoir qu'il s'agissait d'une adolescente qui promenait son chien, et non d'un écolier avec son sac à dos. Mais la jeune fille avait peut-être croisé Tony.

— Excusez-moi... Vous n'auriez pas vu un petit garçon marchant dans cette direction-là ?

L'adolescente secoua sa queue-de-cheval en la regardant avec curiosité. Elle devait se demander quel genre de mère était Nicole.

— Non, désolée.

Cela aurait été trop facile, se dit Nicole en poursuivant sa route. Mais la déception lui serrait la gorge. Son angoisse et ses remords croissaient au fil des minutes.

« Mon Dieu, je vous en supplie ! s'exclama-t-elle intérieurement. Faites que je le retrouve... »

L'intensité de ses supplications était aussi forte que celle de sa joie, une heure plus tôt. Voilà qu'elle découvrait, soudain, que Tony lui importait au moins autant que le bébé !

Elle aurait dû accorder davantage d'importance à ses élans d'affection, à ses éclats de colère, à ses moments de fierté. Elle aurait dû apprécier à leur juste valeur chacun des instants passés en sa compagnie... au lieu d'attendre sa fugue pour comprendre à quel point il lui était précieux.

Tout en continuant à scruter désespérément chacun des côtés de la route, elle se jura de chérir désormais Tony comme il le méritait. Pas simplement pour montrer à Joe quelle mère fantastique elle était, mais pour l'enfant lui-même.

Un enfant espiègle qui adorait explorer la cave et le grenier.

Qui prêtait tant d'attention à l'espacement entre les pois de senteur.

Qui insistait pour qu'elle déguste sa glace à la fraise jusqu'à la dernière cuiller.

« Mon Dieu ! je vous en conjure ! répéta-t-elle dans son cœur. Faites que je le retrouve ! »

La prière n'avait pas plutôt jailli du plus profond de son âme qu'elle aperçut une silhouette familière à quelque distance. Ce ne pouvait être que Tony. Elle reconnaissait sa démarche, si semblable à celle de Joe, et les reflets du soleil couchant dans sa chevelure sombre.

Il fallait maintenant le convaincre qu'il était désiré, aimé et chéri.

Il ne changea pas d'allure quand elle se gara sur le rebord de la route et sortit de la voiture. Il marchait, le regard droit devant lui, comme s'il ne lui était jamais venu à l'esprit qu'on pût partir à sa recherche.

— Tony !

Elle courut pour le rejoindre. Il jeta un regard par-dessus son épaule, la reconnut et eut un instant d'hésitation.

— Tony, répéta-t-elle en réglant son pas sur celui de l'enfant. Je ne veux pas te perdre.

Elle ne voulait pas le mettre en demeure de rebrousser chemin sur-le-champ. Elle était prête à marcher le temps qu'il faudrait pour lui permettre de conserver son amour-propre.

Il lui fallut attendre une bonne minute avant de recevoir une réponse.

— Tu as ton bébé, non?

— J'ai obtenu un bébé, c'est vrai, mais je veux que tu sois à mes côtés, toi aussi. Si tu désires un jour retourner à Milagua, tu le feras. Mais pour l'instant, papa et moi souhaitons te garder.

Il ne sembla guère convaincu, et poursuivit son chemin. A ce rythme-là, ils ne regagneraient la voiture qu'en pleine nuit. Ils étaient encore à plusieurs kilomètres de l'aéroport, et Nicole regrettait d'avoir oublié d'emporter des blousons.

— J'aurais dû apporter une pizza. Je pensais que nous sortirions tous les deux, ce soir. J'ai voulu en commander une à l'avance, mais je ne savais pas ce dont tu avais envie.

Tony ralentit le pas.

— La dernière fois, poursuivit-elle, la pizza aux petites saucisses t'avait bien plu, mais je me demandais si tu voulais la même, ou si tu préférais essayer quelque chose de nouveau.

— Oh, ça m'est égal..., marmonna-t-il sans tourner la tête. Je ne veux pas de pizza.

Du moins, il faisait l'effort de lui répondre, ce qui constituait déjà un grand progrès.

264

— Alors, que dirais-tu d'un hamburger avec des frites?

Il n'y eut pas de réponse. Comme si Tony ne pouvait se résoudre à accepter une offre qui signifierait un retour à la maison. Se pouvait-il qu'elle l'eût blessé si gravement?

— Oh, Tony, je suis tellement désolée!

Il s'arrêta et se mit à gratter la poussière du bout de sa chaussure. Emportée par un élan de compassion, Nicole l'enveloppa de ses bras. Il se tint d'abord tout raide, mais quand Nicole le sentit trembler, elle comprit qu'il se retenait pour ne pas pleurer.

— Mon cœur, mon ange, je ne voulais pas te faire de peine en te montrant mon excitation à la vue du bébé. C'était juste parce qu'il s'agissait de la première rencontre...

Tony se dégagea et se remit à gratter le sol.

— Pourquoi est-ce que tout le monde raffole des bébés? demanda-t-il.

— Mais ce n'est pas parce que j'aime les bébés que je ne t'aime pas, *toi*! s'écria-t-elle avec l'énergie du désespoir.

Ces mots lui parurent vaguement familiers, mais elle ne prit pas le temps d'y réfléchir. Seul comptait l'enfant debout à côté d'elle.

— Dans mon cœur, tu as une place, et le bébé a la sienne. Je vous aime tous les deux!

— Oui, mais tu l'aimes plus!

— Non, mon chéri. Je l'aime différemment.

Le même sentiment de déjà-vu la frappa de nouveau, et à présent elle était en mesure de l'identifier. C'était ce que lui avait dit Joe quand il l'avait emmenée pour la seconde fois à la Tourelle d'Argent.

Mais elle ne l'avait pas cru.

Pas plus que Tony ne la croyait en ce moment. Il plongea les mains dans ses poches et regarda une voiture qui passait sur la route peu fréquentée.

— Les bébés... C'est particulier.

— Comme les garçons de neuf ans !

Sa gorge se nouait à l'idée que Joe devait avoir exprimé ses sentiments avec autant de passion qu'elle-même en ce moment.

— Tony ! Nous avons tous notre particularité. Tu n'es pas le bébé, et le bébé n'est pas toi, mais je vous aime tous les deux !

De toute évidence, il ne la croyait pas. Elle le voyait bien à la manière dont il envoyer valser la poussière à ses pieds.

— Sœur Anna serait bien contente si je revenais ! lança-t-il.

Quand Nicole lui avait dit cela pour renforcer sa confiance en lui, elle n'avait pas pensé que cette phrase lui serait renvoyée en plein visage de cette façon.

— Bien sûr qu'elle le serait, répliqua-t-elle, mais papa et moi serions encore plus contents que tu vives avec nous. Tony, je t'aime, et je désire de tout mon cœur que tu reviennes à la maison.

Il poussa un soupir de résignation, rajusta les bretelles de son sac à dos, et fit demi-tour pour rejoindre la voiture. Mais son regard lourd disait clairement qu'il se résignait à l'inévitable, et qu'il ne se sentait pas plus aimé ni désiré qu'auparavant.

Nicole lui emboîta le pas en se demandant comment le convaincre. Sans doute n'avait-elle pas d'autre issue que de lui répéter son amour, encore et encore, sans se lasser.

Comme l'avait fait Joe !

A cette pensée, elle poussa un petit cri, trébucha et

faillit perdre l'équilibre. Tony lui jeta un coup d'œil surpris.

Comme Joe! Et elle ne l'avait pas cru!

Je t'aime, Nicky. Je voulais simplement que tu le saches.

Je te parle très sérieusement, Nicky. Je t'aime.

Comment pouvait-elle avoir été si sourde à ses paroles? Comment avait-elle persisté à croire qu'il n'aimait qu'Helena? Pourquoi ne l'avait-elle pas écouté?

Et si elle souffrait à ce point que Tony ne la crût pas, quelle douleur n'avait-elle pas infligée à Joe?

Il fallait qu'elle lui téléphone tout de suite! Mais ce n'était pas possible sur le bord de la route, et elle avait promis à Tony une pizza. Si elle ne pouvait se racheter auprès de Joe immédiatement, elle pouvait du moins s'occuper de leur fils.

Tony semblait plus fatigué à chaque pas, et quand elle voulut porter son sac à dos, il ne protesta que pour la forme. Il fallait lui donner à manger quelque chose de chaud, le réconforter de son mieux et le border dans son lit. Elle ne lui dirait plus qu'il allait être un grand frère fantastique, parce que c'était le définir par rapport au bébé. D'ailleurs, tout ce qui lui importait pour l'instant, c'était la promesse qu'il n'aurait pas à changer des couches sales...

Une promesse! Pour Tony, il s'agissait d'un engagement solennel sur lequel il était inconcevable de revenir.

Nicole s'arrêta de marcher.

— Tony, j'ai quelque chose à te dire. C'est très important.

Il s'immobilisa à son tour et la regarda avec méfiance.

— Je te jure, dit-elle d'une voix claire, que je t'aime autant que le bébé.

Elle lut sur le visage de Tony l'impact du serment qu'elle venait de lui faire. Il se tenait tout droit, mais son petit corps n'exprimait qu'un immense désir de tendresse.

— Oui ? murmura-t-il.

— Je te le jure, répéta-t-elle avec solennité.

Elle lui ouvrit les bras, et il se précipita pour l'étreindre.

Ils s'arrêtèrent en route comme promis. Tony commanda une double pizza de taille à lui donner une indigestion dans la nuit. Mais il commença à dodeliner de la tête dès la seconde tranche, ce que Nicole attribua aux émotions de la journée. Elle n'eut guère de mal à le convaincre de rentrer et d'aller directement au lit.

Ce fut seulement après s'être assurée qu'il dormait du sommeil du juste qu'elle s'autorisa à penser à Joe. Elle composa le numéro de son portable d'une main fébrile, pour s'entendre dire qu'il était impossible d'établir une communication en ce moment.

Elle se prépara une tasse de thé tout en réfléchissant. L'incendie avait fait, au cours de la journée, la une des nouvelles télévisées. Peut-être pourrait-elle contacter une chaîne d'information et obtenir le numéro de leur correspondant sur place. Mais pourquoi le téléphone de ce correspondant marcherait-il, si celui de Joe ne fonctionnait pas ? Personne ne distribuerait de télégrammes dans une zone de flammes... Il devait pourtant y avoir un moyen de lui dire de vive voix qu'enfin — *enfin !* — elle était convaincue de ce que Paul et Jacqueline avaient toujours su.

268

Joe O'Connor l'aimait.

C'était une sensation merveilleuse, mais elle ne pouvait s'y abandonner en sachant que Joe, lui, continuait à souffrir de son incrédulité passée. Cela faisait mal, très mal, comme elle venait de l'apprendre à ses dépens, d'aimer quelqu'un, de le lui répéter, et de sentir qu'il ne vous fait pas confiance.

Ah, si elle n'avait pas été si sottement convaincue que nul ne peut aimer deux fois...

Elle but une gorgée de thé.

Si elle pouvait aimer à la fois le bébé et Tony, alors Joe pouvait l'aimer, elle aussi, comme il avait aimé Helena.

Comment lui dire qu'elle le croyait enfin? A ce moment-là seulement elle pourrait s'abandonner au bonheur dont elle avait rêvé si longtemps. Et elle pourrait célébrer la glorieuse certitude de se savoir aimée par l'homme dont elle avait été amoureuse durant une bonne moitié de son existence.

Mais comment le rejoindre?

Elle finit par décider que le seul moyen de le retrouver consistait à se rendre elle-même en voiture dans la zone de feu. Il faudrait qu'elle emmène Tony avec elle, mais elle savait qu'il dormait à merveille sur la banquette arrière des voitures. Et s'ils étaient tous deux en retard, le lendemain matin, elle dirait la vérité!

Elle vida le reste de sa tasse dans l'évier, et sortit leurs manteaux du placard. Elle installa un oreiller et une couverture à l'arrière de la voiture, et monta chercher Tony. Elle s'apprêtait à le réveiller quand elle se souvint avoir laissé l'eau frémir sur la cuisinière au cas où elle aurait eu envie d'une seconde tasse de thé.

Une voiture s'arrêta alors dans leur rue. Il n'était pas si tard. Elle aurait le temps de faire l'aller et retour dans la nuit. Elle décida de descendre d'abord éteindre le gaz, et de ne sortir Tony de son lit que lorsqu'elle serait prête à partir.

Elle descendit l'escalier... et découvrit Joe sur le seuil. Il avait les cheveux tout ébouriffés, était couvert de suie, et il la fusillait du regard. Elle se pétrifia sur place, en état de choc.

— Nicole, il faut que je te dise...

— Mais l'incendie..., commença-t-elle en humant l'odeur de fumée qui se dégageait de lui.

— Oublie l'incendie ! Cette histoire à propos du bébé...

— Je sais, murmura-t-elle. Je comprends.

Il ne parut même pas l'entendre. Il suivait son idée avec une passion qui lui échauffait le corps et l'esprit.

— Je ne suis pas allé à l'agence pour te faire une faveur. Je l'ai fait pour nous !

— Je sais, insista-t-elle.

Mais il ne l'écoutait pas.

— Toi et moi, tu sais ce que ça veut dire ? dit-il en se pressant contre elle, comme si seul un contact physique pouvait la convaincre. *Nous*...

— Joe, je te crois. Tu m'aimes.

— Oui !

Après ce cri, il s'arrêta enfin de fulminer pour reprendre sa respiration. Puis il la regarda avec stupéfaction.

— Oui, répéta-t-il encore, mais cette fois avec une grande douceur.

Il l'étreignait si passionnément qu'elle ne désirait que fondre de bonheur dans ses bras, malgré la suie et la fumée.

— Tu m'aimes, répéta Nicole avec une certitude plus forte encore. Je ne sais pas pourquoi il m'a fallu si

270

longtemps pour l'accepter. Mais maintenant, je te crois.

— Il est grand temps, marmonna-t-il.

Avec un air de défi, il la prit par les épaules et la regarda droit dans les yeux, comme s'il voulait voir la réaction qu'elle aurait devant sa déclaration.

— Je t'aime, Nicky.

Elle eut un frisson de joie.

— Dis-le-moi encore.

Un sourire passa sur les lèvres de Joe.

— Je t'aime, Nicky.

— Je t'aime, Joe, dit-elle en même temps.

Et elle vit que son sourire s'élargissait.

Il se pencha pour l'embrasser. Même ses baisers semblaient différents, maintenant qu'elle se savait aimée. Elle noua les bras autour de son cou, moula son corps contre le sien et oublia le reste de l'univers.

Quand elle reprit ses esprits, elle souffrait d'un léger vertige, et Joe ne semblait pas plus solide qu'elle sur ses jambes. Il était vrai qu'il avait passé la journée sur le terrain et ne devait guère s'être arrêté en route, si elle en jugeait par l'heure à laquelle ils s'étaient parlé au téléphone...

Il avait fait tout ce chemin pour la voir, alors que c'était elle qui aurait dû faire le déplacement pour se faire pardonner! Elle se lança dans un flot d'explications.

— Je suis navrée de ne pas t'avoir cru... Tout à l'heure, j'ai essayé de dire à Tony que je les aimais tous les deux, lui et le bébé, mais d'une manière différente, et j'ai tout à coup compris ce que tu avais essayé de me dire si souvent.

— Pas assez souvent, apparemment, dit Joe en se débarrassant de son blouson, et en allant l'accrocher à la patère de la cuisine.

Il se laissa tomber sur une chaise.

— Tout le monde le savait déjà, dit Nicole en s'asseyant à son tour.

Elle ne venait pas de conduire durant quatre cents kilomètres, mais elle était épuisée.

— Paul et Jacqueline n'arrêtaient pas de dire qu'il était évident que tu m'aimais, poursuivit-elle. Mais je continuais à être jalouse d'Helena...

— C'était ma faute, répliqua-t-il en tirant sa chaise tout contre la sienne. Parce que je n'avais jamais prononcé à haute voix les mots : « Je t'aime. » Mais j'ai besoin de toi, je veux être avec toi, je te désire et... je t'aime !

— Tout cela, je le sais, déclara-t-elle avec une sérénité aussi grande que celle qu'elle avait ressentie dans l'après-midi, en tenant sa fille dans les bras. J'allais me mettre en route pour te dire... tout ce que je viens de te dire.

Il la regarda avec incrédulité.

— Mais ça fait cinq heures de route !

— Il me semble que ça ne t'a pas arrêté, toi !

Joe se remémora sa frustration quand la communication avait été coupée. Il n'était plus, loin de là, le seul journaliste sur place. Son reportage avait perdu la saveur de l'exclusivité, mais il ne serait pas parti en abandonnant ses engagements. Il lui avait fallu moins de cinq minutes pour négocier un échange de bons procédés avec un reporter d'une chaîne télévisée, puis il s'était lancé sur la route pour faire comprendre à Nicole... ce qu'elle savait déjà.

Nicole battit les paupières pour en chasser des larmes de bonheur.

— Joe, j'ai l'impression de rêver. Je n'ai jamais été aussi heureuse de mon existence entière.

— Parce que nous allons avoir un bébé ?

— C'est merveilleux aussi, mais cet après-midi, en la tenant dans mes bras, je me disais que ce serait infiniment mieux si nous avions été là-bas tous les deux, pour partager cette aventure.

— Nous la partageons, Nicky, toi et moi.

— Et Tony, aussi.

Joe lui était reconnaissant d'ajouter cela, mais il n'ignorait pas qu'elle avait du mal à s'habituer à l'existence du fils d'Helena.

— Je voudrais qu'il ne te donne pas l'impression...

— Oh, ce n'est plus le cas ! Je n'ai compris qu'aujourd'hui à quel point je l'aimais. Mais c'est une autre histoire, que je te raconterai tout à l'heure.

Joe était prêt à entendre n'importe laquelle de ses histoires. Il se dirigea vers la bouilloire, qui se trouvait toujours sur le feu.

— Nous avons l'éternité devant nous, dit-il en s'apprêtant à faire du thé.

Quand il lui eut apporté une tasse, Nicole le regarda avec un œil tendrement interrogateur.

— Tu es censé retourner dans la zone de feu ?

Il avait donné rendez-vous au journaliste de télévision au petit matin. Il récupérerait ses notes à ce moment-là, et lui emprunterait les siennes.

— Demain. Tu passes avant mes articles.

Il vit de nouveau les larmes de joie qui montaient aux yeux de Nicole, et son cœur se gonfla de bonheur.

— Oh, Joe ! Si seulement je t'avais écouté plus tôt...

— Si seulement je t'avais parlé plus tôt...

— Je t'ai toujours aimée, mais j'avais trop peur de l'admettre. Et puis, pendant que tu te trouvais dans l'Arizona...

La curiosité se peignit sur le visage de Nicole.

— Que s'est-il passé?

Il prit une gorgée de thé tout en se remémorant l'épisode.

— C'est Tony qui s'en est aperçu, quand j'ai refusé cette offre du *Quotidien* de Chicago.

— Tu as reçu une nouvelle offre? l'interrompit Nicole.

— Oui, mais c'est une vieille histoire, maintenant...

— Joe, dit-elle en reposant sa tasse, si l'occasion se représente, je serai d'accord pour déménager à Chicago.

Il crut d'abord avoir mal entendu, puis il lut de la résolution dans ses yeux et sut qu'elle avait parlé avec le plus grand sérieux.

— Je sais à quel point c'est important pour toi, poursuivit-elle en soutenant son regard. Maintenant que j'ai obtenu tout ce que je désirais, ce ne serait que justice si tu suivais toi aussi tes aspirations profondes.

Il eut l'impression de se trouver sur un tapis volant. Tous les obstacles s'étaient magiquement évanouis. Mais il ne comprenait pas bien d'où venait le changement d'attitude de Nicole.

— Tu parlais toujours d'élever nos enfants à Oakville..., objecta-t-il.

— Des millions de gens élèvent leurs enfants à Chicago, répondit-elle en baissant les yeux.

— Nicky?

Une rougeur d'embarras lui monta aux joues.

— Bon... Pour tout t'avouer, je pensais que si nous vivions dans une métropole, je ne te verrais plus, et les enfants non plus! C'était ridicule de ma part...

— Mais non, répondit-il avec conviction, car il savait à quel point il avait eu l'habitude de s'investir dans ses reportages.

274

— J'avais si peur de te perdre. Mais maintenant, c'est différent.

Joe se pencha vers elle pour lui prendre la main.

— Tu ne me perdras jamais. Jamais.

— Je parle sérieusement, Joe. Bien sûr, il faut que nous restions ici jusqu'à ce que toutes les formalités d'adoption soient achevées, mais si le poste de Chicago est toujours vacant, et que tu désires l'accepter, je suis d'accord pour que tu le fasses.

Joe avait toujours eu conscience de la force d'âme de sa femme, mais son admiration, en cet instant, ne connut plus de bornes.

— Je sais à quel point ton métier te plaît, poursuivit-elle. Cette passion du journalisme fait partie intégrante de toi... Et c'est toi tout entier que j'aime !

Il repoussa sa chaise, la fit se lever et l'enveloppa dans ses bras.

— J'aime l'information, c'est vrai, mais c'était aussi pour moi le moyen de rester à distance... Cela me donnait une bonne excuse pour ne pas appartenir à quiconque.

Nicole glissa les bras autour de sa taille.

— Et maintenant ? demanda-t-elle avec douceur.

— Je sais maintenant, dans ma tête comme dans mon cœur, que je t'appartenais depuis le début. J'adore mon métier, mais je t'aime davantage.

Elle se blottit contre lui.

— Pendant tout ce reportage, je n'ai pas cessé de penser à toi, et de compter les heures qu'il me faudrait pour te rejoindre, ajouta-t-il.

Elle leva la tête, les yeux brillant de plaisir.

— C'est vrai ?

N'avait-elle pas conscience de la violence de son désir ?

— Je ne songeais qu'à rester avec toi, mais tu m'avais dit d'y aller.

— Pas pour me débarrasser de toi ! Enfin, peut-être un peu..., avoua-t-elle en rougissant de nouveau.

Joe la regarda avec stupéfaction.

— Je... J'essayais désespérément de ne plus te désirer, répondit-elle en surmontant la barrière de sa propre pudeur. Je pensais que si j'arrivais à ne plus ressentir ce... cet...

Ses paroles trahissaient son embarras, mais la rapidité de son souffle et la chaleur de son corps brûlant ne mentaient pas.

Joe eut alors l'impression qu'un océan de bonheur montait lentement au fond de lui.

Chère lectrice,

Vous nous êtes fidèle depuis longtemps?
Vous venez de faire notre connaissance?

C'est pour votre plaisir que nous avons
imaginé un rendez-vous chaque mois
avec vos auteurs préférés, vos
AUTEURS VEDETTE dans les
collections Azur et Horizon.

Les AUTEURS VEDETTE vous
donneront rendez-vous pour de
nouveaux livres vedette.

Pour les reconnaître, cherchez
l'étoile... Elle vous guidera!

Éditions Harlequin

HARLEQUIN

LE FORUM DES LECTEURS ET LECTRICES

CHERS(ES) LECTEURS ET LECTRICES,

VOUS NOUS ETES FIDÈLES DEPUIS LONGTEMPS?

VOUS VENEZ DE FAIRE NOTRE CONNAISSANCE?

SI VOUS AVEZ DES COMMENTAIRES, DES CRITIQUES À
FORMULER, DES SUGGESTIONS À OFFRIR, N'HÉSITEZ
PAS... ÉCRIVEZ-NOUS À:
LES ENTERPRISES HARLEQUIN LTÉE.
498 RUE ODILE
FABREVILLE, LAVAL, QUÉBEC.
H7R 5X1

C'EST AVEC VOS PRÉCIEUX COMMENTAIRES QUE NOUS
ALLONS POUVOIR MIEUX VOUS SERVIR.

DE PLUS, SI VOUS DÉSIREZ RECEVOIR UNE OU
PLUSIEURS DE VOS SÉRIES HARLEQUIN PRÉFÉRÉE(S)
À VOTRE DOMICILE, NE TARDEZ PAS À CONTACTER LE
SERVICE D'ABONNEMENT; EN APPELANT AU
(514) 875-4444 (RÉGION DE MONTRÉAL) OU 1-800-667-4444
(EXTÉRIEUR DE MONTRÉAL) OU TÉLÉCOPIEUR
(514) 523-4444 OU COURRIER ELECTRONIQUE:
AQCOURRIER@ABONNEMENT.QC.CA OU EN ÉCRIVANT À:
ABONNEMENT QUÉBEC
525 RUE LOUIS-PASTEUR
BOUCHERVILLE, QUÉBEC
J4B 8E7

MERCI, À L'AVANCE, DE VOTRE COOPÉRATION.

BONNE LECTURE.

HARLEQUIN.

VOTRE PASSEPORT POUR LE MONDE DE L'AMOUR.

ROUGE PASSION

De fiévreuses histoires d'amour sensuelles!

De provocantes histoires d'amour passionnées et romantiques qu'on lit d'une seule traite. Aventureuses, parfois humoristiques, et sensuelles, elles mettent en vedette des hommes et des femmes d'aujourd'hui.

ROUGE PASSION... quatre nouveaux titres chaque mois.

COLLECTION
HORIZON

Des histoires d'amour romantiques qui vous mènent au bout du monde!

Découvrez la passion et les vives émotions qu'apportent à la Collection Horizon des auteurs de renommée internationale!

Captivantes, voire irrésistibles, ces histoires d'amour vous iront assurément droit au coeur.

Surveillez nos quatre nouveaux titres chaque mois!

HARLEQUIN

En août, on vous tente avec un livre SUPER PASSION de la série Rouge Passion.

Les livres SUPER PASSION sont un peu plus sensuels et excitants, mais toujours l'amour triomphe des contraintes, de dilemmes et vient réchauffer votre coeur comme une caresse.

Une histoire SUPER PASSION chaque mois, disponible là où les romans Harlequin sont en vente !

RP-SUPER

HARLEQUIN

Lisez Rouge Passion pour rencontrer L'HOMME DU MOIS!

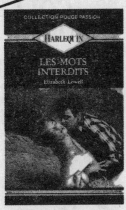

Chaque mois, à compter d'août, vous rencontrerez un homme **très sexy** dans la série Rouge Passion.

On peut distinguer les livres L'HOMME DU MOIS parce qu'il y a un très bel homme sur la couverture! Et dedans, vous trouverez des histoires écrites selon le point de vue de l'homme et de la femme.

Les livres L'HOMME DU MOIS sont écrits par les plus célèbres auteurs de Harlequin!

Laissez-vous tenter avec L'HOMME DU MOIS par une histoire d'amour sensuelle et provocante. Une histoire chaque mois disponible en août là où les romans Harlequin sont en vente!

RP-HOM

Composé sur le serveur d'Euronumérique, à Montrouge
par les Éditions Harlequin
Achevé d'imprimer en mars 2001

BUSSIÈRE

GROUPE CPI

à Saint-Amand-Montrond (Cher)
Dépôt légal : avril 2001
N° d'imprimeur : 10686— N° d'éditeur : 8714

Imprimé en France